名短篇、さらにあり

北村 薫
宮部みゆき 編

筑摩書房

名短篇、さらにあり

華燭

舟橋聖一

舟橋聖一《ふなはしせいいち》

一九〇四－一九七六

東京・本所生まれ。東京大学国文科卒業。大学の講師をする一方、劇団蝙蝠座を起こし、新興芸術派の運動に参加する。後、「行動」に『ダイヴィング』を発表し、行動主義の宣言をする。戦後、『裾野』『雪夫人絵図』『花の素顔』などの風俗小説で流行作家となった。一九六三年、『ある女の遠景』で毎日芸術賞を受賞。六六年、日本芸術院会員。六七年、『好きな女の胸飾り』で野間文芸賞受賞。『悉皆屋康吉』『とりかへばや秘文』『花の生涯』などがある。

（須本一橋両家結婚披露宴は、今やデザートコースに入った。媒妁人H博士が立上って、型通りの仲人挨拶をやった。次に、新郎の前に席を占めた来賓B氏、O氏、K氏らの祝辞があり、次いでボーイ長らしいのが、私の椅子のうしろに近づき、肩をつくようにして、どうぞ、といった。私はナプキンをおき、椅子から立った）

只今、御指名に預かりました日熊でありますが、本夕は名だたる朝野の名士が、ずらりと並んでおいでになる真ン中で、私のような末輩者が立上って何かお話を致すということは、まことに僭越《せんえつ》きわまることと存ずるのでありまして、ひらに御容赦を願いましたるところ、司会者においてはお許しがなく是非とも、何か祝辞をいえということでございますので、お祝いごとに、無躾《ぶしつけ》な御辞退も却っていかがと考えまして、非礼をはばからず、ここに立上りましたような次第でありまして、あらためて、満堂の各位の御諒解《ごりょうかい》を得たいと存ずるのであります。ヘン（ト軽く咳払《せきばら》いをする）

ただ今、媒妁人のお話を承りまして、このような御良縁はまたとないことを、確信いたしたのでありますが、思いきって、ぶちまけて申上げますと、本夕の花婿花嫁を、一番正確に知っておりますのは、私を措《お》いて他にないと考えるのであります。こんなことを申上げては、大変、お耳障りかは存じませんが、この席にお集まりの皆さま方にしても、花婿側の方は、花婿を知っておいでになっても、花嫁のことは御存知ない。また、花嫁のことには詳しいお方でも、お婿さんのことは、まるで知らないという風に、一方的な知識しかお持合せがないのではないか。そこで、媒妁人が、御両家並びに新郎新婦の御紹介をして、皆さまにお近づきを願おうという趣旨が、本夕の御披露の宴と相成ったものと考えるのでありますが、その御両家、御両人の両方に通じている点が、私ごときをしてこの席に立上らせる光栄を担《にな》うことの出来た所以《ゆえん》ではないか。強《し》いてそうでも考えませんことには、このような盛大な華燭《かしよく》の典にあたり、一言でも二言でも、テーブルスピーチをするというような、晴れがましいことは、到底、私の任に非《あら》ざることが、明白なのでございます。エヘン（ト、もういちど、咳払いが出る）

新郎、須本浪夫君は、私とは、学校友達、いや、古くからの親友であるのでありります。ごらんの通りの美青年でありまするが、性情は直情径行と申しますか、竹を割ったようなところがありまして、従って、妥協のない、ごまかしのきらいな、思ったことは、ドシドシ実行に移すといったところのある、強い性格が、この美しい花嫁を獲得された根本の理由ではないか。どうも、お話が脱線して行きそうでありますが、今暫く御清聴下さい。（末席の方で、誰やら、しっかりやれと、掛声をかける者あり）

さて、須本君は、そういう性格の男でありますから、女沙汰などは微塵《みじん》もなかったことを、私は証明いたしましょう。むしろ、いうならば、女ぎらいといった方が、適切であるかもしれない。そして、かく申す私もまた、女ぎらいであるのであります。（末席から、再び、嘘をつけなど叫ぶ者あり、宴はたけなわ、早くも美酒に酔う者あって、半畳でも入れたくなったと見える）そこで、女ぎらい同士の間には、特に強い友情が炎《も》え上ったわけでありまして、当時、クラスメートの中には、盛んに、新宿や洲崎《すさき》へ通ったり、五反田や大塚へんの花柳界に足を運ぶ者が多かったのでありますが、須本君は断然、これに反対でありまして、私と盟約を結び、あくまで、正しい童貞を守りつづけようと頑張ったのであります。本夕の宴にあって、その昔の友愛の純情を想えば、そぞろに、万感の走るのを感ずる次第であるのであります。（シンと水をうったように静かである）

二人は、その頃、よく旅行を致しました。須本君は、画才に恵まれていて、至るところスケッチブックに山川草木を写生して歩くのが得意でありましたが、なかなかどうして、素人《しろうと》ばなれのした手腕をもっているのでありました。私は、至って平凡な能なしでありますから、いわば、須本君のお供をして歩いたようなものであります。一番よく出かけたのが、信州、上州、それから伊豆方面でありまして、殊に、浅間山の周辺をグルグル歩き廻っていると、月日のたつのも忘れるくらいで、山田、万座、法師、発哺《ほっぽ》、熊の湯などと、あまり人の行かない温泉を選んで泊り、次第には、上信越の国境をこえて、越後《えちご》の方まで、歩をのばしたものでありますが、そういう生活の中でも、須本君は、あくまで女ぎらいを押し通して参ったのであります。実に、潔癖そのものでありました。私も、むろん、それに負けず劣らずでありまして、自然、須本君と私の間で、どっちが先に、この禁断を破るかということが、一ツの興味ある宿題となったのであります。エッヘン。ところで、新婦の一橋季子《すえ》さん――もとへ――すでに本日の黄道吉日を卜《ぼく》して、大神宮の御前で厳粛なる婚礼の御儀を取り結んだのでありますから、須本季子さんと申上げなければならんのでありましょう。季子さんの美貌については、これまた、満堂の各位の認められるところでありまして、美男美女好一対の、洵《まこと》にお目出たい御祝儀でございます。さて、私と季子さんとは、幼なじみであるのであります。季子さんが須本君と相知る半年前から、私とは知合っておっ向う中仙道の途中でありました。それは、東京へ戻る須本君と別れてすぐ信州沓掛《くつかけ》から、追分《おいわけ》の方へ向って、私にぶつかりそうになり、ベルを鳴らしながら、ハンドルを右へ切ったのですが、生憎《あいにく》、私も右へ身体《からだ》をよけたので、タイヤは私の足にぶつかり、撞《どう》とそのまま、畑の方へ二人とも、ぶっ倒れてしまったのであります。打ちどこが悪かったか、季子さんは、一瞬、気を失った様子で、豆畑へ首をつッこんだまんま、足は自転車の下敷になっております。私のズボンも、横にえらく鉤裂《かぎざ》きが出来ております。そのとき季子さんは、忘れもしないナチュラルグレーのカーデガンに、濃い紅のスカートをはいていて、ノーストッキング。倒れた拍子に、腕輪の紐《ひも》がきれたと見えて、彫りのある小さい鉱石の玉が、路傍に四散しているけしきが、今なお、ありありと、この目に見えるようであります。私は、少しびっこを曳《ひ》きながら立上り、季子さんの腰の上に乗っている自転車を引きおこしました。すると、季子さんの、ノーストッキングの白い脛《はぎ》に真赤な血が垂れているではありませんか。これは大変だと思いました。取りあえず自転車を反対側の道へ片づけ、季子さんを抱きおこそうと致しますと、気を失った季子さんは、きれいな瞳《ひとみ》をパッと見ひらいて、(ごめんなさい)と、あやまるのでありました。私は、そのとき、こんな清らかな、澄み切った瞳は、曾《かつ》て見たことがない。

世間では、宝石や玉を、美しいといって珍重するが、それは、もとより、死物であって、美しい女の瞳にくらべたら、比較にも何にもなるものでない。女の瞳の美しさを知らないものが、ダイヤモンドや真珠を有難がるにすぎず、このような美しいものが、人間の身体の中にある以上、何を好んで、ダイヤモンドや真珠の価値をとやかくいうのでありましょうか。(突然、ヒヤヒヤというものあり)

そのことがあって、私はすぐ、東京の須本君のところへ、手紙を書きました。その手紙を書いたのは、軽井沢の小さいバンガロオでありました。紅いホヤのスタンドをつけると、窓のすぐ前に、大きな栗の木があって、その白い花が、まるで雪かと思わせるほど、白く硝子《ガラス》にうつりました。

私は、こんな風に書き出したのであります。

須本君。君に、ぜひとも、見せたいものがあるのだ。唐突に、こんな云い方をしては、君を面喰《めんくら》わせるかもしれないが、君が見たらそれを何というかは、興味深い問題なのだ。何だと思うか。カンのいい君は、早くも僕の胸の底まで見抜いてしまったような気がする。というのは、一人の美しい女性の出現さ。君が苦々しい顔をするのが目に浮ぶようだ。ところが、これだけはぜひ見て貰いたい。その女性に出会って以来、僕は、実は宗旨を変えた。その女性の美しい瞳を見たら、今までの宗旨を変えずばならなかった。今まで、君も知る通り、女の美しさなんて、まやかしものだと思っていた。そんなものに心を乱し、胸の波をかき立てるようなことは、男として、見識の低いことと、あくまで己れを持していたつもりだが、今日、はからずもあった一人の女性に、僕はまんまと、虜《とりこ》となってしまったのだ。もっとも、僕はまだ、彼女を恋したとまでは、云わないつもりだ。ただ、彼女の美しさに魂をゆすぶられてしまったのだ。こんな美しい瞳があるのに、人はなぜ、ダイヤモンドや真珠のような死物を宝といって、愛するのだろうと、大いに疑問を生じたほどだ。須本君よ。許せ。今や、女ぎらいをもって任じることの不見識を自ら嗤《わら》わずにはいられなくなったのだ。いつか、君と僕は、歌舞伎十八番「鳴神《なるかみ》」という芝居を見たことがあった。あのとき、君は舞台をさして、女という女は、みな、あの雲の絶間《たえま》姫《ひめ》のように、化生《けしょう》である。あんなに用心深くしていても、男は結局、馬鹿を見る。君も自分も、鳴神上人《しょうにん》にはなりたくないものだと、語った。僕は今、あの舞台面を思い出すのだ。果して彼女が雲の絶間姫であるか否か。君の鑑定を待ちたい。請う君、一日も早く、碓氷《うすい》の峠を越して光来し給え――。

そんな風に書き綴ったのであります。(このとき、ボーイ長がやってきて、時間がないから、早目に切り上げるようにと書いた紙片をわたした)

エヘン。時間がないという司会者からの注意であります。なるべく、早く、本筋に入りたいと存ずるのでありますが、話の全貌を適確に知って戴くためには、こんな風に、花道から叙述いたしませぬことには、真意のところが、申上げにくいのであります。(つづけてやれ！　と叫ぶ声もあり)

ところで、折返し、須本君からの返事があったのでありますが、その手紙は、一言一句、激しい批難に充満しているのでありまして、私の改宗を、世にも憎むべき裏切として、徹頭徹尾、攻撃の矢を放って参ったのであります。私は軽井沢のバンガロオで、大いに流涕《りゅうてい》しつつ、その手紙を幾回となく読みかえし、須本君の友情には、満腔《まんこう》の感謝をよせるとともに、如何《いかん》せん、この友とも、別るる時の来たことを悟らずにはいられなかったのであります。(このとき、また、ボーイ長来たり、肩を引く。宴会場も、何となく、騒然たる感あれども、そのまま、スピーチをつづける)

私は、押し返し、再び須本君のもとへ、手紙を書いたのであります。世の中の女を悉《ことごと》く、雲の絶間姫と見る君の見解は、もはや、偏見ではないか。彼女の、曇りなき瞳には、かの魔女のもつ心の濁りはあり得ない。一歩をゆずってかの女を、仮に雲の絶間姫なりと致しても、それに共鳴し、それに傾倒して、自ら破戒し、女を抱いて、壇よりすべり落ちる鳴神上人自身は、世にも幸福な男ではないであろうか、(突然、つまみ出せと呶鳴《どな》るものあって、場内はいよいよ、騒然とし来たり、H博士は、薬缶《やかん》頭《あたま》より湯気を立てて、退場する様子であったが、私は一段と声をはりあげて）満堂の淑女並びに紳士各位。御清聴、御清聴。私のスピーチは、これからいよいよ、佳境に入らんとするのであります。（ト、背《うし》ろむきのまま、見得を切ったが、再び、演説口調に戻った）

各位は、鳴神のことを嗤うことは、出来ないのであるのであります。彼は、とっくに、雲の絶間姫が、化生の女であることを見破っていたのであります。知らずして、彼女の誘惑に引っかかったと見るのは、浅薄な見方であるのでありまして、とっくの昔に、彼女が魔女であることは、上人のカンに、アッピールしないわけがないのであります。上人は、それを知っていたが、それでも、彼女を避けることが不可能であったんだと、私は存ずるのであります。人間は、しまった、しまったと思いながら、進んで深みへはまるものであります。雲の絶間姫にしてやられることを、重々、存じておりながら、その誘惑に克《か》てない。そして、自分から、それに、まんまと、引っかかって行ったのであります。

芝居で演じますと、雲の絶間姫は、上人の前で、ことさらに裾をまくって見せ、赤い蹴出《けだ》しから、抜けるように白い脛を見せたり、上人の前で癪《しゃく》をおこして、上人にかかえられて、乳房からお臍《へそ》の下まで、触らせたりするのであります。いかに道心堅固の上人でも、女のお乳やお臍やまたそのお臍の下の方まで、触っているうちには、一念勃起《ぼっき》して、道徳心を放擲《ほうてき》するに至るのは当然のことであるのでありまして、それでもなおかつ、冷静たりうる者があるとすれば、それはすでに、あの世の人である仏様でありましょう。この世の人間には、上人であろうが、何であろうが、絶対に我慢の出来ることではない。エッヘン。ここに列席しておられる各位にしても、男も女も――鳴神を女で見せる趣向の狂言に「女鳴神」があることは、各位の御存知の通りでありまして、これはアベコベに鳴神尼に対するに美男雲の絶間之助をもって、なやましき煩悩《ぼんのう》の情理をつくした狂言であります。すなわち、早く申せばどんな淑女でも紳士でも、煩悩にはうち克ち難いのでありまして、私の場合、今様雲の絶間姫ならぬ一橋季子さんの、白い脛に、赤い血の走る光景を見た瞬間、この世のものとも思えぬ美しさと観じたのは洵に無理からぬことなのであります。(ボーイ長来たり、私の肩を執って、席より放たんとするが如し。私もまた、強硬に、彼の胸を小突いた)

さて、それより、数カ月後、私は須本君に、会って、直接にこの話をうちあけました。須本君も、手紙の時とは、うって変って、熱心にきいてくれたものであります。話が半ばすぎる頃から、須本君の心が少しずつ、動いたようにも見えたのであります。

エヘン、エヘン。

「そんなに美しいのか」

「実に、美しいのだ。君だって、一目で恋をしてしまうだろう」

「とんでもないことだ。女は、化粧しているからこそ、美しいといわれる。女から、口紅と白粉《おしろい》を除いたら、どうなるというンだ」

「そんなことを、云い合っても、埒《らち》があかない。一度でいいから会ってくれ。君は、きっと認めてくれるだろう。なるほど美しいといって、目を瞠《みは》るだろう。僕は君に、参ったといわせたいのだ」

「会わなくたって、大体、わかるよ。君の好きなタイプは――」

「タイプなンてものじゃないンだ」

「そんなに君が、いうのなら、会って見てもいい。その前に、一ッ君にきいておきたいことがある」

「何だ、須本君――」

「最初の手紙に拠ると、君はまだ、彼女に恋をしているのではない。ただ、その美貌に、一驚したという風に書いてあったね」

「その通りだ」

「君の恋人として、きまってしまったものなら、僕が会って、とやかく、云ったところで始まらん。そうでなく、君と僕とが同じ立場から、彼女が美しいか否か、検討したいという客観的な問題であるなら、会ってみてもよろしいと思う」

「それで結構なのだ」と、私は、心弱くも、そう答えたのであります。では、会おうということに、相成りました。(二人ほどの暴漢が、私を場外へつれ去らんとした。然し、私は怯《ひる》まなかった。ここまでいった以上最後のしめくくりをつけないことには、テーブルスピーチとして、体裁をなさないではないか)

エッヘン。そこで、須本君は、季子さんにはじめて会いました。自転車事故のあった約半年後でありました。季節は冬でありました。もっと正確にいいますと、クリスマスイブでありました。場所は、季子さんが卒業した志田女子学園のバザー。この日、寒さにもめげず季子さんは、何と、ナチュラルグレーのカーデガンに、紅のスカート、首飾り、腕輪とも、かの沓掛から追分に向う、落葉松《からまつ》と百合の咲く中仙道を、ピカピカの自転車で疾走した時と、同じ服装をして、余興の舞台効果係をやっていたのであります。

私は、もっと、奢侈《しゃし》なコスチュームに着飾った季子さんを想像していたので、しまったと思いました。これでは、須本君が感心するはずはない。女ぎらいなどという条、案外、女に目の肥えている須本君のことですから、よっぽど、堂々と、豪奢《ごうしゃ》な恰好をしていないと、いい点はくれないだろう。ところがこともあろうに、ナチュラルグレーのカーデガンでは、軽井沢風景である。それも、舞台裏で、引玉かなンぞを、ドドドドド——と引く役なので、顔には埃《ほこり》を浴びているらしい。白粉もつけないようで、髪なども、パサパサしておったのであります。

「あれだよ——あの人だよ」

と、私は、舞台の奥を指さしました。須本君は、

「ヘエ、あれ？」

といったきり、何ともいわず、ジッと瞳を凝らしている風でありましたが、やがて私と一緒に、余興場のベンチに靠《もた》れて、

「平凡じゃないか」

と、一語、いいましたので、私は返す言葉もなく、ただ、悪いところを見せてしまったと思ったのであります。

「落第かい」と、いいますと、

「あの女のどこに惹かれたンだ」と、ききますので、

「どこといわれても、返事が出来ないよ。僕は、あの人なら愛せると思うのだ」

「愛せるということなら、誰だって、愛せるよ。このバザーへ集まってくる女は、それぞれに愛せる女だ。愛せないなンていうのは、なかなか、いない」

と、須本君は、彼一流の云い方を致したのであります。

「愛せるとか、愛さないとかいうことではなくして、女の客観的価値だ。その点で、非凡な女は殆どいない」

と、須本君は云いました。エッヘン。

やがてバザーがすみ、それから三人は、ときどき、会うようになったのであります。男二人が、彼女の部屋をおとずれることもあれば、季子さんが私のところへやってきて、一緒に須本君の家へも行けば、また、銀座とか新宿とかで、三人が落合うこともあったンであります。（ト、いつのまにか、私の立っている眼前に、花婿も花嫁も、その姿を消していた。それればかりか、新郎新婦の前に飾られた美しい盛花が、みな、首をたれ、勢いなげに、枯れてしまったのには、些《いささ》かギョッとした。これで見ると何か私のテーブルスピーチには、卓の盛花を枯らすような毒素があるのであろうか。いや、いやそんなはずは、絶対に、あるべくもない。私は素直に、この祝典を喜び、新郎新婦の辿ったコースを、偽らずに発表して、二人の婚礼を意義づけようと努力しているのだから）

エッヘン。次の年の夏、私達三人は、再び軽井沢へ出かけたのであります。テニスコートのある小道を、三丁ほど行った青い林の中のバンガロオを、私の名義で借受け、共同生活をはじめたのであります。

　このような生活を、満堂の各位は、何と解されるでありましょうか。失礼ないい方で申せば、何か私どもが、変態的興味によって、女を真ン中にした三角恋愛的生活をしたのではないかと想像する方もないとは云えないでありましょう。女が中で、男が二人というのは、これを字の上でいえば、嬲《なぶ》るという字に該当するのであります。女が一人を、二人の男がなぶるというのは、まことに怪《け》しからんことであります。女が一人で、男二人に嬲られては、たまったものではないでありましょう。世にいわゆる嬲り殺しなどといいますのも、一人の女を、二人の男が、よってたかって、いたずらをして殺したのが、言葉のおこりではないでありましょうか。

　ところが、豈図《あにはか》らんや。私ども三人の軽井沢生活は、神聖冒す可《べ》からざるものであったンであります。すべて、生活の規準は、当番制に拠りました。下がロビー風の洋間、といっても、つまり板の間でありまして、畳敷は、二階の、六畳と三畳、別に、アトリエにもなるベッドルームがありまして、三人の共同生活としては広すぎるくらいでしたから、それぞれ、各自の部屋をもち、ロビーで食事をする時は、めいめい、持寄りでありました。また、読書の時間には、私が教授格で、本夕の新郎新婦は、生徒となりまして、フランス語などを勉強したのであります。二人のうち、どちらが季子さんに親切だったかというと、非常に難かしい問題でありまして、私と須本君とでは、女に対する親切の気質を異《こと》にしているようでありました。

或る日、季子さんが熱を出しました。このときの看護ぶりは、まさに兄たり難く、弟たり難くでありました。氷嚢《ひょうのう》を取りかえる役は、須本君でありましたが、氷をかくのは、私の役でありました。また、街へ氷を買いに行くのも私の役でありました。その代り、湯たんぽがないので、私ども二人は、かわるがわる、手を焚火《たきび》にあたためては、季子さんの小ちゃい足を、あたため、湯たんぽ代りをしたンですが、そのときの季子さんのやわらかいかかとからくるぶしのあたりの感覚を、私は今に忘れることが出来ないような次第であります。

その夜、アスピリンをのんだら、季子さんは急に発汗しました。すると、そのままにしておいては毒なので汗をふいて、寝巻を取りかえなければなりません。この役を、二人のどっちがやるかということは、いわば、微妙で、決定的な問題であったようでありますが、季子さんは、二人に一緒にやって貰うのはいやだと云ったのでありまして、これは、もっともな話ではないでありましょうか。エッヘン。

私と須本君は、トランプを切りました。さきに、ハートのAをめくった者が、季子さんの肌を拭くことを許されるのでありました。テーブルの上に、トランプが積んであります。まず、どちらが先にめくるかをきめました。私が先発でした。めくりました。スペードの6。幸先《さいさき》が悪い。須本君がめくりました。ダイヤの9。次、私、ハートの2。ハッと胸がとどろくではありませんか。次、須本君、ハートの5、それから私、クラブのクイン、須本君、ダイヤのキング、私、スペードのA、須本君、スペードのクイン、私、ダイヤのジャック、須本君、ハートの10、私、クラブの8――どうもなかなか、出ないものであります。やっと四十二枚目に、ハートのAが出たときは、私は、全身、汗びっしょり、見ると、須本君も、玉の汗であったンであります。偶数の目でしたから、これは、否応《いやおう》なし、須本君の勝利でありました。須本君は、私に対し、炎《も》える瞳をかがやかしつつ、

「ゴウ・アウェイ」

と、叫んだものであります。私は、スゴスゴと、扉の外へ出て行きました。泣いていました。私は、もう、全身をゆすぶるようにして、泣かずにはいられなかったンであります。扉は閉ざされました。あとは、シンとして、何もきこえないのであります。

あああ。

今や、季子さんは、裸になったのではないか。汗に濡れて、グッショリ濡れたパジャマをぬがして貰い、乾いたタウルで、彼女の美しい背や胸を拭いているのではないか。着がえをする以上は、ズボンもぬぎ、パンティスも取り、ブラジェアーもはずしてしまったことでありましょう。しかも、それは、アスピリンによる発汗であるのでありますから、何ら、神聖を害すべき事柄ではない。彼女が全裸となり、たとえ急所を見せたからとて、いわゆるワイセツではない。然し、須本君は、果して、この時、平静たり得たでありましょうか。それとも、動悸顛倒《どうきてんとう》して、鳴神上人の如く、秘行の壇場から、まろび落ちたものでありましょうか。季子さんは、予言の如く、やっぱり雲の絶間姫であったのでありましょうか。

ああ、若《も》し、ハートのAが、一枚その位置を変えていたなら、このすばらしい大役は、私の身の上に廻ってきて、明暗、処を異にしたわけであります。私と致しまするか、やはり冷静なる態度をもって、先ず、上衣《うわぎ》をぬがせ、上半身の汗をとるときは、乳や腋下《わきのした》にも、触れぬわけにはいきますまい。それから、徐々に下へ。胸から腹、臍の周《まわ》り、つづいて、ズボンを取り、丹念に、股間《こかん》を拭く間、好色心などはあってはならず、ひたすら真剣にすべて汗の出そうな部分は、乾いた布で、吸い取らねばなりますまい。私は、それでもう、この世に思いのこすことは何にもないと、大悟徹底することが出来たでありましょうに、思えば、恨めしいのは、ハートのＡでありました。掌中の珠玉は、この時を契機として、みンごと、私の手より飛び去りまして、須本君の手中に移されたのではないでしょうか。

然しややあって、扉があき、須本君が出てきたときは、日頃より却って柔和な表情であり、女の急所などを見たあとのような顔ではありませんでした。実に、二人とも何気ない風でありまして、私を迎え入れ、こんどは、その汗になったものを洗濯するためのトランプになりました。更に私の眼の色は変っていたに違いありません。こんどは、ＪＯＫＥＲにしようと、須本君は云いました。ＯＫであります。私は心をこめてトランプを切り、こんどこそは、負けられないぞと思いました。季子さんの汗を拭くのは、須本君にゆずりましたが、またしても洗濯の方まで負けてはいられないではありませんか。

幸いにして、ＪＯＫＥＲは、十五枚目で、私の手に入りました。それでビッショリ濡れた肌着を、洗籠に取り、私は、裏の洗濯場へ急ぐのでありました。折から、栗の木に風が立ち、ふしぎな鳥が啼《な》いて飛去ったのです。私は、腕をまくって洗濯をはじめました。何たる悲哀、何たる憂愁。あんなにも悲しく、そしてこんなにも、泪《なみだ》が出るものでありましょうか。白い季子さんのパジャマに、私の泪の落ち流れるのが、よくわかりました。想うにバザーのその日から、須本君は季子さんを愛し出し、季子さんも、段々に、須本君に惹きよせられ、二人は、とっくに、断ち切ることの出来ない愛情をもち合っていたのですが、二人はまた、私というものに、いろいろと、義理を立てていてくれたのです。ウウウウウ(卜泣く)

然し、義理だけでは、愛の心を偽ることは遂に出来ないのであります。鳴神の如何《いか》なる呪法《じゆほう》も、雲の絶間姫を愛する心には敵しないように、私の方が季子さんを知ることが先だったという一片の義理人情は、この強烈な愛の炎の前には、ペラペラと、焼けて、黒焦《くろこげ》になり、天津み空へ飛び散ってしまったのでありましょう。

神よ。神より美しきは、女の瞳の美しさでありますぞ。

エッヘン(卜声をはり上げ)ここに新郎と新婦は、世にも神聖なる愛に生き、めでたくも、偕老《かいろう》同穴の契りを結ぶことに相成りましたる所以《ゆえん》を、喋々《ちようちよう》として御披露に及び、幾久しく、寿《ことほ》ぎ奉りて、私の拙《つたな》き祝辞を、結ぼうと存ずる次第でありまして、併《あわ》せて来場各位におかせられましては長々と御清聴を煩《わずら》わしましたる点につき、心から御有恕《ゆうじよ》を請う者でありまする。(卜この時、私は流汗淋漓《りんり》拭いもやらず着席したが、時に会場は暗然として人なく、さしも皎々《こうこう》たりしシャンデリヤの華燭もあますところなく消え落ちていた)

出口入口

永井龍男

永井龍男《ながいたつお》
一九〇四―一九九〇

東京・神田生まれ。父が病みがちで、高等小学校卒業後、奉公に出る。一九二三年、「黒い御飯」が菊池寛に認められ、「文藝春秋」に掲載。二七年、文藝春秋社に入社、「オール讀物」「文藝春秋」の編集長を歴任。その間、芥川賞、直木賞の設立・運営に関わる。四六年、退社後執筆に専念、短篇小説の名手として知られる。六五年、『一個その他』で野間文芸賞、芸術院賞、六八年、『わが切抜帖より』で読売文学賞随筆・紀行賞、七二年、『コチャバンバ行き』で読売文学賞小説賞、菊池寛賞、七五年、『秋』で川端康成文学賞受賞。八一年には文化勲章を受章する。

前年の暮から一月二月と、雪らしいものは一向降らなかった。

数年来の現象として、雪が少なくなったという者もあり、こういう年は桃の節句あたりから、続けさまに降ることがあるものだと、したり顔にいう年寄りもあった。

この家の主人が、心臓系統の故障で急逝したのは、三月に入って急に寒さがぶり返した二日目か三日目のことで、出先きから悲報をうけたこの家では、名残りを惜しんだ雛をまだ飾ったままであった。

通夜の日の夕刻から雪になった。

六時からの通夜経の中を、会社関係の人間が一しきり続々と詰めかけた。焼香のために、庭木戸から縁先きへテントを張るようなこともあぶなく間に合い、顔の広い者が玄関脇に立って、故人に親しかった人物には奥へ通ってもらう手はずも出来た。故人はつい先達っての異動で部長に昇格したばかりだったので、格別に同情された。受

付や下足係で働く部下達も、気を入れてこまめに動いた。脱いだオーバートの雪を、払い払い係に渡し、

「やあ、御苦労さま。でも、降り出したら、かえっていくらか、あたたかになったようだね」

と、言葉をかける間も、体を玄関へ向けて気忙しい男があった。故人直属の部下で、これも課長に昇格したばかり、明日大阪支社で開かれる連絡会議に東京方の世話役として随行することは、受付係もみな知っていた。

「ちょっと、奥さんにお悔みをね」

「やっぱり、明日は予定通り……」

「そうなんだ。おれは、今夜の新幹線さ。頼むぜ、葬式の方は」

課長は上がり段を前に、立ったまま靴を脱ぎ、

「下足はいいよ、奥さんに挨拶して、すぐ帰るから」

と、自分で脇の棚の隅へ、靴を置いた。

重役の一人が来たのは、それから三十分後であった。故人の部の上置《うわお》きに当る常務で、焼香だけで帰る訳には行かなかった。酒肴の出た座敷へ通って、銀行その他取引き関係の弔問者の相手を勤めた。

「どうです。降ってますか」

「ええ、相当なもんです。上越地方は猛吹雪だそうです」

新しく入ってくる顔があるごとに、そんな会話が交され、帰路が遠いからと云って、早々に腰を上げる者もあった。八時になると、常務が形通りの挨拶をして、一応通夜は終った。

「あしたの朝まで、降り続けることはあるまい。雪晴れで、かえって天気はいいかも知れぬ。あいにく大阪の連絡会議で、あしたは参列出来ない。手落ちのないように、諸君よろしく頼む」

故人の部下数人に云い置いて、常務は玄関まで出た。明け放しで、遠慮なく寒風が吹き込んできた。

「おい、お靴を」

送りに出た年輩の社員が、土間にいる者に声をかけた。

「なにをしているんだ、早くしないか」

「……それが」

「おれがお預りして、その棚の一番上の端へ置いてある。早くお出ししろ」

「はい、それがここに……」

もう一人の若い社員が念のために、9番という下足札まで後で付けてそこへ置いた靴が、見えないということだった。残った靴の数は知れていた。若い社員が、それをずらりと上がり口へ並べるのを、常務は上から一べつして云った。

「おい、運転手に帰ると知らせたか。早く呼び給え。もういい、そこのサンダルを出せ」

若い社員の一人が門の外へ駆ける。後の二人が、サンダルを出してよいのか悪いのか、いたずらに戸まどう。

「なあ君、自分の履き物と、他人の履き物と、履いてみて判らぬような鈍感な奴は、うちの社にはおらんはずだ。どこかのあわて者だろう。サンダルを早く」

常務は苦々しげに年輩の部下に云って、それを突っかけた。

八時発の新幹線に乗車して小一時間してから、課長は電話のアナウンスをうけた。東京大阪を往復するごとに、よくあることなので、気軽に席を立ったが、電話口に出てから語気が鋭くなった。

「それは判ったよ。だから訊いているんだ。どうしておれに電話をかけてきたんだ。うん、おれが急いでいて、往きも帰りも自分で靴を始末した。それが理由の全部だね？　今夜の受付の責任者は誰なんだ、木村？　あいつにそう云っておけ、靴を履いてみて、自分のと他人のと区別がつかぬほど、おれはもうろくしてはいないんだ」

それきりで通話を断ったが、受付の困惑が眼に見えるようであった。重役の靴が、通夜でまぎれたとなれば、あちこちへ電話もしたに違いないとして、その中に自分宛の一本が入っていたことが、課長にはゆるせなかった。座席に戻って体を落着けると、不愉快さは逆に盛り返してきた。

なぜこんなに腹が立つのか、課長は眼をつむって考えはじめた。自分で置いた場所から、自分の靴を取って履いた。これほど間違いのない行為を疑われたからだろうか。それもあるが、それだけではない。他人の靴を履いたまま、新幹線に乗り込むまで気づかずにいたと思われたからだろうか。そんな無神経な男と見られたからだろうか。

課長は、急に立ち上がった。ビュッフェへ行こうと思った。他人の靴の持つ、得体の知れぬ内部の不潔さが、足の裏から染み込んでくるような感覚にとらわれたからであった。

三杯目の水割りを二口三口すると、ようやく気分がおさまってきた。体を斜めにすると、車窓を横なぐりにかすって行く無数の雪が見えた。なにもかもを、一瞬のうちに過去にしてしまうような速さで、それは続いた。

六、七年の間、毎日同じ職場で働いた故人のことが、きわめて自然に心に湧いてきた。部長昇格と定っての急死なのだから、思い残しはないだろうと人も云ったし、自分もそう思った。「部長」は心臓に悪いらしいと、うそぶいた奴の顔も思い出せた。その時、そうかおれのさっきの不愉快さは、課長に昇格してはじめて、課長らしくない扱いを受けたからなのだと了解した。

「君、その塩入れをくれ」

課長は塩入れの塩を、ナプキンの上に盛り、それからさりげない形でこごみ加減になると、両方の靴に振りかけた。

隣り合って立っていた男が、けげんそうにそれをのぞき込んだ。課長はその顔に笑顔を合わせて、

「出がけに、通夜をすませて、東京駅へ駆け込んだもんですから」

と、手を軽くはたいた。

「このところ、不幸が多いですね」

「そうなんです、久し振りのこの雪で、打ち止めにしてもらいたいところですが」

一応後片付けが終って、四十近い社員が二人、若い社員が三、四人、玄関脇の小部

屋で石油ストーブを囲み、ぼそぼそ話合っていた。

「……まあ、行こう。君達も呑め」

年輩の社員が、運ばれてきたばかりらしい燗徳利を取って、同じ年輩の社員にコップを持たせた。

「八時過ぎにみんな帰ったとして、一時間近くなるんだ、私が間違えましたと、誰か電話をかけてきてもよさそうなもんじゃないか」

「しかし、べんべんと、それを待っている訳にも行くまい」

酒を受けながら、相手の年輩社員が呟く。

「べんべんとしている訳じゃないが、犯人が判らない。ほかにどうしようもあるまい」

「常務を、家まで追いかけて行って、平身低頭しない訳には行くまい」

「平身低頭か……」

「あしたの一番で、大阪の連絡会議へ出かけるはずだから、行っても会っちゃくれないかも知れぬが、とにかくおれ達は責任者だ」

「選りによって、常務の靴とはなあ」

「新幹線で、課長はなんか言ってなかったか」

「はあ……」

若い社員は、口籠ったままだった。

「おれの知ったことか、よきに計らえだろう」

そこへ、喪服の未亡人が、数珠を手にそそくさと顔を見せて、

「いま脇で、家の者が電話をかけていらっしゃるのを聞いたんだそうですが、常務さんの靴が」

と、眉をひそめた。

「どうも、大変な手落ちをいたしまして」

「サンダルで、お帰りになったとか」

「はい、これから私、あちらへ伺って、とにかくお詫びをして参ります。とんだ御心配をかけてしまって、申し訳ございません」

「お宅へ伺うといっても、この雪ですしねえ」

「いえ、私どもの責任でございますから」

「それじゃ、まあ熱いうどんでも食べていただいてから」

玄関外の急ごしらえの数段の棚に、たった一足靴がのせてある。

熱燗の酒とうどんで、いくらか気合いをとりもどした年輩の社員は、身支度を調え

てしまうと同僚の耳に口を寄せてささやいた。

「主のない靴が、たった一足こうしてあると、変にうす気味悪いもんじゃないか」

「気味が悪い？　こいつなんだぞ、おれ達をこんな目に逢わせたのは」

「御苦労さまですが、あちらさまに、呉々もよろしく」

その背後へ、未亡人が頭を下げた。喪主とその家族は、通夜の客を送り出すものではないという仕来たりが東京にはあるので、未亡人の立った場所はまことに中途半端で、それが一層頼りなげな姿に見えた。

呼んでから三、四十分かかって、車が来たと女中が告げにきた。そのすぐ後に続いて、よんどころない義理で他出していたと、女将が挨拶にまかり出た。

座敷の客は二人で、一人は相当酔っていた。

「よんどころない義理か。世間にはそういうことが沢山ある」

と、酔っている方の中年者が、せりふもどきに応じた。

「この雪だというのに、ねえあなたさま」

「相変らず、降ってるか」

「宵に、ちょっとみぞれまじりの雨になりましたけど、いまはまたじゃんじゃん」

「おれ達も、よんどころないお通夜の帰りだ」

「あら、折れ口でございますか。それはまあ……」

「通夜は通夜だが、おれ達は悪魔っ払いと、お祝いをかねて一杯やりにきた。もっともお祝いの方は内証だがね」

酔った方はそういって、

「おれはね、今度の異動にも部長にはなれなかった。よくよく無能なんだな、結局」

「まあ、そんなこと」

「いや、まあ待て。そうするとね、おれを追い越して部長になった男が、きのう急に死んじゃった。もしもおれが部長になっていたら、今夜はおれの通夜かも知れなかった、そうじゃないか。おとといまでは、ピンピンしていた男が、さよならともいわずにだ。そこで今夜は、人事課長を誘って、通夜からここへきて、お祝いに一献さ。人事課長ってのは、怖いんだぞ。おれ達の働きをエンマ帳につけとく人だ。この人が、部長候補におれの名前の上へ○を付けておいたら、いまごろこのおれは、お陀仏かも知れなかった、そうだろう？」

「Bさん、もういいよ。さ、帰ろう、車が待ってるぞ」

人事課長が、困ったもんだと云わぬばかりに、男をとりなした。

「お前は、ここの女将だ」

「まあ、なにをいまさら」

「いいか、お前には女将の星が備わっている。だから、女将としてこの店が切りまわせる。星のない奴が、女将になってみろ、位負けしてころりとやられてしまう、人間万事そういうもんだ」

オーバーを着せ、玄関まで連れ出すにも随分世話をやかせたが、上がりがまちにかけて出された靴を前にすると、これは自分のではないと云う。生酔い本性たがわずとは、こんな男のことであろう。

「ばかを云うな、おれの靴は、イタリー製の……」

「この通り、下足札もつけておりますし、絶対に間違うようなことは」

老人の下足番は、後へ退かなかった。

「Bさん、これもイタリー靴だぞ。なんだ、靴の中に9番という紙切れが入ったままじゃあないか」

人事課長は、酔っているのだから相手にするなというふうに、下足番から女将へ視線をまわした。

「9番？　まてよ」

酔った男はそう云って、オーバーのポケットから背広のポケットを間だるくさぐっていたが、やがて控え札の紙片を眼の前へ持って行くと、

「こりゃあ、いかん。これは6番だろう？　見てくれ」

と、課長にさし出す。

「よく覚えていたもんだな、これは6だよ」

酔った男は、びっくりするような大声で笑い出した。

「いやア、しまった。9だと思って履いてきたんだ。どうも少し、ダブつくとは思ったがね」

困った奴だと呟きながら、人事課長はとにかくその靴を履かせて車へ送り込み、日黒の駅まで行ったら起こして道を訊けと運転手に念を押すと、もう一度玄関を上がって電話口で手帳をひろげた。まだ何か用事が残っている様子であった。

酔った男を乗せた車は、やがて高速道路に上がった。

ヘッドライトに照らし出される雪も、ネオンに染まる雪も、東京に降る雪は車におびえ切って、身の置きどころがなさそうであった。

雪の残骸を蹴散らして疾走する車の窓から、何か黒い物が続けて二つ、後を追うような形で投げ捨てられた。

「なあ、運転手さん、人の履いたものなんか、有難がって履いていられるかよ」

肩越しに乗り出してきて、そういったと思うと、酔った男はごろりとクッションを一人占めにして寝た。

骨

林芙美子

林芙美子《はやしふみこ》
一九〇三―一九五一

福岡県北九州市生まれ（本人は山口県下関市とするが）。幼少時家庭に恵まれず、各地を転々とする。尾道の女学校を卒業し上京。困窮の中、数々の職業を経て、男性遍歴を重ねながら、執筆に打ち込む。一九三〇年、私小説『放浪記』がベストセラーになり、一躍有名になる。戦時中は報道班員として中国などに従軍した。四九年、『晩菊』で女流文学者賞を受賞。主著に『風琴と魚の町』『清貧の書』『稲妻』『うず潮』『浮雲』などがある。つねに女流作家の第一線で活躍し続けたが、心臓麻痺で急死。

——なんじ兄弟の眼にある物屑《ちり》を見て

己が目にある梁木《うつばり》を感ぜざるは何ぞや——馬太伝《マタイ》

骨を返してくれッて、おかしい事もあるものだわ。骨を下げて貰って、あの大臣の奥さんはいったいその骨をどうするつもりなのだろう……。じいっと眼をつぶっていると、道子は涙が眼尻に熱く湧きあがって来た。こんな心は鬼になったのかもしれないけれども、空っぽの、良人《おっと》の骨箱を貰ってこのかた、自分の人生はくるりと変ってしまったのじゃないかと、道子は、それ以来泥んこの道を歩いて来たことを頭に浮べる。人に聞いてみても、案外、心から同情はしてくれない。——戦犯大臣が死刑台に立って死んだあと、その骨を貰いたいと大臣の夫人が嘆願していると云うことを新聞

で見たけれども、道子はその記事を見て、急にわあっと声をたてて泣きたくなってい
た。冷たい雨夜の街に出て、道子は男をひろうのだ。ひいふう、みいよう、数をかぞえながら、息を殺して、じいっと駅の方を見る。男が歩いて来ると、道子は心のうちで「一寸《ちよつと》、骨を頂戴よオ」と呶鳴《どな》りたくなるのだ。飛び飛びに幽霊のような男が駅から這《は》い出して来る。骨がきしきしと鳴りながら歩いて来る。骨には只淋しそうなぎらぎらした眼差が点じられていて、その眼が光って近寄って来る。そして最初の日の出来事が何度もくりかえされる。その最初の記憶は道子にとって忘れがたいものであった。——

「いくら?」と訊《き》かれて道子はとまどいして、幾度も唇に手の甲をあてて笑った。いくら? と訊かれた事は道子との一夜の値段を聞かれたのだと彼女は気がつくと、腰のあたりがじいんとしびれて来た。夢中で男と歩いた。男は薬臭い匂いをしていた。先輩のランちゃんが教えてくれた家へ行った。カフェーの客引きの女達の出っぱっている武蔵野《むさしの》館の前を通って、ムーランの小舎《こや》の前まで行くうちに、道子は少しずつ勇気が出て来た。正面の石崖《いしがけ》の上に細い月が出ていたせいか、何だか武者ぶるいするような気もした。両側のネオンの光が乾いて光っているなかを、道子は時々凸凹《でこぼこ》の道につまずきながら歩いた。ひそかに、この無情な月に向って手をあわせてみる。何処《どこ》ま

で歩いても薬臭い。この男は医者なのではないかと、まだ、お互いによく顔を見合っているわけではなかったけれども、寄り添って来る男の外套《がいとう》の手ざわりが時々道子の手の甲にチクチクと痛かった。広いみずうみに出たような、なまぐさい風が崖の上から吹きおろしていた。いろいろな音が耳についた。そしてまた、この崖下の街通りに油臭い匂いもした。窖《あなぐら》のような崖下の暗さのなかに地面がゆすぶれる。省線の出入りが四囲《あたり》を硝子《ガラス》箱のように軋《きし》ませている。「まだかい？」「ええ」「旅館なの？」「ええ」男は立ちどまって、何と云う事もなく後ろの方を振り返った。人が歩いて来ると、男は道子から離れた。そして、帽子をまぶかくかぶっている。そのしぐさに道子はぞっとしながら、自分も離れてゆっくり歩く。男の後姿が見窄《みすぼら》しいのだ。暗い石崖が、襤褸《ぼろ》を積み重ねたように見える。道沿いから、歪《ゆが》んだ不規則な石の段々を道子は上って行った。ああそっちかと云ったそぶりで男は急いで後戻りして、道子の後ろから息をはずませながら石の段々を登って来た。青梅《おうめ》の方へ向う広い街道へ出ると、月がくるりと眼の下のネオンの海の上に高く浮びあがった。京王線の電車の路面が木琴の鉄板のように凸凹している。砂風を巻きあげる風。不安な音。下界の街からあがる死の呼声のような物音がごうっと波になって響いてきた。男はほっとしてまた肩を寄せて来る。「本当に、いくらやったらいいンだい？」道子はショールで鼻をかくした。「私、初めてだから判らないンです」「ほう……初めて？　嘘《うそ》つけ！」かあっと乳房のあたりがあつくなって、道子は、ビロードのショールで鼻をすすった。「お前は人がよさそうだな……」道子は二度ほど小さいくしゃみをしてショールのはじで鼻汁をかんだ。広い道薄明るい空に、だんだらになった白い雲が、卵の白身のように泡立《あわだ》っている。広い道を横切ってまた暗い崖下へ降りて、旭町のごみごみしたバラック街へ出る。昨日教わった桔梗家《ききようや》と云う旅館の前に来ると乳母車が塀《へい》ぎわにとまっていて、白いエプロンをした女がそのそばに寒そうに立っている。道子は一寸たじろぐ気持だったが、勇気を出して丸太で門をつくった中へ這入《はい》って行った。昨日逢った女中が心得て二人を二階の奥まった暗い部屋へ案内してくれた。節穴だらけの廊下は三人が歩く度ぎしぎしと鳴った。襖《ふすま》の菊の花を散らした紙がたるんでいる。女中はすぐ道子を廊下へ呼び出して、「ねえ、あンた、貰った？」と尋ねた。「ううん、まだ」「さきに貰っとくのよ。ランちゃん、もうさっき来てるわ。今夜、あンた泊り？」「判らないわ」「じゃア、泊るようにして、何か飲みものでも註文させなさいよ。——大丈夫よ。蒲団《ふとん》は廊下へ出しといてあげるから、とにかく、貰うものを貰ってさ、泊りかどうか、帳場へ払っとかなくちゃ駄目よ」「ええ」道子は汚れたショールをくるくると巻いて部屋の中へ這入った。男は灰色の帽子をあみだにかぶって立っていた。案外若い男であった。外ではそんなにも思わなかったのだけれども、天井が低いせいか、男は脊が高く見えた。痩《や》せていた。骨ばった手首の時計を見ていた。「泊ってもいいのかい？」道子はほっとして手の甲を唇のところへ持って行って微笑した。男は馬鹿に気に入った様子で、道子の手を握った。汗ばんだあたたかい手の感触が、道子には哀《かな》しい気持だった。「お金を帳場へ持って行かなくちゃいけないンですけど……」男はああそうかいと云った表情で、どっかと荒目な畳の上にあぐらをかいて、内ポケットから古びた札入れを出した。「いくら？」道子の顔が歪んだ。早く値段を云わなければならないと思いながらも、どうしても云えないのだ。ランちゃんは、取るだけ取らなくッちゃいけないと教えてくれたのだけれども、いざとなってみると、見ず知らずの男に、いくらいくら欲しいとはどうしても云えない。廊下の外で蒲団を置く音がして、入口の襖がふわっとしわってくる。男は百円札を一枚ずつ勘定して十枚を道子の手へ握らせた。「あのう、何かお飲みものはいりませんか？」「お銚子《ちょうし》二本。それから南京豆《ナンキンまめ》少し貰うかな、それでいいよ」道子は廊下へ出て、うすべったい蒲団をまたいで階下の帳場へ行った。百円札を六枚取られた。ついでに厠《かわや》へ行くと、シュミーズ一枚の上に外套を引っかけた脊の高い女が、髪をふりみだしてばたんと厠の板戸を閉ざして道子のそばを通り抜けてぱたぱたと走って行った。厠の中には新しい桃色の花型をしたナフタリンが匂っていた。その匂いに混じって、さっきの女のつけていたらしい胸の悪くなるような香水の匂いが残っている。道子はハンドバッグから百円札を出して、四枚数えた。そして、ふっと舌をべろりと出した。涙が出そうだった。厠の小窓を開けて冷たい空気を吸った。あらゆる思い出がざっと流れ込んで来るような一瞬であった。小窓の外は往来なのか、自動車の光の反射が硝子戸を明るく染めてすぐ消えて行った。汚ない窓枠《まどわく》に両手をかけて、そこへあごをのせて、冷たい空気を吸いながら道子はさめざめと泣いた。戦死した良人の事をわざと考えてみる。こうした事は仕方がないと思った。そんな事をしなくても、何か他にする仕事はあるだろう……と耳もとで良人がささやくような気がした。他にいい仕事があるかもしれないけれども、私にはもうそうした仕事を探す勇気もないのよ、と云ってみる。父の顔や笑子の顔、勘次《かんじ》の顔が絵のように瞼《まぶた》の中でくるくる舞っている。泣くだけ泣いたせいか、気持がさっぱりして、コンパクトを出して赤くなった眼のふちを汚れたパフで強くおさえた。二階へ上って行くと、女中と男がひそひそ話していた。男は手酌で盆の上の盃に酒をついで飲んでいた。三四枚の百円札をかきあつめるようにして、女中は道子と入れ変りに廊下へ出て行った。「君も一杯どうだい」「私、飲めないンです」蒲団が部屋の隅に入れてあった。織部床《おりべどこ》には、印刷物らしい美人画の軸がかかっていた。痩せた美人が只立って髪に手をやっている。裾がみだれて細い脚が朱色のけだしから出ている。窓は一つ。隣の声が聞えるような薄い緑色の壁。四畳半の畳には窓ぎわに渦巻線香の焼けこげが跡をとどめていた。「まずい酒だ」「そうですか……」「水で薄めて儲《もう》けるンだな」「そうでしょうか」「君はいくつだ？」「二十六です」「もう、年をとっています」「あててみようか？」「ええ」「二十五かい？」「若く見えるね」「そうですか……」「未亡人かな？」「いいえ……」「まさか、男を知らないって云うンでもないだろう？」「ええ、本当は一度かたづいていました」「戦死したの？」「ええ、まア……」男は銚子を一本空にして二本目にうつった。突然、隣の部屋で、「いやだねえ、くすぐったいよウ」とがらがらとした女の声がはっきり聞えた。男は銚子を持ったまま顔を挙げた。笑わなかった。笑わなかったので、道子はかえって男の表情が怖《こわ》いように見えた。あごが長いので、昔の花王セッケンの広告のようだと思った。この男と一夜をともにすると云う事が腑に落ちないのだ。一寸のがれに時を刻んでいるような気もして、道子は疲れたハンドバッグの金具を開けたり閉めたりしていた。ふっと、さっき旅館の門のところでみた乳母車のところに立っていた白いエプロンの女の事を思い出している。その女のひととは、何の関連もないのに、急にその事を思い出すのが不思議だった。のっぺらぼうな顔の女が立っているようだった。暗いところで、白いエプロンを見たせいか、その女の顔が案外はっきりしない。笑子の乳母車によく似ていたので、忘れられないのかとも思う。道子は、乳母車と、あの白いエプロンの女を、これからも時々思い出すのではないかと気持が悪かった。隣でどんと壁に突きあたる音がした。道子はうつむいて膝頭《ひざがしら》にのりまきと書いた。指の先にまで涙がしたたりそうな心の凍るような雰囲気を道子はどうしようもないのだ。この夜をはねのけてしまうには、頑強な力がいる。真黒い溜息《ためいき》のようなものが咽喉《のど》へつまって来る。「どうしてこんなところを知ってるの？」「お友達に教わったものですから」男はふうんと云って、別に道子の身の上を訊くでもなかった。道子は小柄なせいか、坐っている膝が短くて女学生が坐っているようだった。形の崩れた紺色の外套を着て、ほつれた色あせたクリーム色のジャケツの胸がふっくり盛りあがっていた。首が細くて顔が小さかった。「首ンとこのその傷はどうしたンだい？」「ええ、小さい頃、リンパ腺《せん》がはれて切りましたの……」道子の細い首に一寸ばかりのるいれきの跡があった。「貴方《あなた》、お医者様ですか？」男は初めて皓《しろ》い歯を見せてにやにや笑った。「そンな風に見えるかね？」「ええ」男は別に医者だとも云わなかった。鞄《かばん》一つ持っていない男は、何となく身軽な生活をしている様子に見えた。やがて、酒も飲みつくしたので、男は生あくびをしながら初めて外套のポケットからピースを出してライタアで火をつけた。「そろそろ寝るかな……」「今、幾時でございますの？」「十時一寸過ぎだ」寄るべもないほどぽきっとした返辞だった。道子が不器用に蒲団を敷き始めると、男は立って厠へ行った。道子はのりのきかないべとついた敷布をかけて、薄い二枚のかけ蒲団をかぶせた。人絹の青い絞りが裂けて綿のはみ出ているところがある。扉になった襖を大きく開けて男が戻って来た。部屋の空気が大きくゆれた。「寒いねえ……」「カアテンがないせいですね」男は何の感傷もない様子で、さっさと外套をぬぎ、洋袴《ズボン》をとり、ネクタイを引きちぎるようにして、灰色のスェータアを頭からすっぽりぬぐ。Yシャツもぬいだ。茶色のメリヤスだけになるとそのまま蒲団のなかに滑り込んだ。「わあッ寒いッ。君、俺のもの全部蒲団の上へかけてくれよ」男は首をあげて、蒲団の上をあごでさした。「序《ついで》に入口の鍵《かぎ》もしといてくれ」「はい」道子は男の枕元に硝子の灰皿を置いた。さっきの吸いかけの煙草が長いままで消えている。やわな鍵をかけて、乱暴にぬぎ捨てられた外套や服やYシャツを蒲団の男の寝姿の上へ丁寧にかけてやると、蒲団の裾がもぞもぞと動いて、まるまったメリヤスのズボン下とさるまたのようなものがにゅっと蒲団の裾からはみ出て来た。道子ははっと胸をつかれ、何とも云えない厭な気持がした。女学生の頃読んだことのあるシュトルムの詩をふと思い浮べていた。今日のみぞ、ただ今日のみぞ、それから何とか云ったけれど、その後の文句ははっきり覚えていた。

明日ははや、ああ明日ははや、なべて変り果てなむ。ただこのひとときぞ、わがものと君を思うは、死にゆかむ、ああ、死にゆかむ、われはただひとり……。この詩を戦地の良人への手紙の中へ書いて送った事もある位好きであった。貴方が戦死なすったら、私は笑子と二人でおあとをしたってきっと死にます、とも書いた。敗戦のあと、ポツダム宣言と云う言葉を聞くたびに、シュトルムが、フーズムと云う生れ故郷から去って、プロイセンのポツダムに行って、そこの軍法会議の判士補とやらになったと云う伝記を思い出した。ポツダムと云うところは、シュトルムと云う人がいたところだとはっきり記憶にある。別にとりたてて本を好きで読むと云うわけでもなかったけれども、女学生時代のグループにそんな友達もいて、誘われて読んだ本のなかに、このシュトルムの詩が馬鹿に心に触れたと云うだけであった。

道子は汚れたもののように、蒲団の裾からはみ出た男の肌衣には手を触れなかった。

「ああ寒い。早くあったまりたいな」男はそう云ってわざとらしく歯をがちがちと鳴らした。道子は外套をぬぎ、ソックスを取って、燈火を消した。四囲《あたり》が暗くなると同時に、寒さが身にこたえた。寒さばかりではないけれども、軀が小刻みに震えた。

「おい、早くはいれよ」

一晩中道子は眠れなかった。

夜が仄々《ほのぼの》と明るくなってゆくのを見た。男は床の方を向いて鼾《いびき》をかいてよく眠っていた。天井のシミが少しずつはっきりして来る。四囲が森閑としていた。ざらついた男の脚が気にかかってくる。寒いので背中をぴっちりあわせていたが、道子は足さぐりで自分の腰のものを引きよせて蒲団の中でその腰のものに足をつっこんだ。ああと溜息が出た。罪深い気がして仕方がなかった。これが人間なのでしょうかと神に問いかけるような気で、道子は眼をあげてあさぎに明るんで来た磨《す》り硝子《ガラス》を見つめた。男がくるりと寝返りを打って、道子のジャケツを着たままの胴へ手探りで手を巻きつけて来た。孤独なところに閉じこめられていた一つの心が、昨夜よりも自由に羽音をたてている。道子はそっと男の腕に自分の手をからませた。誰かが自分のそばにいてくれることは慰めなのだ。好きでもない男だけれども、一夜で道子は馴れたような気がした。男の腕は何の反応も示さなかった。不意に、道子は昨夜見た乳母車の事を思い浮べた。白いエプロンの女が寒い風に吹かれて立っている姿も……。遠い昔、良人《おっと》とこうした時刻があった。道子はじいんと耳鳴りのするような悲哀を感じて、枕にこぼれる涙を右の手で拭いた。左の手では男の骨太い腕をさすりながら……。身を落すと云う事は案外たやすい事だと道子は肩の荷が軽くなった気がした。近くで鶏が刻《とき》を告げている。男が笛を吹くような唸《うな》り方で夢にうなされていた。道子は眼を開けたまま壁をみつめていた。土の中に埋没してゆくような厭な声であった。

道子は背中に重病人をかかえて眠っているような気がして、少しも堕落したとは思えなかった。人間と云うものが無情な動物に出来ているのかも知れないのだ。執拗《しつよう》に良人に対して貞節であると云う事に甘えてゆこうとして、自分は良人が戦死をしたためにこんな風に堕落したのだと思い込もうとしている。道子はその事の罪深さに気がつかないでもなかったけれども、いくらかの金で自分の軀を用立てたに過ぎないのだと口答えをしてみる。窓硝子にぎらぎらした水の光が影をつくっていた。雨が降っているような気配だった。男は自分の唸り声に眼を覚ました。「ああ、厭な夢を見た」男の髪の毛が道子の首筋に冷たく触れた。「どんな夢を御覧になったの?」「うん、兵隊を殺した夢だ。死にかけた奴を殺して、そいつの肉を焙《あぶ》って食った……」「まア! 怖いのねえ。貴方、戦地へ行っていらっしったの?」「うん、六年行っていた」「兵隊を殺したンですか?」「ないね。マニラの山の中で蛇を殺して食った事はあったが、人間を殺した事はない……自分が死にかけた事はあったさ。——君の連れあいは何処で戦死したンだ?」「沖縄です」道子にとって、その思い出はいまでは邪魔なものに思えた。現実がぐんぐん歩いているだけだ。夜が明けると、暗い雨だった。鬼界《きかい》ヶ島《しま》に流された者同士のように、時々お互いに頭を挙げて窓の透けたところを見るだけで、二人はまた枕に頭を沈める。木葉微塵《こっぱみじん》に砕かれた二人の心が、鱗《うろこ》になってきれぎれの思いの中に光る。戦争をくぐった二人の環境が何処か似ているせいで、二人とも手術を受けたあとのように黙りあっていた。戦争の混乱をとおって過去を振り返る気もしないものぐさな思いが二人を只そこへ寝かせているだけだ。男は立って外套を引っかけて厠へ行った。道子は枕元のハンドバッグからコンパクトを出して乾いた額や頬にパフを押しあてた。樋《とい》をつたう雨音が激しくなって来た。あの男は何をしているのかと推量をしてみる。そっと手をのばして、蒲団の上の背広のポケットへ手を入れた。手ずれのした財布や、名刺入れや、飴色《あめいろ》のパイプ、二つ折りになった四五千円位の厚味のある百円札のようなものが手に触れる。廊下に音がしたので、さっともとどおりに背広を放って、道子は蒲団の中へ手を引っこめた。「おお寒い」男は首をすくめて寝床へ這入ると腹這って灰皿を引き寄せて、枕元に置いてある腕時計を見た。「そろそろ起きるかな」「お勤めですか？」「そンな風に見えるかい？」煙草に火をつけて深く吸いながら、男は片手を道子の腹の方へ持って来た。不思議な感動で、道子はその手のゆくえを心で探っている。一日でも二日でもそうしていたい気がした。夜が明けるにしたがって四囲は真暗くなるような気がした。階下で時計のベルがけたたましく鳴った。恋とは似ても似つかない思いで、道子は男の躯の方へ寄り添って行った。劇《はげ》しい心のしぶきが雨の音の中に溶け込んでゆく。過去も未来もない。只、眼のさきの男の躯に必死になって道子はしがみついて行った。髪の毛が焼けつくようなしびれた思いで、道子は男の指の爪を噛《か》んだ。

その日から、道子は再びその男に逢う事もなく、一直線に泥沼の中へ堕《お》ちて行った。少しずつそうした仕事に馴れて来た。そして馴れるにしたがって、最初の日のような感動もなく、次々に男のいやらしさの中へ同化していた。必要に迫られて来る男ばかりを相手にしているせいか、どの男も肉慾以外には心を持たない人間に見えた。単純で何の解釈もいらない男ばかりが道子のそばに渦巻いて来た。この事だけが男達の目的であるかのように道子は悟った。道子は少しばかり出歯で、額の狭い小さな顔をしていた。本能的に唇に手をあてて出歯をかくす癖を、男は初々《ういうい》しいしぐさと見るようだった。夜になると彼女は生々として来た。あらゆる男は自分から求める事が出来る。眼の前へ来る男へ狙《ねら》いをさだめる。一眼で男の財布の中の価値が判るようにもなった。道子が心を失ってゆくほど、自分の頬を吹きつける風は一つの意識を刺激した。男にとって、大切な必要な存在であると思う自惚《うぬぼれ》で、道子は夜が待ちどおしく、違ったねぐらを探す事にもうまくなって行った。病気にもなったけれども、道子は知りあいの医学生に実費でペニシリンを打って貰った。医学生は三人ばかりで二階借りをしていたが、道子はこの狭い部屋で汚れた学生の蒲団に寝転んで痛い注射をして貰った。三人の学生が思い思いに道子の軀を診てくれるのも、道子にはその反応を心得て、まるで少女のようにしなだれてゆく術《て》も心得ていた。道子は胸を悪くしていた。

　道子は戦死した良人とは恋愛結婚であったが、良人との甘い思い出もいまではもう夢よりも淡い過去の水沫《すいまつ》のなかに消えて行き、子供の顔のなかに良人のおもかげをちらちらと見るだけである。三月九日の下町空襲の夜、本所《ほんじょ》石原町の家を焼かれて以来、道子は転々と六回も家を変って、いまでは四谷荒木町の西洋洗濯屋の二階の一間を借りて住んでいた。自分の父親と、子供の笑子と、弟の勘次との四人暮しである。父は以前は陸軍大佐まで行ったひとであったが、それも昭和の初めに退役して恩給がついているのを頼りに保険会社に勤めていた。母は道子が女学校を卒業した年に亡《な》くなり、道子も卒業と同時に父の友人の紹介で丸の内の保険会社へ勤めた。道子は会社で同じ課にいる良人と知りあい、式も挙げずに結婚してしまったのだけれども、一年ばかりは会社へ黙って二人で勤めていた。結婚して間もなく太平洋戦争が始まり昭和十八年の暮に良人は戦地へとられた。良人には長崎に兄がいたけれども、これも海軍将校で早くから戦争に出ていた。道子は良人の出征まぎわに笑子が生れたので籍を入れて貰った。とぼしいながらも平和な生活がほんの暫く続いたけれども、良人が沖縄で戦死と同時に、父がリューマチスで動けなくなり終戦になった。川崎の工場に学徒動員で行っていた弟の勘次も戻っては来たけれども、勘次はすっかり胸を悪くして、無為徒食のありさまであった。銭湯で血を噴いてぶったおれてタンカでかつがれて帰って以来、勘次は寝たきりで、これはどうにもならないのである。父は恩給もなくなり、会社勤めも出来なかった。道子は少しばかり英語が出来たので、進駐軍のレッドクロスに勤めを求めたが、胸が悪いので半年ばかりでそこをやめて編物の内職をしたり、洋裁店の外交員にも傭われてみたけれども軀が悪くて思わしくなかった。保険会社で同じ椅子にいた相沢ラン子にふっとした事で行きあって以来、ラン子は繁々と来ては道子に夜の女になるてっとりばやい職業をすすめてくれた。幾月か道子はそうした転落の道に行くべきかどうかを迷っていた。一日一日の生活が残酷なほど道子の身辺をせばめて来る。「少々の事をしたって、誰も知りゃアしないし、見向きもしない事よ。まごまごしているうちに飢えて死んじまうわ」ラン子にそう云われてみると道子はそんな気にもなるのだったけれども、弟のうつろな眼を見たり、這《は》いながら歩く父親の姿を見ると、転落してゆく気もしないのだった。だけどまた、空っぽの骨壺の中に、無邪気に花をいれて遊んでいる笑子の愛らしい姿を見ると道子は迷わないではいられなかった。骨の箱は粗末で、中にはほんの少し赤い泥がはいっているきりである。笑子はその箱の中へ仏にそなえる花を入れて「パパの花ね」と云った。道子は思い切ってラン子の教えを乞うた。医者の話では、勘次の命数は正月を越すまではもたないであろうと云う宣言だった。道子はこの長い病人に疲れているのだ。早く亡くなる事を祈る時もあった。その姉の思いを、弟はちゃんと心に受けとめているせいか、一日じゅう無口で、たまに腹立たしい事でもあると、軀のきかない父に向って細い手で枕元の水飲みを「この糞爺《くそじじい》」と投げつけたりした。道子はそうした場面に立って、黙って弟を睨《にら》んだ。心の中では早くくたばるといいと祈る気持だった。父はくだけた水飲みの薄い硝子を震える手でひろいながら、おろおろしている。朝になると道子は、もう勘次が死んでいるのではないかと期待してそっと眼を開ける。ふっと、大きい眼を剝《む》いて天井を見ている勘次の眼に行きあうと、道子はああと心の中で溜息《ためいき》をつくのだ。「気分はどう?」勘次は返辞もしない。「気長にのんびりしてるのよ。若いンだから、そのうちぐんぐんよくなるわ。寒くなれば軀の調子が出てくるンだってね。生きていなくちゃア……」「死にゃアしないよ。死ぬ気はないンだよッ」勘次はせせら笑いのような微笑で姉の方を見る。道子はぞっとして病人の蒼《あお》い顔を盗み見るのだ。「今日、卵を二つばかり買ってよ」小さい卵でも二十二三円はしているのだ。病人は食べたいものを何気なくねだる。「本当に卵買って来てね。何でも、俺のものみンな売ってくれよ……」道子は憎々しい思いで胸の中が熱くなった。部屋じゅうに、父と弟の専用のおまるの臭気が、クレゾオルの匂いと一緒に鼻をさすほど匂う。やりきれない気持だった。どうにかならないものかと思う。朝は早くから、電気の洗濯機のぶうんと唸《うな》る音が二階の畳に響いて来る。このみじめな生活様式を変えない事には自分も笑子も生きてはいけないのだと、道子は弟の死を必死になって願う気持だった。

秋になって道子はラン子と同じような道をたどった。少しも苛責《かしやく》は感じなかった。闇で一枚の毛布を買う事も出来た。勘次へ毎日一つずつ卵も買ってやる事も出来た。病人は一金が貯まってゆくと、道子は自分の軀で汚れた紙幣を良人の骨箱へかくした。闇で一卵を痩せた手で受けてにやりとしながら、明るい方へ透かしてみている。まだ二十歳にもならない勘次の鼻の下にうっすりと髭《ひげ》のはえているのが厭らしい。頬骨が高く出て、眼はくぼみ、耳をおおっている長い髪の毛が、芝居のほうかい坊のように気味が悪いのだ。汗びっしょりになった寝巻を着替えさせてやる時の苦痛はたまらなかった。何時《いつ》も丈夫な男の手ごたえを肌に知っている道子には、弟のあばら骨の出た色の悪い肌が気持が悪いのだった。尿瓶《しびん》を前に当てがってやる時に、ふっと見る、弟の男としての暗い一部がものがなしく、道子の眼をかすめた。なんてしぶとい生命なのだろう……。駱駝《らくだ》の瘤《こぶ》のようなものが、痩せた股《また》に目立っている。ああ、まだこの少年は生きようとしているのだ。弟は着物を替えて貰って、疲れてばたりと蒲団の上に倒れる。「このごろ、お母さんが度々やって来るよ……」「お前を守っているンだろう……」「もう、長くないかね？」道子は瞼が熱くなった。「どうしてさ？」「妙なことが時々あるからさ……」「寝ててくだらん事を考えてるからだよ。お母さんによく頼みなさいよ」「うん、俺は死にたくないなア……ちっとも死にたくはないンだのに、どうして、神様は冷酷なのかね？」道子は応《こた》える言葉もない。「死にたくはないね。親爺《おやじ》より早く死ぬなンてないよ。ねえ、新聞を見たらピンポン療法ってあるンだッてね。肺の中へピンポン状の球を入れて狭くするといいンだって、そンな手術は随分金がかかるんだろうな……」「へえ、そんなのが出来るの？」勘次は光った眼色で、ぐっと道子の顔を見た。「ねえ、姉さんのあの金俺に貸さないか？」ヘッ、道子は赧《あか》くなった。骨箱にかくしてある金をどうして知っているンだろう……。「俺、手術してよくなったら、働いて返すよ。俺、生きたいンだよ。死にたくない、このまま死にたくはないンだよ……」涙が枕にあふれている。「手術するッて、あれだけじゃ足りッこないわよ。二三日を生きて行くのがせいぜいよ。そンな事して、もしも手術が悪くて駄目になるよりは、美味《うま》いもの食べて養生した方がいいわ」「腹いっぱい食わしちゃくれないじゃないかッ……親爺がみんなかくしこんで食ってるンだよ。あの糞爺が……俺に早く死ねって云うンだよ。一杯の茶も俺にはけちんぼして飲ましちゃくれない。誰に頼って俺は養生すればいいんだい？　笑子だけだよ、自分のものを分けてくれるのは……それでも病気がうつるから、そばへ行っちゃいけないと姉さんが子供に教えてるじゃアないかよ。俺、みんなに病気うつしてやるッ」道子は汗で汚れた勘次のものを廊下に放り出して、「何云ってるのさ、あンたは……私が、いったいどうして皆を毎日食わしてるのか知ってるの？　ええ？　辛い思いをして働いてるの判ンないのかい？　私はね、笑子を連れて、ここから逃げ出す事だって出来るのよ。私はお前達に甘いンだ。甘いンだッ！　鬼になれない。どうしても鬼にはなれない気持を、お前だって判ってくれないかねッ。お前はお前のそうした不運な運命なンだよ。私だっていまにお前みたいに寝つくにきまってる。きまってるからやぶれかぶれで汚れた商売してンだよ。私に食ってかかるより戦争を呪《のろ》うがいいやッ。義兄《にい》さんだって死んじまったじゃないか。私に何の責任があるンだい？　卵食いたいの、蜜柑買って来いの、林檎買って来いのッ、みんな姉さん何とかしてやってるじゃないのッ……工場へ行って、馬鹿正直に働くからそンな病気にとりつかれたのさ。お前がへまなンだよ。ね、お前、姉さんの云うとおり、療養所でも何処へでも行っておくれよ。今度こそ手続きをするッ。仕方がないだろう?」勘次は声をたてて泣いた。父は黙って、笑子と廊下のこわれた籐椅子《とういす》に腰かけて日向《ひなた》ぼっこをしていた。「俺、ここにいる。ここにいた方がいいんだ。どうせ死ぬのならここにいる……」消え入るような細い声で泣きながら、子供のように「ここへいたい」としつこく云っている。——勘次は正直に働く事を誇りとした。そして、常に真実を持って仕事に向い、戦争には勝たなければならぬと力んでいた。あの仕事ぶりは少しも虚偽ではなかったのだ。悔いなく働いてこのみじめな運命にとりつかれる筋合いが、勘次には判らない。その激しい仕事のなかに、勘次はひたむきな祖国愛を燃やしていたのだ。寝るにも起きるにも額に巻いた日の丸の鉢巻を取る事もなく、勘次は機械にとっくんで働いていた。気が遠くなるような暑熱のなかでも、一日も休みなく勘次は仕事に励んでいた。

勘次が息を引きとったのは十二月にはいった或る雨の朝であった。父は勘次の死んでいるのを知らなかったが、七歳の笑子が、冷たくなっている勘次の死を知った。道子が泊りで戻って来たのは十時頃であった。枕元には父の心づかいで、水のはいった茶碗と、割箸《わりばし》のさきに白い裂《きれ》を巻いたのが置いてあった。「亡くなったの?」道子はへたへたと勘次の枕もとに坐り、紫色の汚れた風呂敷を死者の顔から取った。すっかり死相に変った弟の顔をじいっと眺めているうちに、道子は、笑いが咽喉《のど》もとにこみあげて来た。殆ど叫ぶような声を挙げて、道子は弟の胸をゆすぶった。唇にも鼻にも血がにじんでいた。瞼が少し開いている。臭い空気の中に、死者のところだけが森々と冷えこんで重い品物を置いているようだった。「勘ちゃん、血で息がつまっちゃったンだって……」笑子が血で汚れた手拭や洗面器を見せた。「お父さん知らなかったの?」「ちっとも、知らんのだよ」「息子の死んでゆくのも知らないなンて、だから間抜けなンだよ。あンたってひとは……」隣の部屋の、魚の闇をしている細君が、廊下からそっとおくやみに来てくれた。「夜中に、何だか唸ってなさったけどね。いつものことだと、ついうっかりしましてねえ、どうもとんだ事でしたねえ……」道子は初めて、勘次の孤独なりんじゅうを哀れむ思いだった。誰にも愛されない短い一生が不《ふ》憫《びん》でならなかった。それでも、父の世話で胸に手を組ませて貰っているのが痛々しく、道子は放心して、勘次の胸の両手をしっかり握ってやった。冷たい。地獄の底につきつめてゆくような苛責が胸を嚙《か》む。道子はすっかり疲れきっていた。ふっと、乳母車と、白エプロンの女が瞼に浮んだ。綿のように疲れているせいか、死者の冷たい手が自分の熱い手には気持がよかった。不気味に思いながらも、せめて、この一瞬だけでも弟の手をつないでいてやりたいのだ。隣室の細君はいずれまた後でお手伝いに参りますと云って、空の魚籠をさげて階下へ降りて行った。雨がびしょびしょ降っている。どうせ骨箱にある金は、弟の為に使うように出来ていたのだと、道子は、良人の骨箱を茶簞笥《ちゃだんす》の上からおろして蓋《ふた》をあけた。赤い泥の上にさまざまな道を通って来た汚れた紙幣が折り重なってはいっていた。

道子は紅のついたガーゼを勘次の顔にかぶせてやった。時々思い出したように、父が箸のさきを濡らしてガーゼを持ちあげては勘次の唇をしめしてやっている。

医者の診断書や、区役所の手続きも済んで、リヤカアで粗末な勘次の寝棺が落合《おちあい》の焼場へ運び去られたのは、勘次が亡くなって四日目であった。四畳半の部屋が広々として来た。水溜《みずたま》りをまたぎながらリヤカアが路地を抜けて行くのを洗濯屋の看板の前に立って道子は笑子と二人で見送った。リヤカアのゴム輪の音に耳を傾けながら、道子は路地から大きくゆれながら消えた粗末な棺の白さを心に焼きつけていた。いずれは自分もあのような運命になるのだと自分の罪を慰める気もして、道子は道に立ったまま激しく泣いた。黝《くろず》んだ塊《かたまり》のような一点が、薄陽の射している洗濯屋の硝子窓にちらちら明滅していた。二階へ上ると、父も窓から乗り出していた。父と笑子と道子とで、棺の釘《くぎ》を叩いた石が置き忘れられている。道子はその石をつまんで良人の骨箱の上に置いた。

道子にとって死は他愛のないものであり、馬鹿馬鹿しくさえあった。ほろびるものはずんずん無力なままにこの世から消えて行くのだ。それしか自分達のような人間の解決の道はない。棺を送ったその夜も、道子は街に出た。誰が悪いのかも解らないままに道子は只現実の中に歩む。運命が悪いのだろうか？　この様に生れあわせた運命が意地悪くせめぎたてて来るのであろうか。美しい、光った自動車を見たり、毛皮の外套をまとった幸福そうな女を見ると、道子は肌にトゲを刺されたようなたまらない嫉妬《しっと》を感じた。あのような世界がある。あのみじめな戦争をとおって来てもくたばらない一つの階級が道子には不思議でならない。――自分の良人は何処にもいない。そして何処からも絶対に戻っては来ない。もうすぐクリスマスが来る。笑子はサンタクロスの来る事を信じていた。絵本にはサンタクロスの絵が子供の夢と慾をそそるように描いてある。棺を焼場に送って三日目に、道子は笑子を連れて落合の火葬場に行った。勘次の骨は三等で焼いて貰って、もうちゃんと骨壺におさまっていた。小春日のぽかぽかする焼跡のバラックの街を、道子は胸に骨壺を抱いて歩いた。笑子は歩きながら、近所の誰かに教わったのであろう我が主エス、我を愛すと讃美歌をうたって歩いている。長い間の疲労で、道子はぐらぐらする頭の痛さを我慢している。案外、骨壺は重かった。一台の粗末な乳母車が、畳屋の前に置き忘れられている。道子はくるりと笑子の手を引いて細い路地の中へはいって行った。焼場の煙突が思いがけなく近く、十字架のようににゅっと正面に大きく見えた。太い煙突からは石油色の煙が青い空に立ちのぼっている。ふっと、道子は、父の死は何時《いつ》頃であろうかと思った。

雲の小径

久生十蘭

久生十蘭《ひさおじゅうらん》
一九〇二―一九五七

北海道生まれ。一九二六年、上京、岸田国士に師事。二九年、演劇研究のため渡仏、パリ市立工芸学校を卒業。帰国後、土方与志らの演出助手となり、のち明治大学で演劇論を教えた。一九五一年、『鈴子主水』で直木賞受賞。五三年、『母子像』(吉田健一訳)が「ニューヨーク・ヘラルド・トリビューン」誌主催の国際短編小説コンクールで一等に入選、高い評価を受けた。大衆文学の質的向上に尽くした一人でもある。主著に『金狼』『キャラコさん』『十字街』『我が家の楽園』『真説・鉄仮面』『だいこん』『肌色の月』などがある。

一

時間からいうと、伊勢湾の上あたりを飛んでいるはずだが、窓という窓が密度の高いすわり雲《ぐも》に眼隠しされているので、所在《しよざい》の感じが曖昧《あいまい》である。

大阪を飛びだすと、すぐ雲霧に包みこまれ、それからもう一時間以上も、糢糊《もこ》とした灰白色の空間を彷徨《ほうこう》している。はじめのころは、濛気《もうき》の幕によろめくような機影を曳《ひ》きながら飛んでいたが、おいおい高度をあげるにつれて、四方からコクのある雲がおしかさなってきて、旅客機自体が溷濁《こんだく》したものの中にすっぽりと沈みこんでしまい、うごめく雲の色のほか、なにひとつ眼に入るものもない。咽《むせ》び泣くような換気孔の風の音と、侘《わ》びしいほどに単調なプロペラの呻《うな》りを聞いていると、うらうらと心が霞《かす》んできて、見も知らぬ次元に自分ひとりが投げだされたようなたよりのない気持になる。

この三年、白川幸次郎は、月に三回、旅客機で東京と大阪をいそがしく往復しているが、こんな夢幻的な情緒をひきおこされたのは、はじめての経験だった。どんよりとしているが、それでいて、暗いというのでもない。漠《ばく》とした薄明《うすあか》りが、遠い天体《てんたい》からさしかける光波といったぐあいに、灰色の雲のうえにしらじらと漂っているところなどは、香世子が形容する死後の世界の風景にそっくりで、白川は舷窓の風防ガラスに額をつけたまま、

「ひどく、しみじみとしていやがる」

とつぶやいた。

とりとめのない、こういう灰色の風景は、悩ましい、胸をえぐるような、そのくせ、なつかしくもある痛切な心象《しんしょう》につながっている。香世子がこの世から消えてしまったのは、もう三年前のことだが、まだその影響からぬけきれずにいる。白川も、これでは困ると思うのだが、いちど焼きついた心象は、払えば消えるというようなものではない。

十二月二十五日の朝、市兵衛町の交番から電話の通達があった。

「奥さんが、交通事故で亡《な》くなられたそうで、そちらへおしらせするように、築地署

から通達がありました。死体は聖路加にありますから、印鑑を持って、すぐ引取りに来てください」

「ちょっと、もしもし……それは、なにかのまちがいでしょう。私には家内なんかありませんがね」

「二号でも三号でもいいですが、ともかく、すぐ来てください」

雲の低く垂れた雪もよいの朝がけ、白川が聖路加へ行ってみると、ハンドルのかたちに、胸に丸い皮下溢血《いっけつ》の血斑《けっぱん》をつけた二宮の細君の香世子が、窮屈そうに屍室《ししつ》の寝棺《ねかん》におさまって、眼をつぶっていた。

クリスマス・イヴの十時すぎ、酔ったいきおいで築地のほうへ車を飛ばし、四丁目の安全地帯にぶっつけた。救急車で聖路加へ運ばれ、意識不明のまま二十五日の払暁まで保《も》っていたが、間もなく苦しみだし、七時ごろ息をひきとった。臨終に、麻布市兵衛町、白川幸次郎の妻と、はっきり告知したと係官が白川につたえた。

「白川幸次郎の妻」の一件は、二宮に知らせずに無事におさめたが、臨終の告知は、息苦しい重石《おもし》になって心のなかに残った。香世子との交際は、香世子が二宮忠平と結婚する以前からのことで、その間に、なにがしの想いがあったのだが、どちらの側でも、最後まで告白といったようなことはしなかった。

白川幸次郎が死んだ香世子の霊と交遊するように……というよりは、熱烈な霊愛《れいあい》に耽《ふ》けるようになったのは、そういうことからであった。

肉体のなかに、魂が宿っている。ひとが死ぬと、魂は肉体からぬけだして、次の世界へ行く。

魂がいまの肉体に宿る前は、前世にいたので、この世、つぎの世、その先の世と、四世にわたって活動するが、方法によっては、死後の世界から現世へ連れ戻すことができる。

幽霊などという蒙昧《もうまい》な存在ではない。心霊電子ともいわれる高級なやつで、幽霊のように、じぶんからヒョコヒョコ出てくるような軽率な振舞いはしない。呼ばれれば、渋々、やってくるくらいのところである。

霊を呼ぶのは、「霊媒」という、そのほうの専門家がやる。その方法は、霊媒が一種の放心状態になって……というのは、じぶんの魂をひと時、肉体から出してやって空家《あきや》にしておき、そこへ呼びよせた霊を入れるという手続きになるわけだが、借りものにもせよ、肉体があるのだから、霊は、ものも言うし、動作もする。

霊などというものが、ほんとうにあるのかないのか。あるとすれば、どんな形をしているのか。そういう心霊現象については、ポートモアの「心霊現象」やロッジの

「心霊電子論」などという研究がある。死後の世界のことは、ロンブローゾが「死後は如何」で、メーテルリンクが「死後の生命」で述べている。

霊媒が無我の状態に入ると、なぜ心霊が宿るのか。霊というものは、そんなにやすやすと出てくるのか。そういった初歩の疑問にたいして、聖書に「神の告げを受ける人」があり、ギリシャには「神托者」というものがいたように、失神状態や恍惚《こうこつ》状態は、むかしから神と人との唯一の交通の方法だったと、心霊学者が答える。

白川幸次郎が、香世子の霊に逢《あ》いに行ったのは、麻布広尾の分譲地のはずれにある、心霊研究会「霊の友会本部」という看板の出た浅間《あさま》な二階建の家だった。

よく撓《しな》う大阪格子の戸をあけると、口髯《くちひげ》ばかりいかめしい貧相な男が、袴《はかま》のうしろをひきずりながら出てきた。

「当会の主事でございます。ご予約の方で」

「今朝ほど、電話でおねがいしておいた白川ですが」

「白川さま……お待ち申しておりました。どうか、お上り遊ばして」

安手な置床《おきどこ》のある二階の八畳で待っていると、主事と名乗ったさっきの男が、蒼白《あおじろ》い肌の艶《つや》をみせた、四十三四の肥りかげんの中年の女を連れて入ってきて、

「この方が霊媒さんで」

と白川に紹介した。

霊媒が床前《とこまえ》の座蒲団《ざぶとん》に正座すると、主事は白川を霊媒と向きあう位置に据えて、

「では、はじめますから」

と、立って行って電燈《でんとう》を消した。

床脇の長押《なげし》に、一尺ほどの長さの薄赤いネオン燈がついているほか、灯影はなく、霊媒の顔がぼんやりと浮きあがっている闇《やみ》の中で、トホカミエミタメ、トホカミエミタメとくりかえす祝詞《のりと》調の主事の声が聞えていたが、そのうちに、白川のそばへすうっといざりよってきて、

「間もなく、お出になります」

と重々しい口調で挨拶《あいさつ》した。

見ていると、寂然《じゃくねん》としずまりかえっていた霊媒の上体がゆらゆらと揺れだし、どこから出るのかと思われるような、人間の五音《ごいん》をはずした妙な声で、うむうむと唸《うな》りだした。

「あれが私の呼んだ霊ですか」

「さようです」

「なにを唸っているんでしょう」

冷やかし気味に、白川がたずねると、主事は白川の耳に口を寄せて、

「ああいう唸りかたをするようでは、この方は、じぶんが死になすったことを、まだ自覚していらっしゃらんのですな」

と、ぼそぼそとささやいた。

「自覚といいますと？」

主事はもっともらしい口調で、死後の世界へ入った心霊は、たとえてみれば、生れたての赤ん坊のようなたよりのない存在で、死んだことすら自覚せず、死の間際に感じた苦しみのなかで、呻《うめ》きながら浮き沈みしている。胃病で死んだものは、胃が痛いと叫びつづけ、肺病で死んだものは、息《いき》がつまりそうだともがくのだと、説明してきかせた。

霊媒は高低さまざまな、陰気な唸り声をあげていたが、急に身体を二つに折って、

「ここはどこ？……なんて暗いんだろう……痛いな。ああ、痛い痛い。胸のまんなかの辺が、千切れそうだわ……助けてえ」

脈絡もなく、そんなことをしゃべりだした。主事は顔をうつむけて、しいんと聞きすましていたが、

「これは怪我をして死なれた方ですな。だいぶお苦しいようですから、はやく声をか

けておあげなさい……あなたはもう死んでいるのだと、おしえてあげてください。それで、いくらかでも、苦痛から救われるのですから」

「どう言えばいいのですか」

「ともかく、名を呼んであげて……あとは、私がここにいて、その都度お教えしますから」

白川は割りきれない気持のまま、

「香世子さん、香世子さん」

と悩める霊媒に呼びかけると、霊媒は額を膝《ひざ》におしつけるような窮屈な姿勢で、

「あたしをお呼びになるのは、どなたでしょう……あなた？　白川さんですか？……あたし、ここんところが、痛くてしようがないんです。なんとかしてくれないかしら……ねえ、助けてちょうだい」

冥土《めいど》からいま着いたというような、ほそぼそとした声で、喘《あえ》ぐようにいった。白川は思いが迫って、われともなく、

「ねえ、香世子さん」

と呼びかけながら、霊媒の肥った肩に手をかけた。主事は大あわてにあわてて、

「もしもし、そんなことをなすっちゃ」

白川の腕をとっておさえつけながら、

「身体にさわることだけは、やめていただかなくては……霊媒さんが眼をさますと、せっかく呼びだした霊がお上《あが》りになってしまいます。あなたがここでジタバタなすっても、どうなるものでもありませんから」

と苦い調子でたしなめた。白川はむしょうに腹がたってきて、

「話をさせるという約束だったろう。霊媒にさわるぐらいが、なんだ」

主事は弱りきった顔になって、

「ねえ、あなた、どうかまあ、落着いてくださいよ。霊のいられるところと現世との間に、無間《むげん》のへだたりがあるということをですなあ……」

いい加減なことをいって宥《なだ》めにかかったが、白川はこじれてしまって、主事のいうことなど相手にしない。

「いろいろな所作《しょさ》をして見せるが、苦しんでいるところなぞ、見せてもらわなくても結構だよ。なんの霊だか知らないが、おだやかに話ができないものなのか」

主事は大袈裟《おおげさ》にうなずいて、

「ごもっとも、ごもっとも……失礼ですが、よっぽど深くお愛しになっていられた方とみえます。まったくどうもお気の毒な……でもまあ、この手をお離しなすって。そ

うギュッと摑《つか》んでいられては、話もなにもできやしませんから」

そういうと、れいの尤《もっと》もらしい口調になって、

「では、こういたそうではありませんか。ともかくこの方に、じぶんはもう死んだのだという自覚を与えていただきましょう。お説のとおり、本来、霊に痛覚《つうかく》などあるはずはないので、肉体を持っていたときの記憶……アフター・イメージですか、まあそういった架空の肉体の苦患《くげん》を、あるかのごとくに悩んでいるわけなのですから、お前は死んだのだと、はっきりわからせておあげになれば、それで、サラリと解脱することがおできになるのです」

「それを私がいうんですか」

「さよう、霊が信頼していられる方が言われるのがいちばんいいので……霊ご当人は、死んだなどとは思っていないのだから、なかには、怒りだす霊もあります……そこを、強くおしつける。そうしていると、霊のほうでも、はてな、ということになってですね、自分自体を見なおすと、なるほど肉体がない。おどろいて、私はどうしたんでしょうと聞きかえしてきますから、すかさず、お前は死んだのだと、いくども言う……たいていの霊は、そこで泣きだします。それを、しずかに慰める。それがまたたいへんで、相当クタクタになりますが、そのうちに、だんだんあきらめの境地に達して、

生前の交誼《こうぎ》を謝したり、じぶんのいる世界のようすを、ポツポツと話しだすようになる……そうなったら、もうしめたもので、おだやかに話ができるようになりましょう」

腑《ふ》におちないが、そう聞くと、そういうこともあるのかと思い、

「香世子さん、白川です。わかりますか」

と声をかけてみると、霊媒は急に唸るのをやめて、トホンとしたようすになり、

「ああ、白川さん」

と縋《すが》りつくようにいうと、焦点のきまらないへんな眼つきで、ウロウロと白川のいるあたりをながめまわした。

「どこにいらっしゃるの」

「あなたの前にいます。わかりませんか」

「声は聞えるんですけど、なにも見えないわ。どうして、こんなに暗いのかしら。明るくしていただけないかしら」

と、あわれな声をだした。

「お気の毒だが、ぼくの力ではだめらしい。香世子さん、自覚していないらしいが、あなたはもう死んだんですよ」

「あたしが？　へえ、どうして」

「クリスマス・イヴに、酔っぱらって車をすっ飛ばしたでしょう。あのとき、尾張町の安全地帯にぶっつけて死んだんです」

「でも、現在、こうしているじゃありませんか」

「そこにいるのは、あなたの霊なんです」

「霊って、なんのこと？」

白川がグッと詰まると、主事がすり寄ってきて、

「負けないで、負けないで……弱っちまっちゃいけません。どうしても言い負かしてしまわなけれや」

と耳もとでささやいた。

香世子に、お前はもう死んだのだと納得させるのに、白川はえらい骨を折った。この押問答に三晩かかったが、三日目になると、さすがの主事も呆《あき》れて、

「こんなわからない霊も、すくないです。生前、どういう方だったのでしょう」

と肩を落して嘆息した。

「この方は邪心《じゃしん》のあられた性格とみえまして、だいたいが、ひどくひねくれていらっしゃる。こういう霊は、いちどこじれだすと、誰の手にも負《お》えぬようになるものでし

て、自然に心がとけるまで、お待ちになるほかはない……霊媒さんも、このところ、だいぶ疲労されたように見受けますから、この辺で、すこしお休みをねがって……」

と投げだしにかかった。

霊の友会の霊媒は、さる資産家の夫人で、道楽にそんなことをやっているということだったが、肉置《ししお》きのいい、ゆったりとした感じで、身の振りも大きく、卑しげなところはなかった。

白川が行きはじめたころは、主事の指導がないと無我の境に入ることができなかったが、しばらくすると、白川が手を握っているだけで、ひとりでやれるようになり、霊の来かたも、ずっと早くなった。

白川と香世子の対談は、いつも二時間以上もかかるので、一番あとにまわされて、夜の十時ごろからはじまる。霊媒は無我の境に没入しているので、意識はなく、香世子と二人だけの世界だから、遠慮も気兼ねもない。他人には聞きかねるようなことまでさらけだして、しんみりと語りあう。

香世子の霊も、だんだん対談のコツをおぼえてきて、自由にものをいうようになり、白川が忘れているような細かいことを思いだしては、懐しがったり、笑ったりし、話の途中で昂奮《こうふん》してくると、身もだえをしながら、

「あたし、どうしようかしら」

と白川の胸に倒れかかってくるようなこともある。

霊に肉体がないなどと、誰が言う。借りものとはいえ、体温の通った完全な五体を霊にそなえているのだから、愛の接触に事を欠くことはない。押せば押しかえし、手を握ればすぐ握りかえしてくるという闊達《かったつ》さで、その辺の機微は、霊の交遊の経験のない連中には、思いも及ばぬことであった。白川は霊界に足をとられて、抜きも差しもならなくなり、一年ほどの間、夢中低徊《ていかい》のおもむきで、根気よく現世と死後の世界を往復していたが、霊愛の修業も、霊の友会の解散で、はかなくも終幕となった。

白川が霊の友会に行きはじめたころ、玄関脇の待合でいろいろなひとの経験を聞いたが、なにかの折、ある男が、

「妻はですね、このごろ、もうひと時も私を離したくないふうでして、なぜ、はやくこちらの世へ来てくれないのかと、そればかり言います。妻の霊を呼びだして、救ってやったつもりでしたが、かえって苦しませるような結果になってしまいまして、私も責任を感じますので、思いきって、妻のいうようにしてやろうかとも考えております」

と、しみじみと述懐した。

その男が、七つになる女の子を道連れにして、千葉の海岸で投身自殺をした。それが問題になったのらしく、解散したのか、移転したのか、その後、出かけて行ってみると、会はもうなくなっていた。白川は大切な夢を見残したような気持で、当座は、ぼんやりとしていた。

二

チラと人影が動いて、大阪からあいたままになっていた白川の隣りの座席に、二十四五の、ぬうとした娘が移ってきた。

黒一色の着付けで、トーク型の帽子につけた小さな菫《すみれ》の花束が、ただひとつの色彩になっている。座席の肱《ひじ》掛《か》けに手をついて、

「白川さん、しばらく」

と馴れきったふうで笑いかけた。

「やあ」

白川は釣りこまれて、会釈をかえしたが、とんだやつと乗合わせたものだと、ひとりでに顔が顰んだ。

「お忘れでしょうか。あたし、二宮の鬼っ子ですのよ」

鼻も顎《あご》もしゃくれ、唇まで受け口になり、全体に乾反《ひぞ》ってしまったような感じの個性の強い顔で、誰だって、いちど見たら忘れない。お忘れでしょうは、ご挨拶だった。

二宮の先妻の子で、死んだ香世子には継娘にあたるのだが、柚子が美しすぎる継母を憎んでいるように、香世子のほうでも、醜い片意地な娘を好きになれないようで、誰かと柚子の話をするときは、平気な顔で、うちの鬼っ子がという。柚子のほうでは、こわいほど美しいおばさまというような言いかたで、しっぺいがえしをする。香世子が生きているあいだじゅう、ひっぱたく、打ちかえすという野蛮な喧嘩《けんか》を、日課のようにくりかえしていたが、継母継娘といっても、こんな軋《きし》んだ親子もいないものだと、白川は驚嘆しながらながめたものだった。

「ああ、柚子さん」

「ええ、柚子よ。思いだしてくだすって、ありがとう。大阪を飛びだすときから、気がついてくださるかと、期待していたんですけど、だめだったわ」

「もう、五年になりますか。お宅へ伺っていたころは、ディヴァンに寝そべって、漫画の本を読んでいたひとでしょう。ひどく大人《おとな》くさくなって、むかしの面影なんか、どこにもないから、思いだせといったって、それは無理です」

「むかしの面影って、むかしのあたしを知っているつもり？　うちの香世子にばかり夢中になって、ときたま食堂でなんかお逢いしても、あたしのほうなんか、見たことがなかったじゃ、ありませんか」

「そうだったかね」

「ええ、そうだったのよ、あなたから眼を離したことがなかったから、あたし、よく知ってる。あのころ、あなたに恋していたんだわ、きっと」

白川の肩を平手でピシャリと叩《たた》いて、

「おじゃまでしょうけど、掛けさせていただくわ。お話したいことがあるのよ」

隣りの座席におさまるなり、

「大阪のほうのお仕事は、いかが？　あたしどもは、さんざんなの。ごぞんじでしょうけど、あなたの思い出のある麻布の家も、競売に出ている始末で」

と調子の高い声で話しかけてきた。

うるさいと思うと、白川は相手になる気がなくなった。露骨に嫌な顔を見せて、

「仕事の話はいやだね。なにか、ほかの話をしましょうや」

素っ気なく突っぱねてやると、柚子は座席の背凭《せもたれ》で頭のうしろをグリグリやりながら、眼の隅から白川の顔を見て、

「雲の中ばかり飛んでいて、気のきかない操縦士だわね。ご退屈だろうと思って、お話をしに来てあげたのよ」

「べつに、退屈はしていませんよ。雲を見ていたって、結構、楽しめるから」

柚子は底意のある眼つきになって、

「雲の中に、なにか見えるのかしら。そうだったら、こわいような話ね」

ひとり言のようにつぶやくと、くすっと鼻の先で笑った。

小鳥《ことり》ほどの脳味噌《のうみそ》しか持っていないくせに、とうとうこいつもおれを馬鹿にしだしたかと、白川はムッとして、

「私の心境は澄みきっているので、女っ気《け》はいやだといってるんですよ。男ってものは、そんな気持になることもあるんだから、認めてほしいですね」

と追いたてにかかったが、柚子は、

「伺っています、もっと、おっしゃって」

笑うだけで、動く気色もなかった。

「お気にさわったら、あやまるけど、あたし、これで真面目《まじめ》なのよ」

「真面目でないほうがいいね。むずかしい話なら、聞きたくない」

柚子は眠りにつく子供のようなしずかな顔つきになって、しんと天井を見あげてい

たが、

「寒いわね。また高度をあげたのよ。すみませんけど、換気孔の口、そっちへむけてくださらない。首筋がスウスウしますから」

と、おぼろな声でいった。

白川は換気孔の口を向けかえようと、そちらへ手を伸しかけたひょうしに、機体が偏揺《かたゆ》れしたので、座席にどすんと尻餅《しりもち》をついた。

柚子は白川のぶざまなようすを見据えたうえで、

「白川さん、あなた招霊問答に凝っていらっしゃるって噂《うわさ》だけど、ほんとうの話なの」

と、だしぬけにそんなことをいった。白川は照れかくしに、煙草《たばこ》をだして火をつけながら、

「そんなこともあった、というところかな。いまは、やっていません」

「あら、そうなの」

柚子は眼のやり場にも困るといったように、うつむいて手で襟飾をいじりながら、クスクスと笑いだした。白川は説いてきかせる調子になって、

「信じられないひとに説明するのは、むずかしいが、霊というものは、たしかにある

んだね。人間の肉体は物質だが、霊魂は」

と、やりかけると、柚子はおっかぶせるように、

「面白そうだわね。どんなふうにしてお逢いになるのか、くわしく伺いたいわ。話ってのは、そのことだったの」

「面白いなんてことじゃない。厳粛な問題なんで」

「そうでしょうとも。あたしの友達に、ネクロマンシイとかいう西洋の降霊術に凝っているひとがいるので、いくらか、そのほうの知識があるの。いい霊媒にぶつかるのは、運のようなものだって……心霊研究会では、すぐれた霊媒を自分のほうへひっぱるのが仕事で、映画やプロ野球のように、引抜きをやっているっていう話だけど、ほんとうに、そんなことするの？」

「よく知らないね。どうして、そんなことをきく？」

「ただ、ちょっと……」

そういうと、柚子は急にだまりこんで、窓の外の灰色の世界を、ぼんやりとながめだした。

柚子がしゃべりやむと、まわりがにわかに森閑としたおもむきになった。伸びあがって前後の座席を見てみると、いくらもいない乗客が、申しあわせたようにおなじほ

うへ顔を向け、死んだようになって眠りこけている。それが、みょうにわびしい風景になっている。

白川は迫るような孤独の感じに耐えられなくなり、柚子の肩を揺って、

「すっかりだまりこんでしまったね。なにを見ている？」

柚子は、ゆっくりと白川のほうへ顔をむけながら、

「もう、十分も前から、こっちの側のプロペラが動かなくなっている。それを見ていたの」

と、しみじみとした口調でいった。

なるほど、偏揺れは、そのせいだったのか。危険なことはあるまいが、そうならそうで、なんとか挨拶があるべきはずだと思っていると、操縦室からツルリとした優《や》さ男が出てきた。踊るような足どりで白川の座席へやってくると、帽子をとって、

「白川さんですか、桜間です」

と丁寧にお辞儀をした。

桜間一郎なら、三年前のクリスマス・イヴに、香世子の車に乗ったばかりに、頭をどうとかして、死んだとか、バカになったとかいう噂だったが、奇抜なこともあるものだと思って、

「桜間君、君は死んだんじゃなかったのか」

と嫌味をいってやると、桜間は間伸びのした微笑をしながら、

「ああ、死んだんでしょうね。たいへんなスキャンダルだったから、社会的に、死んだも同然です……それはそうと、ダグラスのことなら、ご心配はいりませんですよ。雲がこっちへばかり、たぐまっちまって、えらくゴタゴタしているから、これから雲の中の道をさがすつもりなんです……空にだって、抜裏《ぬけうら》もあれば露路もあるってわけで、その辺のところは、心得たものですから、安心していらしてください」

ひとりでしゃべりまくって、操縦室へ帰って行った。柚子は桜間の行ったほうを眼で追いながら、

「あんなひとが出てくるようじゃ、この飛行機は、まず、落ちるときまったわね。あんなバカが操縦士をやっていると知ってたら、日航なんか、乗らなかったわ」

そういうと、いきなり、すり寄ってきて、白川の首に腕を巻きつけた。

「でも、白川さんに絡みついて死ねるなら、本望よ」

白川は柚子の腕を払いのけながら、

「よしてくれえ。女っ気《け》はいやだといったろう。そんなことをすると、ほんとうに飛行機が落ちるぜ」

と手きびしくやりつけた。柚子は照れるようすもなく、

「まあ、ひどい。いくら女を馬鹿にしてるたって、もうすこし、人間らしい扱いをするものよ。あなたに話してあげることがあるんだけど、そんなに邪魔にするなら、いわないことにするわ」

白川は、ふと気あたりがして、愛想よく、折れてでた。

「手荒なことをして悪かったね。あぶない加減の羽目になっているんだ。せめて、話ぐらいしましょうや。それは、どんな話？」

柚子は機嫌をなおして、

「霊媒の話……白川さん、あなた茨木という霊媒をさがしているんでしょう。いま、どこにいるか知ってる？」

「ずうっと、さがしているんだ。どこにいるか知っているなら、おしえてくれたまえ」

「茨木なら、妙義山の一本杉の近くの金洞舎ってところにいるわ」

「へんなことを聞くようだけど、どうして茨木なんか、知ってるんだい」

「それはそうだろうじゃ、ありませんの。お仲間ですもの」

「お仲間って？」

柚子は唇の端をひきさげると、意味ありげな眼づかいをしながら、

「あたし霊媒よ。ごぞんじなかった？」

と白々しい顔でいいかえした。

白川は、へえといったきり、あとの言葉も出ず、マジマジと柚子の顔を見つめた。

柚子が霊媒とは信じられないような話だが、でたらめをいっているようでもない。どこか煤《すす》っぽい、乾反《ひぞ》ったような顔を見ていると、霊媒といっても、これ以上、霊媒らしいのはちょっとあるまいと思って、笑いたくなった。

「あなたが知らなかっただけのことでしょう。そんなにびっくりすることないわ。あたしが霊媒だったら、どうだというの」

「ちょっと意外だったもんだから……なるほど、そういえば、あなたの顔は霊性《れいせい》を帯びているよ。あなたなら、やれそうだ。どこでそんな修業をしたんだね」

「須磨のバイバー姉妹のところで……五年ぐらい前から、よその家の玄関に立つと、その家の死んだひとの霊が見えるようになったので、あたしにも霊能《れいのう》があることがわかったの。自覚したのは遅かったけど、子供のときから素質があったわけなのよ」

「バイバー姉妹という二人組の霊媒は、パリにいるということだったが、須磨にもいるの」

「ええもう、それや、どこにだって……それでね、おねがいがあるのよ」

「あまりむずかしことでなかったら」

「東京で研究会をもちたいと思うんだけど、後援してくださらないかしら。茨木なんかおやめにして、あたしにかかったら？　どんな霊でもお望みどおりに出してあげてよ。香世子の霊は好かないけど、香世子の霊にしたって、茨木がやるよりずっときれいに出せるつもり」

「きれいにってのは、どういうことをいうのか知らないが、香世子さんの霊なら、ほかで出すよ。霊同士でひっぱたきあいなんかはじめたら、仲裁するのに骨が折れるから」

「それは、あなたのご自由よ。香世子の霊で思いだしたんだけど、香世子の霊を呼びだして、いったい、どんな話をするんです？」

「細《こま》かく言わなくっちゃ、いけないのか。隠しておきたいようなこともあるんだが」

「お二人のことだから、しなだれかかったり、しなだれたり、いろいろに手をつくすんでしょうけど、インチキ霊にひっかかって、いいくらいに欺《だま》されているんだったら、悲しいわね。そんなことはないの？」

「香世子の霊は香世子の霊。ほかの霊が出てくるわけはないから」

「眼の病気に、だんだん視野《しや》が狭くなるのがあるんですってね。ところで、当人は知らない。いま自分が見ているのが、完全な像だと思っている。そういう病気が現実にあるんです。ごぞんじだった？」

「知らないね。これでも眼は丈夫なほうだ」

柚子は、ぷすっとふくれていたが、そのうちに気をかえて、

「どうしてもあたしに言わせようというのなら、いってあげましょうか……クリスマス・イヴに、香世子はあなたを車に乗せて、どこかへぶっつけて、いっしょに死ぬつもりだったのよ。あの日の午後、メルセデスを持ってお宅へ行ったでしょう。無理にもあなたをひン乗せるつもりだったんだけど、気が変って、桜間のほうへお鉢がまわったというわけ……香世子の霊、こんな話をした？」

あの日の午後、香世子がやってきたのは事実だが、そんな計画があるとは知らなかった。香世子の霊も、それらしいことはなにも言っていない。

「それは初耳だ」

「もし言わなければ、それはインチキ霊なの。どこかの霊に、遊ばれていたのよ……善人だの善意だのってものは、どうしてこう悲しげに見えるのかしら。あなたもその一人よ。しっかりしていただきたいわね」

黙りこんでしまった白川を、柚子は痛快そうに尻眼《しりめ》にかけながら、

「しおれたようなようすをするところをみると、まだ知らないことがありそうね。ついでだから、もうすこし言ってあげましょうか……香世子の味方をするわけじゃないけど、香世子はあなたが殺したようなものなの。あなたを怨《うら》んでいるにちがいないわ」

「どういう筋を辿《たど》れば、そういうことになるんだ。この際、冗談と言いがかりは、つつしんでほしいね」

「冗談なんかで言えることでしょうか、これが……香世子が二宮と結婚した日、あなたは誓いをたてて、六年も独身をつづけたすえ、あの年の十月に、なんとかいう方と婚約したわね」

「おっしゃるとおりです。すぐ解消しましたが」

「香世子が死んでから？　あたしなんかが、こんなことをいうのはよけいなんだけど、たった六年くらいでおやめにするくらいなら、あんなセンチメンタルな誓いをたてて、香世子に無駄な希望を与えなかったほうがよかったの」

「センチメンタルだと思わない」

「香世子は六年のあいだ、たまりたまった思いを抱えて、精いっぱいの気持で、あな

たのところへ飛んで行ったの。あなたの胸にさえ縋りつけばいいのだと思って……香世子にとって、白川さんは神のようなものなんだから、行きさえすれば救われるのだと、すこしも疑わずに……」

「その辺でよかろう。そのことについては、香世子の霊とも、よく話したつもりだ」

「女が苦しんでいるとき、ただひとつの救いは、無限にゆるす男の寛容だけだということを、あなたは知っているかしら？ 慰めも、同情も、いたわりも、そんなものはなにもいらない。飛びこんでさえ行けば、朝だろうと夜中だろうと、いつでも門をあけて迎い入れてくれる広い心と胸……つまり、神のようなものね。女の幸福ってのは、そういうものを、たしかに一つ持っているという、ゆるがぬ自信のことなの。香世子がさんざんに悩んだすえ、あそこにさえ行けばと駈《か》けこんで行ったら、会堂だけあって、神さまは居なかったというの。六年はおろか、十年でも十五年でも待っていてくれるものと、安心しきっていたんですから、そのときの失望はたいへんなものだったらしい。じぶんには、もう死ぬほか生きる道はないのだと、思ったというの」

「そこまでのことは、私も知らなかった。それは、あなたが考えだしたことなの。それとも、書き残したものでもあったの」

柚子は伏眼になって、ニヤリと笑って、

「そんなものは、なかったのよ」

急に声の調子が変って、身体ごと伸びあがるような感じで顔をあげると、

「あたしを、誰だと思っていらっしゃるの」

メドをはずしたおぼろげな声で、

「お忘れになったわけじゃないでしょう。あたし香世子よ」

と訴えるようにつぶやいた。

香世子の霊が、なにかいっている。それがうれ、れる、れろ、と聞える。空の高みをそよ風が吹きとおるように、どこからともなく漂い寄ってくる感じで、かそけくもまたほのかに、白川の耳うらにひびいてくるふうであった。

三

一本杉の金洞舎はすぐわかったが、茨木はこの月のはじめに、白雲山の奥ノ院に移ったということで、妙義町までひきかえして、社《やしろ》のうしろの登り口から、鷲鳴の滝のほうへぶらぶらと上って行った。

東京へ帰るなり、すぐにも妙義町へ出かけて行こうと思ったが、なにかそれを妨げ

る気分のようなものがあって、勇んで走りだすというふうにならない。

幻視というものは、意識下の固定観念の反射からおこる錯覚の一種にすぎないことを、白川は知っている。柚子に香世子の霊が出たのはわかるが、なんの関心ももっていない桜間のリビドォなどありえないはずはないのだから、あの情景のなかに桜間一郎があらわれたのは、なんとしてもあやしい。

「おれも、どうやらバケモノじみてきた」

香世子との霊愛には、他人の知らぬ楽しさがあるが、うかうかと深入りして、みような羽目におちこんでしまったことを、後悔しているふうである。このあいだ、香世子の霊が思いのほか、はげしい出かたをした。千葉の海岸で投身自殺をした男は、妻の霊がはげしい出かたをするときは、かならずあの世へ来てくれないかと泣くので、弱るといっていた。

霊の交遊が深まるにつれて、たがいをへだてる無間《むげん》の距離が鬱陶《うっとう》しくなり、自殺という簡単な方法で、一挙に霊の世界へ飛びこんでやろうというような気も起るのかもしれないが、右から左へ、浮世の執着を断ちきれないのが人生の微妙なところで、こっちへ来いと誘われても、やすやすとついて行けるわけのものではない。といって、尻込みする気配を見せたら、敏感な霊はすぐ感じとって、機嫌を悪くするだろう。

白川は道のうえに枝をのばしている石楠の葉をむしりとって、手のなかで弄《もてあそ》びながら、クヨクヨと考えつめていたが、荒神の滝をすぎて、截《き》りたつような岩の上に奥ノ院の輪郭が見えだしてくると、急に気持が浮き浮きしてきて、ひさしぶりで香世子の霊に逢うということのほか、なにも頭に浮んでこなくなった。

宿坊の庫裡《くり》めいたところへ行って、茨木の名をいうと、奥から茨木が小走りに出てきた。

「まあ、白川さんでしたの。こんなところへ、よくおいでくださいました。その後、ごきげんよろしくて」

と微笑を含んだ眼で、なつかしそうに白川を見あげた。

「どうしても、あなたでなくてはいけないわけがあって、東京からやってきました」

「それはどうも。ようこそ……汚れておりますが、どうぞ、おあがり遊ばして」

炉を切った八畳ほどの、小間《こま》に白川を案内すると、

「わたくしは、お浄《きよ》めをしてまいりますから、お先にお着きなさいまして」

といって、手洗いに立って行った。

間もなく戻ってきて、十分ほど闇のなかでしずまっていたが、ガバと身体を前に倒すと、もう香世子の霊が出てきた。

「いらっしゃい。お待ちしていたのよ」

白川は、じっとりと脂湿《あぶらじめ》りのする生温い香世子の霊の手を握りながら、

「このあいだは、出てきてくれて、ありがとう」

と礼をいうと、香世子の霊は怨みがましい顔つきになって、

「あたしたちには、行動の規律といったようなものがあって、呼びだした肉体に、入って行かなくてはならないことになっているんですけど、柚子の物質を借りることは、もう、やめていただきたいの。あたしと柚子のつづきあいを、よく知っていらっしゃるはずなのに。お怨みしたわ」

白川は霊の膝のほうへ擦りよって行って、

「柚子が霊媒になっていいようなんて、夢にも知らないことだったんだ。たぶん、腹をたてているのだろうと思って、今日はあやまるつもりできた」

「それで柚子は？　まさか、あなたのところに置いてあるんじゃ、ないでしょうね」

「柚子とはターミナルで別れたきり、いちども逢っていない」

香世子の霊は眉《まゆ》をひそめて、

「あやしいもんだわ」

というと、案外な力で白川の胸を突いた。

「そう疑い深くてもこまるな。雪隠に隠れて饅頭《まんじゆう》を食うような、卑しい真似《まね》はしない。柚子なんて娘は、おれの趣味じゃないよ」

「でも、柚子に抱きつかれて、デレデレしていたじゃ、ありませんか。あなたって、あんなこともするひとなのね」

香世子の霊は下眼にうつむいて、なにか考えているふうだったが、伸びあがるように背筋を立てると、あらたまった口調になって、

「今日は折入ってお話したいことがあるの。そちらにいた十年の間、あたしはあなたから来る空気だけで生きていたようなものだったわ。潜水夫に空気を送るゴムの管があるでしょう。ああいった管で、しっかりとあなたに結びついていたの。あたしが潜水夫で、空気を送るポンプはあなたなの……なにもごぞんじなかったでしょうが、その長い間、あたしは、暗い、ひっそりとした、孤独な海の底で、あなたがくださる空気だけをたよりに、浮いたり沈んだりしながら、あわれな恰好《かつこう》で生きていたんです」

「いまのところは、ちょうど反対になってしまったようだね」

香世子の霊はうれしそうにうなずいて、

「そうなのよ。よくわかってくだすったわね……あたしは風の吹きとおる、広々としたところにいるのに、あなたは、暗い、じめじめしたところに、虫のようにうごめい

ていらっしゃる……お返しといっちゃ、悪いけど、あたしが修練をつんで、もっと自由に動けるようになったら、あなたの影身に添って、お助けをしようと思っていたんですけど、あなたのなさることを見ていると、なんだか、あぶなっかしくて、それまで待っていられないような気がしてきたの」

「そうなったら、どんなにいいだろうと、おれも思うよ」

「望んでくだすっても、それはだめなの。柚子がなにもかもぶちまけてしまったから、隠さずにいいますが、あたしね、あなたといっしょに死ぬつもりだったのよ。お伺いしたとき、あまり機嫌がいいので、気の毒になって、やめてしまったけど、いまになって思うと、やはりあのときいっしょにお連れすればよかったと、悔んでいるんです。そうしていたら、調和のとれた、こんなにもおだやかな世界で、楽しく二人でやっていけたのにと思って……思いきって、こちらへいらしたら？　そんなつまらないところに、未練なんかあるわけないでしょう」

白川はタジタジになって、

「行けるものなら、すぐにも行きたいくらいだが、ちょっと、そこのところが、どうも」

と逃げだしにかかった。

香世子の霊は、怨みの滲《し》みとおった陰気な口調で、

「こちらの世界のことを知らないから、そんなことをおっしゃるのよ。考えこんでいるようだけど、なにを、そんなに考えることがあるんです？　女のあたしがやったくらいのことを、あなたがやれないことはないでしょう」

と迫ってきた。

「お返事を聞かせていただきたいわ」

「そう突き詰めないで、二三日、考えさせてもらいたいね。行くにしたって、いろんな方法があるんだから、そのほうも研究してみなくっちゃならないし」

香世子の霊は、なにもかも見透《みとお》した顔で、

「あなたのお気持、よくわかるけど、思いきって来ていただきたいのよ。きっと感謝なさると思うわ。なんだったら、お手伝いしましょうか」

「やろうと思えば、おれだってやれるさ。手伝ってもらうほどのことはないが、あなたのやったときは、どんなふうだった。参考のために、聞かせてくれませんか」

「お話するようなことでもないけど、一点でも自殺らしいところを残すと、行為が悲惨であればあるほど、いよいよ茶番めいたものになるでしょう。それでは助からないから、どうしても事故としか見えないように、綿密に計画したわ。あたしかあなたか、

どちらかが生き残るようなバカなことにならないように、やろうと思った場所の現場《げんじよう》関係《かんけい》と車の持って行きかたを、ひと月ほどかけて研究しました……あなたは、どんなふうになさるつもり？」

「まだ、そこまでのことは考えていない」

「急ぐことはないから、ゆっくりお考えになるといいわ」

香世子の霊はそれで帰ったのだとみえ、茨木が覚醒《かくせい》してハッキリした声をだした。

「おすみになりましたようですね。今夜の心霊のごようすは、いかがでした」

「ありがとうございました。はっきりと、よく話せました」

「東京へお帰りになりますか」

「今日は妙義町の菱屋という家に泊ります」

「では、その辺までお送りいたしましょう。ちょっとお待ちを」

茨木はつづきの部屋へ入ると、ワンピースに着換えて出てきた。

「道が楽でございますから、裏山道からまいりましょう」

そういうと、白川の手をひいて石の洞門のあるほうへ歩きだした。

しばらく行くと、霧のなかから滝の音が聞えてきた。おりるといったが、下っているようには思えない。朦朧《もうろう》とあらわれだしては、すぐまた霧のなかへ沈みこむ、さまざまなかたちの岩を左右にみながら、ぶらぶら歩いているうちに、石の柱をおしたてたような台地の上に出た。

雲と霧の名所だけのことはあって、深い谷底から、たえ間もなく雲が噴きあがってきて、大旆《たいはい》のように吹きなびいては、空に消えてゆく。

白川は四方から来る雲に巻かれ、眠いような、うっとりとした気持で煙草を喫《す》っていると、うしろにいた茨木が、

「むこうに見えるのが、菱屋でございます。この雲の道をつたっておいでになればよろしいでしょう」

と、へんなことをいった。

ここまで追いつめた以上、逃がすことはあるまい。香世子の霊が、お手伝いすることもできるといったのは、このことだったのだろう。絶体絶命だ。おれは死にたくないのだ、助けてくれと叫んだところで、ふっと現実にたちかえった。

旅客機はまだ雲の中にいて、舷窓の外には、乳白色の溷濁したものが、薄い陽の光を漉《こ》しながら糢糊と漂っていた。

夢だったのだろうが、どうしても夢だとは思えない。白川は気あたりがして、上着のポケットに手を入れてみると、指先にツルリとした石楠の葉がさわった。

押入の中の鏡花先生

十和田操

十和田《とわだ》操《みさお》

一九〇〇-一九七八

岐阜県生まれ。明治学院大学文芸科卒業。一九二九年、吉行エイスケ、小田嶽夫らと「葡萄園」発行。そこに発表した『饒舌家ズボン氏の話』が泉鏡花に認められる。「時事新報」「朝日新聞」の記者をつとめ、一九四一年から四三年までは応召、満州、南方戦線に転戦。晩年、伊藤整、上林暁、福田清人らと、同人誌「春夏秋冬」を編集。『判任官の子』『屋根裏出身』『平時の秋』『恋の十字架』『美しき果実』などがある。

しようしようと思いながら、ながいあいだしないでごまかしてきた春期清潔大掃除というものを、ことしはじめてやってみる気になった。ひとにいわれてやるのはいやだが、自分で勝手に思い立ってやってみるのは、たのしくないこともない。

女房と畳は新しいほどよいということはどういうことでしょうと、いつも本を借りにくる姪《めい》の大学生が、このあいだききにきたので、それは女房を畳にたとえた中年男のふざけ口だとかんたんに説明したら、中年男ってずいぶん失礼な減らず口を叩《たた》くものね、女性を侮辱する封建的な言葉だわと、むきになっておこり出した。おこりにきたのか、ききにきたのか。そんなら亭主を尻に敷く女房という言葉もあるが、これはどういうことでしょうと、こんどはこちらからきいてみたら、叔父さんはそれで五分五分だとおっしゃりたいんでしょうけれど、はばかりながら亭主を尻に敷く女房はこれでも民主的の匂いがするわよと、いいかえしてきた。それはお尻の先が一寸《ちょっと》そう匂うだけのことで、残念ながらこの場合は、女房の方が封建的で、だまって尻に敷かれている亭主の方が大いに民主的さ。すなわち亭主変じて民主となるのさ。というと、かの女は、もう叔父さんの話きかないわ、落語の駄じゃれみたいなことばかりおっしゃるからいや、といってついに笑い出してしまったが、ややしばらくたって、畳の方は取り替えたり裏返したりすれば新しくなるけれども、女房の方はどうすれば新しくなるのでしょうと、かんむりを直して畳みこんできた。やはり取り替えたり裏返したりすればいいのだろうね。取り替えるっていうと古い女房を追い出して新しい女房を迎えるってことですか。まあそうなるだろうね。では新しい女房ってのは未婚の娘さんを後妻に迎えることになるのですか。そうばかりとは限らないだろうね、出戻り娘でも未亡人でも、離婚した奥さんでもパンパンでもカンカンでも、なんとかかんとかひとの女房の横取りでも、女房を取り替える男にとってはみんな新しいものになるだろうね、古塔の底の古瓶や古堂の縁の下のミイラでさえ掘り返して取り出せばやはり新しくなって役に立つ。じゃあ女房を裏返すってどんなことするんでしょう。といって、御めんなさいともいわないで膝《ひざ》をくずして足を投げ出してきた。さあそいつはいまここで一寸説明はしくにくいが、きみも結婚して五年か十年ほどたったら、亭主か民主が教えてくれるだろう。

ぼろぼろになった畳を外にならべて陽に干して、鯨の二尺指しを叩き棒にしてぽんぽん埃《ほこり》をあげていると、古女房が顔をしかめて出てきて、この畳、思い切ってついでに裏返してもらいましょうかといった。近所にいる畳屋を呼んできて見せると、畳の小口を一寸引っぺがえしてみて、こいつは前に一ぺん裏返しずみの表だから、いじってみても無駄だと答えた。でもこちらは商売だから、それでもやれとおっしゃればおことわりはいたしません、二三年まえごろならまだ畳表が中々手に入りにくかったので、裏返しのそのまた裏返しという仕事も進んでずいぶんやらせてもらったが、古畳というやつは針の通りがわるくて、あまりいい気持ではありません。この際さらのにふんぱつしてお取り替えになった方が、せいせいなさっていいでしょう、このごろはいくらでもいい表が出ているから。といって附け加えた。そんなことは畳屋にきかなくてももちろん洋服だって何だってそうに定っているが、それがいまのところそうは簡単にゆかないわけもあるによって裏返しで我慢しようと思ったのだが、京まいりした江戸児《えどっこ》が清水の舞台から飛び下りたようでけっきょく、思い切って畳屋のいうとおり、さらのに取り替えることになった。そのかわり、あとは野となれ畳となれ。そのまま畳は畳屋へ運んでもらっておいて、畳が生れ変ってくるまで、押入の中の整理清掃を、これもずいぶん久々ではじめることにした。ついでに何か畳替えの代に売り払うものはないかと思ったが、金目のものは何もない。二十余年も前からたまっている古雑誌や古手紙古はがきの束が乱雑に、掃きよせて穴の中に投げ溜められた枯葉や落葉の堆肥のようにかさなり合っている。戦争中には、これのまだ三倍ぐらいも、かさがあったのを、つぎつぎと引っぱり出しては焚物に使ってしまったが、それでもまだこれだけ残っていた。もちろん手当り次第に片っぱしから焚いてしまったというわけではなかった。手紙はがきなどは、これだけはどうしても残しておこうと思うものだけ、その都度ぎんみしては取り除《の》けておいたのだから、いまとなれば、どの一通一本といえども、引き抜いて読んでみれば、いらないものは一つもないはずである。といって、このまま放っておけば、いつまでたっても探し出して読んでみようという用もないものばかりである。戦火にかかって灰になったとしても、それならそれで大した悔いともならないものである。だいいち誰からもらったどんな便りがとってあるか、いちいち覚えてもいず、思い出しもしない。

はがきなども入り交って紐でしばられてある一束の文殻《ふみがら》の上に「父よりの分」としてあるのがあらわれてきた。その中から御鬮《みくじ》でも引くように一通抜き出して、押入の中にうずくまったままの姿勢で拾い読みをはじめた。むかしのだから質の上等な巻紙に毛筆でながながと書いてある。ずいぶん長い手紙があるものだ。

……………

村から村長をやってくれといってきたが断った。やってくれの言いがかりが振っている。歴代村長の肖像写真を額に入れて、去年増築した役場の寄り場に掲げるのに、初代村長であったわしの父の顔を間違えて、このわしの写真を引きのばしてしまったというのだ。つまり、わしの顔が初代村長になって仕舞ったことになる。額縁代共に二十五両かかったが、中味だけ十両にまけておくから引き取ってくれまいか。それがいやなら村長になって、その写真を間に合わせてくれと云うのだ。

……………

読んでいるところへ郵便がきた。

「とうちん、ほら、てまみだよ」

小さい倅《せがれ》が、けしょけしょと、びっこを引きながら外から帰ってきて、知らぬ間に畳のなくなっている座敷の中を珍らしそうに、大きな目玉で見廻している。

「とうちーん、どーこに、いーるんだよおー」

「こーこだよおー」

「ばあーかだなあ、自分のくせに押入に入って、長いてまみ出して読んでるよ。ねずみさんが出てきて鼻かじられちゃうよ、ねえーえー、かあちゃん」

鏡台の前に並んでいるお化粧鏝のような小さい恰好《かっこう》のやつが、びっこを引いて、一日中、けしょけしょと、かあちゃんのお尻について歩き廻るので、かあちゃんから「おけしょびんちゃん」という名をつけられているのだが、そのかあちゃんのことは、かあちゃんと呼んで、とうちゃんのことは、とうちゃんといってふざける。けれども、とうちゃんは、おけしょびんがびっこを引いて歩き廻っている姿をじっと見ていると、ときどき胸の芯が痛くなってくることがある。それから死んだ親父の顔と体つきとを思い出す。親父はびっこではなかったが、この孫の顔も体つきも、おじいちゃんに生き写しで、小さいなりに気象までそっくりである。おじいちゃんが亡くなってから恰度《ちょうど》一ヶ月と十五日目に生れた孫だから、おじいちゃんの生れ変りだろうと、田舎にいるおばあちゃんがいっていたそうだが、ずいぶん早いところで生れ変ったものである。おけしょびんは、とうちゃんが太平洋戦争の最中に南の方から帰還したとき出来た子である。そのときおばあちゃんの詳しい説明によると、――夢に出てきた父上に、死んでかえれとはげまされ……なんとかいう歌のしきりにはやっていたとき、うちのおじいちゃんは、ばかな歌を勝手にうたっておれ、そんな親父がいくら日本にだとてあるもんじゃない、足が一本のうなってもええから、うちの倅だけは生きて帰ってくれたほうがありがたいと考えるのが、あたりまえの親の心じゃと理窟をいっていなされたが、その理窟の念仏がかなって、足が一本どころか、かすり傷一つなしに倅の命が体といっしょにまるごと帰ってきたので、おじいさんは、よっぽどうれしかったとみえて、これでおれはもういつ死んでも差支えないといってみえたが、そのおじいさんへもお迎えがこず、却って命のおまけがもう一つついて、倅の女房の腹が急にふくれ上ってきた。一つぶだねの長男が生れてから十二年目のおめでたである。倅がまるごと生きて帰って、おれも死なずに、おまけにまたひとり孫がさずかるなんて、うす気味がわるくなってきた、とおじいさんがいい出した。授かる運は知らぬ振りしてだまって受けておきなされればいいのに、ああのこうのと理窟をこしらえて気を病みなされたので、おじいさんは、とうとう胃潰瘍という病気が出てきてしまって、もう二た月も待てば戦争孫の顔も見られるというのに死んでしまいなされた――のだそうである。

おばあちゃんの考えついたとおり、おけしょびんに生れ変ったおじいちゃんは、ことし呼び年七つになったが、赤ん坊のとき左の足首をくじいたのがもとで小児麻痺《まひ》というやつをひきおこし、さいわい軽くてすんだが、その足は全体の発育が右足におくれてしまって小し細く短くなっている。これについてもまたおばあちゃんがいうには、おじいちゃんの生れ変りのこの子は、とうちゃんが無事で戦争から帰った身代りに片輪になったのじゃと思えばありがたいことじゃぞえ、なむあみだぶつ、なむあみだぶつ。

けれども、おけしょびんは、そんなばかな世迷いごとのいきさつをなにも知らないので、いつも快活に元気でぴちぴちしている。目はくりくりと明るく輝いていて小しも暗い影を投げたことがない。見馴れてしまうと、けしょけしょ歩く姿も一つのかわいい風格になってきて、それはそれなりでかなしくもあり、尊くもあり、気高くもみえてきて、拝みたいほどのこともある。

「ゆうびん」といって、おけしょびんが押入の中へほうりこんでいったてまみは、山の奥の郷里の町で、おばあちゃんと一しょに暮している弟からのはがきであった。明日亡父暁桜院学峰の七回忌につき親類一同あつまって綾姉寺で法要をいとなむと書いてある。明日とは今日のこと、なるほどもはや七年になるのかと感心した。来いとは別に書いてないが、二三日前にひとりでそれと気がついていたら、あるいは出かけて行ったかも知れない。ひょっこりこちらからお土産たくさん持って出かけて行けば、さすがは流石《さすが》、あととり息子は長男で総領だと、親類衆から心ひそかに感心されることであろうが、年々月々の命日はむろんのこと、七年目のその月のその日の今日さえ気がつきもせず思い出しもせず、珍らしくそのような日に大掃除なんかを思いついてはじめている。けれども、さすがに親子のきずなは争われぬもの、こんな日に限って押入などへ入り込み、あまた数ある反古《ほご》の山から摑《つか》んだ文殻が親父の手紙だったり、おけしょびんが今日は特に、おじいちゃんによく似た目つきをして、こんな七回忌のてまみを持ってきたりするのは、たくまぬ仏縁とはいいながら、何やら薄気味の悪いことである。なむあみだぶつ、なむあみだんぶ。

はがきをそっと横において、さっきの手紙の読みつづきにもどった。郷里の綾姉寺へかけつけて坊主畳の上で足をしびらせながら和尚の読経をいただいているよりは、この押入の中でこういう古手紙を読み返している方が暁桜院は浮んでくるかも知れない。などと勝手な理窟をつけながら巻紙をさばきはじめた。

…………

それはそうと、どうだ。その後文学修行とやらの方は。黙って見ているが、ときどきその許より送りくれる薄っぺらな雑誌にはその許の創作も出ておるようだが、新聞や名のある雑誌には一向にその許のペンネームとやらがちらついて来んではないか。その許は五六年前に初めて泉鏡花の邸《やしき》を訪ねて会見し、その後二三度訪れたのち、今度行くときはお土産に郷里の岩魚《いわな》をたずさえて行き度《た》いから送ってくれとその許より申し越したによって、一籠こしらえて送った筈《はず》だが、それ以来やはり同氏の門へ出入しているのか。同氏に創作を賞《ほ》められたとか云っていたこともあったが、何か名のある雑誌に創作を推せんしては貰わなかったのか。鏡花先生はわしと同年同月の生れだし、面差しから体つきまでわしにそっくりで、東京に父が来て住んでいるようだと大変嬉《うれ》しそうに手紙をよこしていたこともあったが、わしも若い頃は鏡花の作は愛読したものだ。鏡花はこの頃ちっとも小説を出さんではないか。たまには出しているのかも知らんが、山奥に居ては目につかない。この頃は何んと云う人が新しく出現して盛んに小説を出しているのかさっぱり専門でないから判《わか》らんが、やはり菊池寛などにはかなわないのであろうか。島崎藤村などは随分と永らく名声を保っているように思われる。夏目漱石というは死んでからもう大分になるが、やはり全集の蒸し返しなど繰り返されて結句盛んに小説を出しているではないか、呵々。その許も彼等辺りくらいの地位にでもなれる素質があればええが、一体その許の創作というものは、ああいうものを書いていて将来の見込みがあるものかどうか、鏡花がその許の創作を賞めたというが、どういうところが面白いものか。どうもわしがその許の創作を読んだところでは、何んだかどういうところに値打があるのか判らん。その許たちの若い仲間同士にはあれでも値打があるものか。自分の現在の職業としている大切な勤めを軽蔑しからかして、いやでいやでたまらないのを虫をこらえて女房と子供のためだとつぶやきながら、そのことを書いたり、書いていくらか鬱憤を晴らしたりして、これが創作でございい、文学でございのと言っているくらいなら、人間はそんな創作も文学も勤めもやめて死んでしまった方がましだ。二兎を追うもの、二足の草鞋《わらじ》をはくもの、虻蜂取らずのと云って人の戒めを受ける資格さえ無いものだ。それをその許流の創作の中で書いているように二兎を追うのは猪を獲んがためだなんて本気になって考えていたら大間違いのもとだぞ。……つまり先ずここで遅くはない、心を立て直して自分の職掌の勤めに一ふんばり精を出して、その仕事に興味を持つように心を仕向けて会社に於ける自分の地位というものを一歩でも高く進めるという方策に出てみてはどうか。つまりそういう腕前を揮《ふる》ってみてはどうだ。その上で喰い違いが生じたらそれを小説に書いて行く、そりゃ必《き》っとよいものが出来ると思う。つまり勤めに熱心で、どうにもならない悲劇が小説に表われて来る。喜劇も表われて来るさ。それでこそはじめて、勤める、書く、即ち二兎を追うて居るということにもなり、或《ある》いは二兎を追うものと云わるるも決して恥ずべきではない。そうしてこそはじめてその許が言う通り、猪が獲られるかも知れない。或いはもしもそうやって居るうちに小説など書くのが馬鹿らしくなって、また必要もなくなってきて、自然その許は小説など書くことをやめてしまうかも知れない。けれどもそれとても、やはりその許のいうところの猪を獲たことにはなるであろうと、わしは考えるのだが……

…………

えんえんとてまみはまだつづいている。封筒には三銭切手が三枚つらなっている。昭和十年のスタンプが押してあるが、当時おじいちゃんは、このてまみをとうちんへの遺書のつもりで書いてよこした形跡も感じられたので、さっそくこのてまみの返事を小説にして書いて、よその同人雑誌にのせてもらったのを、おじいちゃんに送ったことがあったが、今年七回忌だとすると、そのおじいちゃんは、それからまだあと九年も生き永らえて、とうちんがどんな猪をつかまえるだろうと待っていた勘定である。

読みながら、思いながら、右へもどきさばいて流して行くてまみの帯を、左へまた手繰り戻して巻きとったりしていると、――その許は五六年前にはじめて泉鏡花の邸を訪ねて会見し……と書いたところが戻ってきて、ふと目に入るとたんに、いままでとうちんのそばにいたおじいちゃんの顔がすいと消え、かわりに鏡花先生の顔が、

「うーい、十和田君か、おあがり」

といって押入の中へあらわれた。

あれは昭和何年のころであったろう。目をつむって上を向こうとした拍子に、押入を上下に仕切ってある棚段の支え木のかどに、ごつんと頭をぶつけてしまった。ずいぶん痛い——いや古い話である。

そのころ、とうちんは日本一時事新報という新聞の三面記者をつとめていたが、鏡花先生をはじめて訪ねたのはその方の用のためではなかったはずである。三面記者というのは、新聞紙の雑報欄の種を探して書く記者で、この雑報欄が紙の第三頁の面にあてられていたので、そう呼んでいたのだ。決して記者の顔が四面菩薩の家来のように三つあったわけではない。三面記者は古い言葉で、じつはとうちんのころには、もうすでに社会部記者というりっぱな名があって、三面も社会面といっていた。ものを書く商売でこのほかに三の字のつくのに三文文士というものがあった。創作がまだ拙劣でわずかな銭しかかせげない文士のことなりと、ある字引に説明してあったが、文士も作家と改称され、三文文士にかわって文学青年という気のきいた新しい言葉もあらわれてきていた。誰が言い出したり勘定したのか知らないが、そのころ東京には、諸処方方の水溜りの中でちろちろと日夜尻尾を振って泳ぎ廻っているお玉杓子が五万といたそうで、このとうちんもその五万中の一尾であった。水溜りにもいろいろな形のある中で、一番形のととのっていたのが、同人雑誌というやつで、その一つに「葡萄園」というのがあって、とうちんはそのプールグループに住んでいたが、まだやっと尻尾の附根のとこから足が生えそめたばかりの身を水の中から匍い出して泉鏡花先生の家をば訪れたというわけであった。足が一寸のぞいたばかりでまだ手がないのだから、むろんひとりでは出かけられない。グループの中に達ちゃんという文学美青年がいて、一しょにつれていってもらったのである。達ちゃんは少年のころから二十をすぎる年まで泉先生の家にいたことがあったそうである。どういう関係でどういうことをして泉先生のそばにいたのやら、そういうことになると、達ちゃんはあまりくわしく話したくない風な様子であったから、こちらも掘って尋ねもしなかった、のちにとうちんが、ひとりで鏡花先生の門に出入するようになってから、直接先生の口からきいたところによると、達ちゃんにはね、むかしうちでコックさんをやってもらってたことがある——のだそうである。

「コックさんと申しますと……」折りかえして尋ねると、「そいつがね、きみはまだ見たことがありませんか、あのひとはね、きみ、料理の天才なんで……」

「料理と申しますと、西洋式ので……」「そう、調味料にですな、胡椒《こしょう》をつかう方のなんですよ」先生が胡椒と力を入れていったのが、そのときぴりりっと耳にきいて、ふいと、むかしのお殿様の坐《すわ》っているうしろに主君の腰のものを捧持して控えているお小姓の絵姿を想い出すと一しょに、達ちゃんの白い顔がみずみずしたお小姓髷《まげ》に結って、鏡花先生のうしろに筆屋の看板みたいな先生の大きな筆をささげて控えている姿が目の中に出来上ってしまった。「妙なことをお伺いしますが先生、むかし小姓という小冠者がおりましたが、あれはつまり、殿様の料理番なんかもつとめていたものでございましょうか」「そいつあ藪《やぶ》から棒だが、なん、なん、なん、何ですって？　もう一度……」「そのでございますね」「はあ」「いま先生がおっしゃいました西洋料理の胡椒が、そのう」「ふん、ふん」「日本のむかしのさむらいの卵のお小姓になった話なんでございますよ、殿様の刀持ちの美少年の」「あははは、そうか、そうか、なるほど、そのお小姓がコックさんもやっておったかというわけですね」「はい、どうも失礼しました」「いや、いや、ふん、ふん、そうですよ、そいつあむろんやったでしょう。ぼくも紅葉山人先生の宅時代にはそいつはやったもんですよ、先生の御食事のお世話もね」

　達ちゃんは﨟《ろう》たけた名妓のような顔なりをしていた。一年ほど休刊中の「葡萄園」が一九三〇年の九月に復刊号を出すことになったとき、達ちゃんははじめて同人に加わって雑誌作りから配本の世話までひとりで買って出て、もちろん自分も作品を書き、ぜいたくな雑誌を勝手にこしらえて、同人費はきちきち取り立てるが、ぜいたくの分は自分で負担していた。それが、こんどの「葡萄園」はリラのおやじがパトロンではじまったそうだという風評にもなっていた。リラというのは日本橋にあった洋式酒場だが、達ちゃんはそこの二階に女優さん上りらしきマダムとふたりですんでいた。この酒場の主人という風にも見え、マダムのかくし愛人という気配も感じられた。二階は和風のお座敷づくりで、マダムと達ちゃんの部屋がべつべつにとってあった。そしてまん中に共通の応接座敷の八畳があって、そこでいつも同人が集まっていた。マダムは二三度顔だけ出してきたことがあったきりだが、あまり口数はきかないで、目ばかり働かして達ちゃんの新しい仲間をもてなしていたにすぎなかった。

ある日新聞社の方へリラから電話がかかってきて、今日夕方帰りがけに一寸寄ってくれませんか、すばらしい話があるのだからというので、出かけていった。店の中をぬけてリラの二階へ上って行くと、達ちゃんは八畳のまん中に経机みたいなのを置いて、その前にいつもの恰好でぬらりとひとり坐っていた。電話をかけておいて別に待っていたという風もなく、立ってきて迎えもせず、普段着の名妓が何かしけ込んで長火鉢の前にすねてぼんやり坐っているといった風に見えた。すばらしい話っていうので来たんですがね、何んですね。といってその前に行って坐ると、彼ははじめてにんまりと笑ってみせて、おごりたまえ、泉先生がこんどのきみの小説をほめておられたよといった。達ちゃんは「葡萄園」復刊第一号が出来上ると、さっそく泉先生へそのお初穂をささげに行ったのだそうである。じつは自分の書いた「ゲイシャ」という戯曲を先生に読んでもらうつもりだったのが、きのうまた行ってみたら、「おい、達ちゃん『饒舌家ズボン氏の話』ってのは面白いね、書いたひとはどんなひと？」って先生がきいたので、新聞記者をやっている男だと返事をしかけて、はっと気がついて口をつぐんでしまった。先生は新聞記者を伝染病のように嫌っておられるからだ。じつにあぶないところであった。そうすると先生は何と思ったのか、べつに気にも止めない様子で、「このズボン氏をつれて達ちゃん、いちど遊びにおいで」とすぐまたいったそうである。だから先生の気の変らないうちに、あす日曜日さっそくぼくと一しょに遊びに行ってみませんかと達ちゃんはすすめた。

なるほど「すばらしい」話であったが、なぜかそのとき、ぱっと心が燃え上ってこなかった。夕焼空の彼方《かなた》でかすかに鳴っている鐘の音でもきいているようで、淡い静かな希望に心の隅っこを、ほのと撫《な》でられたぐらいにしか感じられなかったのである。むかし英文学生のとき、名は忘れたがお寺の住職くさい名前の若い国文講師が毎週一時間ずつ学校へやってきて、鏡花小史の「高野聖」を、さびのある声で朗読してくれていたのを、毎回居睡《いねむ》りしながらきいたことがあったきりで、そのほかには鏡花、鏡花ときくだけで、達ちゃんに誘われたその日まで先生の本は何一つ直接手にとって読んでいなかった。それを反対に大先人の玄人の鏡花先生が一足お先に、こういうふちなお玉杓子の黄いろい小説を読んで下されたということになったについては、これはどうも天地玄黄、目が潰《つぶ》れるほどにうしろめたい気がしはじめた。しかし一体あの小説のどこが面白かったのだろう。「饒舌家ズボン氏の話」はお化けの出てくる小説であって、ある革命家の怨霊が、美少年をしつこく追っかけ抜いて、おしまいに牢獄の中まで追いつめる話である。それには「抛物線上を走る凶」という副題がついていたが、その「凶」という字が、達ちゃんの「ゲイシャ」より先にひょいと先生の目に入ったのかも知れない。その凶が走るというので、こいつは、どういう凶か——と鏡花先生は思って読み出してみたにちがいない。先生がお化けにつられてだんだん読んでいくうちに、火柱が立ったり、新婚のあやしい美女が真夜中に古庭の釣瓶《つるべ》井戸のそばではだかになって水を浴びたり、月光に肌をなめさせたりする風景があらわれてきたりするので文章のほどはまだ黄いろいが、こいつは面白い話だと思ったのかも知れない。この話の筋ではないが、「葡萄園」の古くからの同人に一ちゃんというひとがいた。今は小説を書くのをやめて、郷里の安八《あんぱち》郡仁木《にき》村というところで百姓と新制高校の先生とを一しょにやって暮してしまっているが、彼はとうちんと一しょの中学校を二年あとから卒業して東京へも二年あとから出てきて、「葡萄園」の仲間に入って小説を書き出したのだけは、とうちんより一年早かった。芝居の伽羅先代萩《めいぼく》というのに出てくる仁木《にっき》弾正という鼠に化けるさむらいも一ちゃんの生れた仁木村の産だかどうだか知らないが、一ちゃんの顔附はそのさむらいによく似た痩形の美男で、彼も鼠に化けて文壇の縁の下をうかがって、骨を惜しまずかけ廻っていた。悪いたとえのようだが、雑誌の仲間のためにいつも縁の下の力持ちの役をつとめてくれたという意味である。とうちんをはじめに「葡萄園」に引っぱり込んで小説を書けといってはげましてくれたり、それから復刊のとき達ちゃんを引っぱり出してきたのもこの彼であった。「リラのおやじをパトロンに引っぱり込んだから今度は安心だよ」といっていた。

復刊号の小説書いてくれましたかといって、ある日さいそくに来てくれたので、まだだが筋はできていたので、べらべら説明すると、こいつは類のない小説になりそうですよといって、一ちゃんの眼鏡《めがね》にかなった。一ちゃんはいつも縁無しの度厚い眼鏡をかけていた。「小説は題が大切ですよ、題で読ませるんですからね、この作品も一つ慎重に題を考えて、うんと奇抜なのがいいですよ。……一寸いま思いついたんですが、『抛物線上を走る凶』というのはどうですか」と一ちゃんは魔物のように、きらっと眼鏡を光らせた。「そいつはいい題だな、うーん」「気に入ったですか」「うんね、いいけどね、じつはこういう傾向はいま新感覚派の後塵を拝する他の雑誌で盛んに青々と流行中なんでね」「そんなことはないですよ、こういう題はまんだはやっておらんですよ、だいいち新感覚的じゃないと思うんですがね」「じゃあ、何だね」「新科学的古典ですよ、わははははは」と笑った一ちゃんの文句がおもしろかったので、この提題をとりあげることにして、これを副題に置いた。だから「走る凶」が「ズボン氏の話」に鏡花を引きずり込んだのだとすれば、この「すばらしい」話の半分以上は一ちゃんのおかげだということになる。

達ちゃんの「ゲイシャ」について、泉先生は何もいわなかったのだろうか。きいてみようと思ったが、きくのは何かわるい気がしてふれないでおいた。先生が何かいったとすれば、達ちゃんはこちらできかなくても、自分でまっ先に話したにちがいない。やっぱり何もいわなかったにちがいない。あす鏡花先生を訪れるのはそんなこともあって、あまり気がすすまなかったが、達ちゃんがいくども念を押してすすめるので、出かけることにした。その夜家へ帰って大急ぎで「高野聖」を——徹夜して読んだ。

あるひとりの作家に会ってみると、今まで大いに愛読していたその作家のものが嫌いになってきて、そのひとの本などを蔵していることさえたえられなくなることがある。またこれと反対に今まで好評はききながら何かその作品が自分の肉体に合わないものを感じて一作も読んだことのない作家に、ふとした機会で会ったがために、急に読みたくなって、読みつくと、ぴったりと自分の膚に合うことを発見し、それが膚に沁み込み血となり、信仰のようなものに進み、そのひとの本を一気にあつめてきて座右の宝のようにし出す。そして自分はいつの間にかそのひとの本さえ開いてかたわらにおいておけば、自分の作品の構想がわき上ってきて気持ちよく筆が運べるという風になって、やがてしらずしらずそのひとの影響を受けたものが書き出されてきて困るようなことにまでなってしまうものである。気がすすまないままで、むかし牛につれられて善光寺詣りをしたいんごう婆さんのように達ちゃんにつれられて鏡花詣りをとげたとうちんは、慾も得もなく鏡花先生が好きになってしまって、そののちひとりでしばしば、当時麴町区下六番町の、見かけが郷里の町の古い旅籠《はたご》屋のような造りの先生の家へお詣りに出かけていった。達ちゃんに黙って、あんまりしげくひとりで出かけて行っては先生に会っていたものだから、おしまいに達ちゃんが、何かひそかにひとりで面白くない気持ちをいだいて、泉先生に悪いことをしゃべってしまった。あの男の名前はじつは筆名で、本職は新聞記者だと打ちあけてしまったのだそうで、とうちんは、それを達ちゃん自身からきいていらい、ぱったり鏡花詣りは自ら断ち切ってしまった。先生の方ではどう思っていたか知らないが、鏡花先生にしばしば会った思い出は今日もなお心の中に生きていて、わが生涯の小説かきの守り仏とあがめている。おかしなものである。なむあみだぶつ、なむあみだんぶ。

「先生に会ったら、決して新聞記者の名刺なんか出してはいけないよ、きかれても本名をいってはいけないよ、あぐらをかけといわれても決して足をくずしてはいけないよ、夏目漱石でも芥川でも菊池さんでも里見さんでも水上さん、久保田さんでもみんな、決してひざをくずさずにきちんと先生の前では坐っていた、泉先生の方ではあぐらをかいておられてもだよ」達ちゃんは、こういってあらかじめ注意をしてつれていったのであったが、先生にはじめて会ってみると、「さあきみ、十和田君、足をらくに、ひざをくずしたまえ、あぐらをかきたまえ」と、話中に何度となく、先生は手を出してすすめるので、いうことをきかないと、おしまいに先生がおこり出すように思われて、とうとう先生と同じようにあぐらをかいてしまった。ひとりで訪れて行くと、豆粒のような女中さんが出てきて、いきなり、先生は唯今お留守でございますが、どなた様でございますかときいた。十和田というものでございますと答えると、お豆の女中さんは、わざわざ大きな声をはり上げて、十和田さんでございます――と、尻に「か」の字をつけないで復誦した。そうすると、「おい、十和田君か、さあおあがり」

という声がきこえて、玄関の間のうしろの襖《ふすま》があいて先生があらわれたものであった。お豆さんが復誦してもすぐ先生があらわれないときは、それではまた、といって一たん玄関の格子戸をゆっくりとあけて外に出る。家の前の道の向う端をゆっくり歩いて行くと、お祭りの神楽舞台のような二階の窓に先生が立っていて、「おい、十和田君おあがり」と眼鏡を光らせてにっこり笑って、手招きはしないで呼んでくれた。

達ちゃんと一しょに行った初対面のとき、「あんたの姓はいい名ですね、本名ですか」ときかれて、「はい」と返事をしてしまったが、先生はそれからのち会うたびに、「あんたの名はいい名だよ」と同じことを何度もいって賞めた。先生は「葡萄園」をぴらぴら開いていて十和田という名に目がとまったので、その小説を読み出したのであろう。「ぼくは十和田湖が好きでね、あそこのけいしょくは生涯忘れられないですよ、蛇がね、あそこにはたくさん居るんですよ、蛇が出てくるか出てくるかと、あやぶみながら、あのけいしょくをながめるのは、こう、寒いようで……じつにいいんだ」といっていたずらをして逃げる小僧のような目つきをして、にっと笑った。

「あんたの姓はいい名だな」

二度目に対面のとき、あいさつがすむと、さて、また、のっけに先生はこうはじめた。

「いいえ、どうも」こう答えるより仕方がない。

「おくにはどこです」

そのつぎに今度はこうたずねる。

「はあ」県名でいうより、国名の方が似合うと思ったので「美濃でございますが」と答えた。

「ほおう、美濃ですか、秋田かと思った」

「いいえ、そうなんです」

「そうですか、美濃は飛驒の隣りでしたね」

「そうです」

先生は自分の前に据えている経机造りの卓の上にひじをついて体をおよび出しながら、口へくわえに持っていこうとした手の長刀豆煙管を途中でとめて「それよりも」と一と口いってから一服喫《の》んだ拍子に煙が喉仏にからんだらしい。「美濃は」と咳《せ》き込んで「どの辺です」といい切ってしまっておいて、あらためて、こんこん咳きはじめた。

「はあ、郡上《ぐじよう》と申しますところでございます。つまり、もう一と足で飛驒へ入るという辺になっているんでございます」

「飛騨ですね」と先生は飛騨で割り切って、美濃を飛騨にしてしまった。

先生の言葉つきは、悪童がよって何か、悪戯《わるさ》の相談をしているような熱のあるすばしこさで、六十二三の顔だが、肉は少々硬張ったところがみえても、萎《しな》びたり弛《ゆる》んだりしている感じはまだない。骨格はどうみても華奢《きやしゃ》だが、つんと引伸びて、しゃんと張り切っている。鉄縁の薄くかかった小判型の玉の眼鏡のうしろで、一寸どうかした拍子に、瞳《ひとみ》の光がきちがいじみた色を帯びてきらめくと、眼鏡の外に目を掛け替えたような感じに先生の顔が前へ乗り出してきて押しつけるので、

「はあ、飛騨です」と自然釣り込まれてしまった。

「そんなら、ききますがね、これほどもある大きなひるが」と長刀豆煙管をすいと宙にかざして見せて、

「飛騨の山道を歩くと木からぽとぽと落ちてくるっていう話は本当ですか」

「それは本当ですが、先生は御らんになったんではございませんですか」

「いや、見たことはないんだ」

「でも、高野聖の中に出て来ますが」

「あれはね、じつは人にきいたんですがね。いやあ、こわいだろうね」

「見ればそうでもありませんですがね」

「人を見ると、ばらばら降ってくるというじゃありませんか、人の霊みたいに」

先生は自分の顔がひるのように見えてきた。

「先生、わたしの父がね、わたしが子供のときに、よく水溜りみたいな池へ釣に行きましてね、ひざの辺まで池の中へ渡っていって、一時間ほど釣っていたそうですよ、そうして、もうやめて帰ろうと思って上へ上ってみたら、それまで気がつかなかったんですが、川びるがですね、うちの父のね、ひざから下へずっと、長靴をはいたようにびっしりくっついていたそうです。父は一目見るなり、うわっといって気絶してしまったそうですがね、ひるってのは、いやどうも気持ちのよくないやつでございますよ」

「うわあ、そうかねえー、長靴のようにね、ふーん、ふーん」

しばらく感心したのち、先生はまたきき出した。

「それからもう一つききますがね、生きた蝮《まむし》を米の中へ放り込んでたいた蝮飯というのを、きみは食べたことがありますか」

「あれい。蝮めしを食い過ぎて頭が禿げてしまった娘の出てくる話も先生がお書きになっておいでのようでしたが、そうじゃございませんか」

「いや、知らん、ぼくは信州にそういう話のあったということを、ぼくは何かで読んだだけだが」

「では、たれの小説にあったのでしょうかしら」

「まあ、たれでもいいでしょう。食べたことがありますか」といって先生の顔は目玉をいたずらそうにすえて、聞き耳を張っている。

「たべたこと、ありますですが、そのう」

「うまいものですか」

「さあ、うまいといえば、ああいう味のものはやっぱり、うまいと思っておいた方がいいんでございましょうね」

「じゃあ、飛驒にもあるわけですな、大丈夫かね、きみ」

「本当にありますよ」と嘘《うそ》をついてしまった。どうやら、この先生も小説に嘘をついているらしく、その嘘が、嘘になるか本当になるか確めたいつもりなのではないかと思っていると、

「やっぱり炊き方もああするのですか」

「はあ、米が煮えくりかえったところで生きた蝮を放り込みます、飛驒では釜の蓋《ふた》に穴をあけていませんですね」

「穴があいてない？」

「そうなんでございますよ。それで蓋をとりますとね、結構、蝮は行儀よくみんな飯の原へ植えつけたように首を出しているのでございます」

「それじゃきみ、蓋に穴があいてなきゃ蛇の毒気が抜けねいだろう」と先生の言葉がいなせになってくる。

「なに大丈夫です。毒気を含んでおります首は骨を引き抜く時のつまみになって一しょにおっ放《ぽ》り出してしまうのでございますから、それよりも、だいいち蓋に穴があったら蛇が苦しまぎれにその穴の外まで首を乗り出してきますから、飯につかる蛇の体の部分がそれだけの寸法減る勘定でございますから」

「いやあ、そいつあ混ぜる時、杓子でこき落せばよかねえかなあ」

「そういたしますとね、先生、首をつまんで骨を引き抜きます時、うまい具合にとれません、骨が途中で切れたり蛇の肉が一しょについて出てきたりして」

「じゃ、蓋に穴のない方は骨だけスーウとうまくとれるかなあ」

「とれます」

「そいつあどうです、ぼくは骨を抜くには、よけいむずかしいと思えるな、蓋に穴があいてりゃ蛇は蒼空が見えるから釜の外へ出られると思って尻尾を釜の底に突き立てて思い切り体をまっすぐに伸ばすから、そのあいだに飯にまとまってしまえば、それこそ骨を抜く時には、剣の鞘《さや》をはらうようなものだがな。蓋に穴がなけりゃ、いきなり焦熱地獄だから、米の中でのたうち廻って煮え死んだ時は飯の中は、とぐろを巻いて、くらくらに曲ってからんでいて、ちょいと話のように中々骨なんぞ満足に抜けて来まいて、首なぞも飯の中にもぐってしまっているだろう、そりゃきみ、そうなったら毒気は飯に廻るし、食う時骨をいちいち拾い出すに大変なおまんまになってしまう、そりゃきみ、蓋に穴をあけとかなきゃ嘘だね」

「ところが、先生、やっぱりそうじゃないんでございます。蝮は放り込まれると、あっと言ったなり毒気を吐く間もなく、僅《わず》かに首をもたげ得ただけで、蛇体はスーウと煮えくりかえっている米の中へ引き呑まれて棒になったまんま飯になってしまうのでございます、多少は曲るやつもあるのでございましょうけど」

「そうかなあ、あんまり飯はうまそうでもなさそうだね、おい、十和田君」

「おととしの春田舎へ五年ぶりで帰りましたときに、祖母がまだ生きておりまして申すには、去年は栗のなり番じゃったにのい、トチカンジョめにみんな食われてしまってのい、栗は一粒もとれなんだで、この栗はおととしの残りもんじゃによって、かとうてかとうて歯をいためんように食べとくれ。こういって、ゆで栗の干した小粒のを菓子受の底に二十粒ばかり入れたのをお茶と一しょに出してくれましたが、このトチカンジョというのは初めてきく名前でしたので、ばあさんに、何んちうもんだときき ましたら、ばあさんの申しますには、トチカンジョというやつは一人前になったやつは芋虫よりでかい体で桃色がかった茶色をしておって、貝殻の裏のようにきれいに光っている。姿は美しいが悪いやつで、栗の葉の芽ぐむころについて、花盛りまでの間に、うつくしい花まで食ってしまう。若い衆が山から下りてきて、うちの栗の木にもトチカンジョめが這入《はい》りこんだで弱ったなあ、なんて呼んでくる時分には、それこそ近郷近在、山という山の木の栗の木じゅう、トチカンジョの海みたいになっているのです。栗の木をこんな目にしておいて、こいつがまた蛾になったことには、ものすごいもので、人間の目のように光る大きな紋を翅につけた濡れたフエルトのようなやつが、小競り合うように近郷の町の中へ雪崩《なだ》れ込んできて、暗夜がために白ぼけて、魚の尻尾ではたくように、通る人間の頰《ほっ》ぺたを舐めかすめて飛び交うのでございます。ばあさんがトチカンジョ、トチカンジョといって話す、その字は、『土地勘定』とでも書くのでしょうか、先生御存じになりませんでしょうか」

三度目に先生を訪れたとき、こんな話をした。先生はききながら眼鏡をいくども外しては、ハンカチを出して玉をふいてはかけ直した。ちょうど蛾のちらす粉で眼鏡がくもるかのようであった。

「ふうむ、そりゃあね、きみ、いま話をきいて思い出したが、その虫のことをぼくはたしか何かの本か雑誌で見たことがあるぜ——そうだ、そいつの繭からとる糸はね、きみ、ドイツへ輸出している筈だ。名は待ちたまえ、たしか『土地官女』と書いてあった」といって卓の上に長刀豆煙管の皿の先で書いて見せながら、

「白衣に緋《ひ》の袴《はかま》をはいて出てくる官女の官女だ」

「そりゃ先生、本当ですか」

「面白い話だろう、ドイツでね、この糸を加工してね、人形の髪の毛にこしらえるのだ」

「へーい、それで、たしかに土地の官女と書くのでございますか、勘定、土地を勘定する、土地勘定の方がこの虫らしいのでございますがね」

「いや、土地官女だよ、きみ」

先生がそういっていると、急に部屋の中がスーと暗くなってきた。山奥の森深い神社の拝殿の中にでもぽつねんとひとりで休んでいるような、妙に怪しげな、静かな、ひんやりとした暗さが、先生の家のこの二階の部屋の中にたてこんできた。

晩夏の三時ごろ。夕立がやがてくる気配がすぐ感じられた。

「それから先生、栗の花をわざわざ食わせて、そいつを糸にするのでございますか、ドイツに輸出するために」

「そうじゃないんだ、ちょっと待ちたまえよ」

いいながら先生は持っていた煙管を卓の上に置き、目玉の黒味をまんなかに寄せたかと思うような目つきになって、つっと立ち上って、押入のそばへ行った。その戸をあけて首をつっこんだ。そしてだんだん深く体を入れていって、押入の中で、ばたばたと本をひろげたり、雑誌を引き出したりする音がきこえ出した。

「待ちたまえよ、たしかに書いてあったはずだよ、土地官女とね、土地官女、土地官女と」

稲光りがした。

やがてゴロゴロとはじまった。バリバリバリと雨の音がはじまってきた。

すると、とたんに先生が押入の中から戸をスーと閉めてしまった。

「先生」

と呼んでみると、

「待ちたまえ」

と返事だけがきこえる。

この部屋は老大家の書斎の筈であるが、そこに置いてあるものは、誰の描いたどういう絵であったかきいて忘れてしまったが床の間に一本の軸がかけてあった。それから部屋のまんなかに例の経机造りの卓が一つと、床の違い棚の上の段に初版本らしい紅葉全集が一揃《そろい》だけ飾ってあるだけ、そのほかに本は一つも見えていない。もう一つ違い棚の下の段に四方ガラス張りの小さな飾り棚があって、その中に小さな兎の玩具ばかりが無数というほど蒐《あつ》めてならべてあった。先生の小さいとき亡くなられた御母君が卯年の生れであられたのだそうである。最初二階に通されて、この部屋へ入ろうとした時、先生がひとりで何かしきりに愛玩していたらしい小さなでくのようなものを、さっと何処かへ隠した気配があった。ふところへ投げ込んだか、袂《たもと》へ引込めたのだと思ったが、とんでもないところへ忍び込ませたものらしい。卓にかけた緋色の緞《どん》子《す》ぎれが、どこかへんてこである。何かその下へもぐり込んでいて、卓のまんなかどころまで行かぬところで細長く三寸足らずぐらいが腫れ上ったように突出している。官女の人形でも寝ているようである。これは何んですかと、はじめ話のさい中に何度も気になってききたい気持がうずうずしたが、老大家にそんなことをずばりときくわけにもいかなかった。自然何かのはずみに分ることであろうと、ちょいちょい気にしているうちに、それも話に気をとられて忘れてしまっていたが、先生が押入の中へ入ってしまったとたんに、また気になり出した。

——何の塊だろう、部屋の中をスイスイと暗くしたやつはこの鼠だな、こいつは何という虫だ、不貞腐《ふてくさ》れてじっと動かないでいやがる、さてははだかになっているので外へ出られないのだろう。

先生の出てこぬうちに、そろりとあけて見てやろうかと考えながら、じっと突出を見詰めていると、押入の戸がスーと開いて途中で止った。

「きみ、そいつは、山の、じゃなかった、土地の官女にまちがいなし」

緞子の下の怪しい塊が胎動のように、ぐれっと寝返ったように見えた。

「とうちーん」

と縁側の方で、おけしょびんが呼んだ。

「なんだーい」

「あのね、お玉杓子がね、二つね、とうとうお手手が生えてきちゃったよ。かあちゃんにも、そういってくるね、ぼく」

おけしょびんの、けしょけしょと台所の方へ走っていく足音がきこえた。

不動図

川口松太郎

川口松太郎《かわぐちまつたろう》

一八九九－一九八五

東京・浅草生まれ。十六歳で久保田万太郎に師事。のち、講談師悟道軒円玉のもとで、江戸文芸と漢詩を学ぶ。関東大震災後、大阪へ移って、直木三十五と雑誌「苦楽」の編集にあたる。一九三五年、『風流深川唄』『鶴八鶴次郎』『明治一代女』で第一回直木賞を受賞。その後、『愛染かつら』で流行作家となる。六三年、新派育成の功績で菊池寛賞、六九年、『しぐれ茶屋おりく』で吉川英治文学賞を受賞。六五年には芸術院会員、七三年には文化功労者に選ばれる。『人情馬鹿物語』『名妓』『祇園囃子』『夜の蝶』『獅子丸一平』『新吾十番勝負』『愛子いとしや』『一休さんの門』など、〈ストーリー・テラーの達人〉らしい作品が多い。

石井鶴三の個展が資生堂の二階にあった。昭和初年の事である。石井さんの画は前から好きで展覧会で再三見ている。春陽会では中川一政、木村荘八、小杉放庵の三人と石井さんの画が楽しみで、前にも小さい一点を買ってまだ持っている。牛の上に乗った牧童が笛を吹いている図で、小さくとも風情のある構図だ。吉川英治の宮本武蔵が朝日新聞へ出た時には石井さんが挿絵を描いたが、あれは実に印象の深い名作だった。武蔵やその他の人物を的確な構図と安定した描線できびきびと鋭く描いている。

その当時も評判であったが資生堂の個展では武蔵の挿絵を大きくして淡彩をほどこしたものが二点あった。これは既に赤紙がついて売約ずみになっている。殆んど日本画ばかりで花や静物等、十二、三点の並んだ最後に「不動図」と書いた題だけが貼ってあってその壁面のあいている部分があった。画が未着なのだ。然も展覧会はその日が最後だから未着のままに終るのかと思いながら見ていると、世話役の画商があたふたと駆け込んで来て、木綿の風呂敷をひろげると一本の仮巻を取り出し、そのまま壁面へかけた。未着だった不動図が今完成して最終日に間に合ったのだ。絹地に石井さん独得の不動さまが紅色の火焔を背負って岩座の上に立っている。見馴れた不動さんなのだがお顔がちっとも怖くない。片目は大きく見開き、片目を半眼にし全身には黄色味の色彩を施し片手には剣、片手には索を持ち、儀軌通りの不動さまだが、石井鶴三独得の画風だけに、曾て例を見ない不動尊図になっている。不動図としては淡彩だが、極彩色にも勝るほどの効果を出している。

一目見るなり気に入って画商に価を聞くと千円だという。昭和初年の千円は小さな家なら一軒建つほどの値打があったから千円の画は相当なものだ、梅原龍三郎の十号の画が二千円でその当時としては最高の洋画だった。石井鶴三の千円は少々高すぎるようだが、そんな事も念頭におかず、

「買うよ買う」

と画商に向っていった。今出来たばかりで絵の具のまだ濡れている感じを喜んで買って会場へ並ぶと直ぐ売約の赤紙をつけてしまった。

どういう訳か古くから不動さまが好きで、古い仏画や彫刻では沢山見ている。芝居の仕事をするので不動さまが好きなのかも知れない。歌舞伎十八番には「不動」があ

るし、「橋供養梵字文覚《はしくようぼんじのもんがく》」では文覚が那智の滝に打たれて滝壺深く沈んだのを不動明王が現われて滝壺から引き揚げる場面がある。不動と文覚を早変りで見せるのが歌舞伎の味噌で芝居としては面白くないが滝の場は楽しい。市川団十郎の代々は不動尊信者で団十郎を襲名すると成田山へ参詣する前例になっている。

そんなこんなで芝居の世界には不動さまがつきもののようになっていて、不動尊の絵画彫刻には放れがたいつながりを感じるのだ。

京都へ行けば不動さまのある寺を選んで廻り東寺の青不動像、曼殊院の黄不動図（京都博物館）、青蓮院の青不動図（見せずカラー写真買う）といった具合に不動さまのある場所へは出来るだけ多くめぐって歩いた。東京では深川の不動尊、目黒の不動さんはどっちもよく参詣に行くし義父に連れられて成田山へお詣りしたのはまだ小さい時分だ。然し成田の本山にも深川にも目黒にも名高い不動尊像のある話は聞かない。高野山には有名な赤不動があり上野博物館へ出されて拝観したが、その時のパンフレットに小林秀雄が「この赤不動は模写である、真作は失われてないのだろうが作風も鈍いし感心しない」意味の事が書いてあった。そういわれて見るとなるほど他の不動尊に較べて少々見劣りするようだ。その後も赤不動についての記事はいくつか読んだが、問題の多い不動だとどれにも書いてある。こんな風にして不動さまを見ているだけに折りがあれば不動尊の絵が欲しいと思っていて、実は贋物をつかまされた事があるのだ。京都の三年坂の古道具屋で白描の不動尊を見つけた。何時もの不動さまとは形が変って宝剣を杖のようにつき、左手の肱を柄頭に乗せて岩座の上に立っている。岩座の下には荒い波が打ち寄せ、火焔も同じような墨描きで色彩は一つもない。なかなか棄てがたい不動さまだ。

この道具屋はそれほど大した品物を扱っている店ではなし、立派な品物の出る筈はないのだが、

「名をいう事は出来ないがある知名なお方が売りに出された。本来はこのように安く売れる品ではないが至急に金が入用になって已むを得ず手放した」

と誠しやかにいう。掘出しものでもしたつもりで買い取って得々と床の間にかけて置くと宮田重雄が遊びに来た。彼がまだ元気な頃で白描不動明王を一目見ると、

「これは贋物だぞ、騙されて買ったんだな」

といきなりいう。

「醍醐寺の言海作白描不動の贋だ。こんなものをかけて置くな、みっともないぞ」

とやられてしまった。後年になって醍醐寺の不動さまも拝観の折りがあって冷汗三斗の思いをしたが、然しもうその古道具屋へ返しに行く気もせず贋物の軸に石油をそ

そぎ裏の庭で灰にしてしまった。こんな物が存在していれば誰かが又間違う。そんな危険のないように合掌して灰供養にしてやった。

こんな経験もあってその後は不動の尊像にめぐり会う時もなかったところへ、石井さんの不動を見たのだから、躊躇なく譲って貰った。これなら贋物の筈はない、生涯の守り本尊として又絵画にしても鑑賞の価値がある。買ってから気がついたのだが、石井作品には画面の端に鶴三と名が入っているのに不動図だけは何とも書いてない。

「鶴三のサインがないじゃないか」

と画商に喰ってかかると、

「私も先生に聞いたのですが、仏画には署名や落款を入れないものだそうです」

という事だ。何だか頼りない気もしたが本来の仏像は礼拝の対照だから作家の名前は必要ないのだろう。有名な悲母観音にも狩野芳崖の名はなかったように思う。芳崖の悲母観音は知らぬ者もないが石井鶴三の不動図はそれほど有名ではない。然も自分のような者の手に落ちては世に出る事もなく、隠れたる愛蔵者がひそかに喜んでいるにすぎないのだし、その上画商は「この不動さまはまだ未完成なのです。金で細かく描き入れする部分が出来ていないから展覧会がすんだら直ぐ持って来てくれといわれました、一応持って帰って未完成の部分を描き入れてからお届け致しましょう」という。その時の私の気持では少しも早く持って帰って仮巻のままでもいいから床の間へかけて見たい、一度手元へ置いてから描き入れて貰いたいと、頼んで自宅へ届けて貰った。床の間へかけて見るとやっぱり素晴らしい。落款があろうがなかろうがそんな事は問題にならない。これだけで十分満足で石井さんからは描き入れるといって来たが、暫くは仮巻のままで楽しんだ。然し未完成というのはやっぱり気になってその後画商のいうに任せ石井さんへ一応は戻した。

私が作家的に忙しくなったのはその頃からで不動さまももう構ってはいられなくなり、石井さんの手元へ戻したまままつい忘れて、気にしてはいながらも十年ほど経ってしまった。流石《さすが》に私は思い出して例の画商を使いに出し石井さんに催促させた。もし万一描き入れが出来ていなくともそのまま持って帰れと幾分腹を立てていいつけた。十年も前に買った画を未だに棄てて置く石井さんの不信にも腹が立ったのだ。間もなく画商は昔のままの不動尊を持って帰って仮巻のままの不動図が再び床の間にかかったのである。やっぱり美しい。十年の間には画を見る眼もいくらか肥えて来たがそれでも尚不動図の素晴らしさは変っていない。早速表装にかかろうとしたが、軸ものにした方が好いのか額の方が好いのか迷った。軸で巻いて置くと画面にひびの入る恐れがあり、時には折り目もつく。額の方が好いとは思うが、絹本尺二の堅物ではそれこそ大きな額になってしまう。道具屋は額をすすめるが、かける場所を考えるとどっちにしたものか判断がつかない。

その内に世の中が可怪しくなった。そして間もなく戦争、書画はすべて疎開で不動図も仮巻のまま、軽井沢へ持っていかれた。此処にはかける場所もなくその他の絵と一緒に戸棚へ入れられ、戦争のすむまでは陽の目を見る時もなかった。戦争のすんだところへ、又もや画商がやって来て、もう一度不動を貸して欲しい。石井先生に加筆を頼んで見るといったが、断わった。もうその必要はない。この絵はこのままでよく出来ている。金色を加えるよりもさっぱりしていて気持がいい。そんな事よりこれを額にするから世話をしてくれと頼んで、現在の額が出来上ったのである。出来上って驚いたのは、大きさもさる事ながら一人では自由にならぬほど重い。仮巻にして置くよりも画面はすっかり安定して美しさを倍加しているし、大いに満足だったが何しろ重い。壁へかけるためにはよほど大きな釘を打たねばならず取りあえず書斎の壁へかけた。そこはコンクリートで釘も初めから打込んであり重いものもかけられるようになっている。壁にかかるといよいよ立派に見えて、客があると自慢して見せて仏画には署名しないものだなぞと得意になってしゃべった。

ところが困った事が持ち上った。永年勤めているお手伝いさんが暇をくれという。

訳を聞いて見ると、

「二階の書斎にかけてあるお不動さまがぎょろりと目をむいて私を睨んだ」

というのだ。そんな事のある筈はないがお掃除に上って行くのが怖いから暇をくれという。当分書斎の掃除はせずともよいといって、その後は自身で掃除をする事にした。ところがもう一つ悪い事が出来た。生れて三年になる男の子が書斎へ上って来て火のつくように泣き出したのだ。女房が驚いてあやしたがなかなか泣きやまない。書斎の外へ連れ出すとケロリと泣きやんでしまう。滅多に泣かない子なのでどうしたのかと聞くと、

「二階に怖い小父さんがいる。もうパパの所へは行かない」

という。お手伝いの時にも一騒ぎあったのだが子供が泣き出しては妻君も黙っていない。

「不動さんの画をおろして下さい。長年いてくれるお手伝いさんが暇をくれといったのも不動さんの画だし、滅多に泣かない子が泣き出したのもあの画が怖いからです。夜、暗いところで見ると私でさえびくっとするんだからあれはいけません」

とえらい剣幕だ。

「よく見ろよ、そんなに怖い画ではない、不動さんでも怖いのと怖くないのとある。

これはむしろ可愛いくらいだ、この画を怖がったり泣いたりするのはどうかしている」

と初めは承知しなかった。お手伝いは暇を取るといい、子供が泣いてからは家中誰も書斎へ上る者がない。我れ我れの書斎は紙屑の製造所といってもよいほど屑がたまる。それを自分で棄てに行かねばならず痰壺の掃除までしなければならない。初めは強情を張っていたが長くなるとそうもいかなくなり、涙をのんで不動図を片づけ、あとの壁面には何もかけず無地のままにした。無条件降伏である。

「それご覧なさい、強情張ったって一人では出来ないでしょ」

と妻は勝ち誇った顔だ。

「あの画を怖がる方がよっぽどどうかしているが、そんな者を相手に喧嘩しても始まらない。俺はお前たちを軽蔑する」

「負け惜しみをいっても駄目ですよ、誰も近寄らなければ困るんじゃありませんか」

「兎に角画ははずしたから書斎を掃除してくれ」

こんな口争いがあって半月ほど経った日に画商が来た。中川一政の静物のいいのがあったので見せに来たという。値段を聞くと手頃でもあり買えないほどの金額ではない。

「貰うよ、金は三回払いでいいな」

何時もの事で一時に現金は払えない。これはどの画商も同じ事だ。むろん画商は承知して、

「もしよろしければ石井さんのお不動さまと交換いたしましょう」

とぬかす。

「不動を手放すと誰がいった」

「いえ、誰方がいったわけでもありませんが、あの画はご不用になったとかいう噂をちらと聞きましたので」

「誰がそんな噂を立てたのだ」

「お腹立ちでは困ります。お出しにならないのなら結構ですから」

「当り前だ、誰が出すものか」

画商はあたふた帰って行った。不動図をおろしたあとの壁へ中川一政の静物は丁度いいが、画商の態度は何だか煮え切らない。不動図を要らなくなったという噂は何処から出たのか、うち中があの画を憎んで画商へ電話をかけたのか、どうもそんな気がする。画商のいう噂というのは妻が作ったものか、売り払ってしまえというちち中の与論なのか。

考え出すと腹が立って来て不動図を箱へ納めて鵠沼の書斎へ持って行った。大きいのでなかなか車へ乗らないのをやっとの思いで乗せて、自分は片隅へ小さくなって鵠沼まで行った。日本間の床の間へかけようとしたが、軸ものをかけるように出来ている床の間では不動図の額は重くてかからない。仕方がなく壁へたてかけて置くだけだ。人間の生活は年が経つにつけて壁面が小さくなる。テレビを置くとかステレオを置くとか、本が増えて置きどころがなくなると、新しい書棚を壁へ並べてしまう。壁面は狭くなるばかりで大きな画をかける場所もない。

不動図の悩みもそれだ。鵠沼へ持って行ったもののかける場所がない。二階の書斎は大きな画をかけるためにあけて置いたのだが、近代文学館の古書復刻による横長の本箱が壁面を占領して此処も駄目になった。可愛そうにお不動さんは路頭に迷って日本座敷の壁に立てかけっ放しだ。その上鵠沼は海が近いので汐風が吹くと画は残らず片づけなければならない。硝子のはまっているものはいいが、丸出しの軸ものだとホシが入ってしまう。不動図も箱へ入れて風の当らぬ場所へ避難させる。

風雨が去って空が晴れると避難させて置いた画を取り出し箱や包み布を陽に干して画を室内に並べる。鵠沼にも数枚の画は置いてあるがその中では不動図がずば抜けている。それでいてこの画は不運つづきだ。仮巻のまま十数年も棄て置かれたり、石井さんには未完成だといわれたり、東京の家人には嫌われて海辺の家へ逃げて来たが、此処にもかける場所がない。そんなこんなを思うといよいよ不動図がいとしくなって、

「誰が何といっても俺はこの画を手放さない。俺と一緒に苦労するんだ」

と画に向って独り言をいいつつ、不動さんを見つめていると、秘書が新聞を持って来た。見ると石井鶴三さんが亡くなったと出ている。これは何という事か、石井さんの不動図に向って独語している最中に石井さんの訃を聞くとは。何という因縁か、石井さんはこの画に金の加彩をするといいながら到頭しなかった。自分はこれで満足しているが石井さん御自身は未完成のつもりだ。こんないい画なのに多勢からは嫌われ、飾る壁面もなくて作家の石井さんは世を去った。

不動図は今や全く孤独である。

紅梅振袖

川口松太郎

川口松太郎《かわぐちまつたろう》

一八九九―一九八五

東京・浅草生まれ。十六歳で久保田万太郎に師事。のち、講談師悟道軒円玉のもとで、江戸文芸と漢詩を学ぶ。関東大震災後、大阪へ移って、直木三十五と雑誌「苦楽」の編集にあたる。一九三五年、『風流深川唄』『鶴八鶴次郎』『明治一代女』で第一回直木賞を受賞。その後、『愛染かつら』で流行作家となる。六三年、新派育成の功績で菊池寛賞、六九年、『しぐれ茶屋おりく』で吉川英治文学賞を受賞。六五年には芸術院会員、七三年には文化功労者に選ばれる。『人情馬鹿物語』『名妓』『祇園囃子』『夜の蝶』『獅子丸一平』『新吾十番勝負』『愛子いとしや』『一休さんの門』など、〈ストーリー・テラーの達人〉らしい作品が多い。

私はよく人から「君は江戸ッ子だな」といわれる。私の言語動作が東京人の特長を沢山持っているらしい。「江戸ッ子」の代名詞も、大正の末年まではなかなか羽振りのきいたものだが、近年では「江戸ッ子」を誇示する馬鹿者も殆《ほとん》どいなくなった。大正年代までの東京人は、「江戸ッ子」と呼ばれるのを得意にし、気前が好くて、仁俠《にんきょう》精神があって、人情の機微が判って――等々、好《よ》い事ずくめの褒《ほ》め言葉が並んだものだ。「江戸ッ子」の反対が田舎者で、田舎っぺと呼ばれるのが最大の侮蔑《ぶべつ》であったのも、「江戸ッ子」が尊敬される証拠であった。

「彼奴《あいつ》は江戸ッ子だよ」

といえば、物の判る人間を意味し、

「田舎ッぺえ」

は、訳の判らない野暮天《やぼてん》の意味。

「奴は百姓だ」

といえば、最下位の無教養者と思われた。が然し、「江戸ッ子」が物判りが好く、「田舎者」の愚昧な時世は三十年前に消えてしまって、今ではもう正統な意味の江戸ッ子がいなくなった。気前が好いのではなく、愚かな無駄使いが多いので、仁俠といえば聞えは好いが、その実はお節介《せっかい》なおっちょこちょい。無計画で行き当りばったりで、

「宵越《よいごし》の銭《ぜに》は持たねえ」

なんぞと愚にもつかぬ見栄を張る間に、田舎者が強靭《きょうじん》な根を張って、東京は江戸ッ子の物でなくなった。私なぞも、二十歳《はたち》前後には江戸ッ子らしく振舞う事に優越感を覚え、いくら寒くっても、メリヤスのシャツを着ずに我慢したり、そろばん玉の白木《しろも》綿《めん》の三尺を乙に気取って朝湯に行き、手のつけられないような熱い湯の中へ我慢して入り、ゆで鮹《だこ》のように赤くなって、

「江戸ッ子でえ」

と、やせ我慢を張ったものだ。どの一つを思い出しても、知性にもとづく行動はない。馬鹿馬鹿しい見栄とやせ我慢に終始している。無邪気だといえばいえるが、そんな量見で此《こ》のせち辛い世の中を乗り切れよう筈《はず》がない。私の知る過去の江戸ッ子的存

在は殆ど全滅した。地方から笈《きゆう》を負うて上京する田舎者の生活力の逞《たくま》しさが、見栄坊の江戸ッ子人種を蹴飛ばし、地方人のねばりが人生の常道になって、脆弱《ぜいじやく》な都会人は悉《ことごと》く失敗してしまった。私の恩人悟道軒円玉《ごどうけんえんぎよく》が深川の森下に住んでいたのは大正十二年の大地震までで、震災後は浅草の三筋町に移って、悟道軒の面影はなくなってしまったが、その森下時代こそ、江戸ッ子の中の江戸ッ子らしい生活の最後の名残りといっても好かったであろう。

円玉は本名を浪上義三郎といって松林伯円《しようりんはくえん》門下の講釈師であった。近頃は講釈を講談というようになったが、昔は必ず講釈といい、講談と呼ぶのは田舎者にされていた。(然《しか》し、今は私も講談と呼ぶ) 松林伯円は小猿七之助や鼠小僧などの講談を作った名人で、単なる芸人ではなく、立派な創作家だった。伯円が現代に生きていたら、大衆作家としても我れ我れなど足元にも及べなかったであろう。河竹黙阿弥《かわたけもくあみ》が伯円の創作講談を脚色上演した芝居は残らず当りを取って、現在でも歌舞伎《かぶき》はその恩恵をこうむっている。原作の尊重されなかった時代だから伯円の名はうずもれて、黙阿弥の名声のみ残ってしまったが、明石の島蔵と松島千太の島千鳥も、鼠小僧の春の新形も、みんな伯円の原作で、黙阿弥は脚色者に過ぎなかったのだ。が、時代の波は仕方のないもので、伯円の創作力を記憶するものなぞ今は無くなってしまった。創作講談は世話物ばかりで、主人公に泥棒の多いところから泥棒伯円ともいわれ、全盛期の人気はどんな芸人も及ばなかった。円玉はその伯円の弟子で、初めは松林円玉といったが、後年には自ら悟道軒と称し、体が弱いので芸人をやめ、速記術を覚えて、その頃の新聞雑誌に講談速記の連載を試み非常な大当りを得、大衆小説発達の貴重な温床となった。此の事も今は記憶する人も少くなったが、大正中期までの夕刊連載といえば講談速記に決っていて娯楽雑誌の大半は講談速記でうずまったものだ。残念な事には伯円ほどの創作力を持たない為《た》め、何年かつづけていると種がつきて同じ材料の繰り返しになる。其処《そこ》で、雑誌も新聞も新作講談を思いついて、三流作家に新講談を書かせた。その中から初期の大衆小説を形成する作家と作品が生れて、現代の繁栄に至ったのだ。そいい変えると円玉は大衆小説の結果的な恩人だった。講談速記を思いついたのは彼らしい利口さであったが、それが土台になって大衆小説の生まれた事は疑いもない。円玉に意識はなかったとしても、結果的には大変有効な仕事であった。

私は縁あって円玉の家に住み、彼の講談速記を手伝った。私がいくらかでも江戸時代の文物に通暁《つうぎょう》しているのは円玉の家にいたお陰だと思っている。彼は昭和十五年の一月に世を去って晩年は講談速記も振わず深川の森下時代がその全盛期で、当時の新聞雑誌記者で悟道軒を知らぬ者はなかった。森下の市電の交叉点から一町ほどの路地裏にあって、階下が八畳に二畳、二階が八畳一間っきりという狭い長屋に過ぎないのだが、此処《ここ》へは夜毎《よごと》にさまざまな有名人が集った。今は存命者も殆どなく、その頃の悟道軒を知っている者は、作家の久保田万太郎《くぼたまんたろう》と私だけになったかも知れない。或《あるい》は吉井勇《よしいいさむ》が、一度ぐらいは立ち寄った事があったかとも思う。八畳の二階を与太倶楽部《よたクラブ》と称し、寄席芸人を中心に、東京生れの文人画家、幕内の道楽者なぞの寄合いの場所になって、愚にもつかぬ雑談に夜を更かしていたものだ。与太倶楽部の名は、岡村柿紅《おかむらしこう》という文人のつけたもので、

「与太をいう」

というのは、その頃の新しい流行語だった。今は与太者かならず者の別称になって甚《はなは》だかんばしくない言葉だが、その頃の与太は「無邪気な冗談」とでもいう程度の軽い悪口で、

「与太をいい合って遊ぶ」

意味の集合所を、悟道軒の家にしたのだった。

私は確かまだ二十一二歳であったと思う。与太倶楽部の小使いで、円玉の助手をしながら会員の小用を足していた。倶楽部にはウロー会と称する骨董品《こっとうひん》売立会があって、それが月例の集会日になっている。持ち古した陶器や古本綿絵類、怪しげな掛軸なぞ

を持ち寄ってお椀伏《わんぶ》せの入札をやり、売上げの一割で茶菓子やすしなどを取り寄せる。此の当時の悟道軒へ出入する人物の衣服や風采《ふうさい》なぞも今では全く見られなくなったが明治時代の通人を代表するような、粋な姿ばかりだった。勿論《もちろん》全部が和服でその八分通りはこまかい結城紬《ゆうきつむぎ》、柾《まさ》の通った桐の駒下駄《こまげた》か、八幡黒の花緒のすがった畳つきの雪駄《せった》を穿《は》く。財力に応じて贅沢《ぜいたく》の度合は幾分違っているが、履物《はきもの》に贅をつくすのは、その頃の東京人に共通する風習で、「着物は古くとも下駄は新しく」というのが江戸ッ子の見栄であり、下駄の汚いのは田舎者と軽蔑された。私なぞも、なけなしの金で贅沢な下駄を穿くのが癖になり、着る物よりも履物の費用に貧乏をしたものだ。倶楽部の例会日には真っ白な下駄や草履《ぞうり》が狭い土間へ綺麗《きれい》に並ぶ。よくもこんなに履物を気にするものだと感心するほどだったが、その中に何時《いつ》も決って、古びて汚いちび下駄が必ず一足混っていた。私は今でもその下駄の汚さを覚えているが、綺麗な履物の並ぶ中に、たった一足の古下駄が、特に目立って印象が強かった。

「相変らず友さんは汚い下駄を穿いてるね」

と、口の悪い円玉の女房が、そのたびに眉をしかめたものだが、下駄の主の友次郎は、縫箔屋《ぬいはくや》の職人で、本所の四つ目に住んでいる。近い場所なので円玉の話相手の常連の一人だ。芸に関係はなかったが、浪上家の遠縁に当り、振袖衣裳なぞに刺繍《ししゅう》をするその道では、仲々有名な職人だった。年は三十二三歳で、唐桟《とうざん》の着物に盲目縞《めくらじま》の前掛を締め、それが何時も薄汚く汚れている。与太倶楽部の会員は洒落者《しゃれもの》ばかりで、貧乏な癖に、身分不相応な贅をつくしている中に、友次郎だけは全くの例外で、下駄も汚ければ身の廻りも垢《あか》じみて風采も一向に上らない。その癖東京中でも優秀な職人で、一流呉服店の高級衣裳には「縫友」の刺繍でなければならないといわれ、総縫一寸角何円とかいう高い手間賃を取り、多額の収入があるのに、一向辺幅《へんぷく》を飾らない。

「東京一の縫友といわれる男が、何だってそう身装《みな》りを構わないのだ」

と、円玉はときどき腹を立て、

「倶楽部の会員は綺麗好きが揃っているから、あんまり汚くしていると嫌われて仲間へ入れて貰《もら》えねえぞ」

と、叱るようにいった。が、何をいわれても一向に平気で、例会の売立てには自分の作った半襟《はんえり》を箱に入れて持って来る。会員たちが驚いて、

「商売物をこんな所へ持ち込む奴があるか。二束三文に叩かれてしまうじゃないか」

と、何時も幹事役の、石谷さんという国民新聞記者が、

「お前の半襟は、何処《どこ》のデパートでも高い値がついて売れるのに、何だってウロー会なんぞへ持って来るんだ」

と、呆れながらいっても、

「ナーニ構いませんよ。あっしゃ此の会へ出たいからやって来るんで、皆さんのお話を聞いていると、胸がすうっとして気持が晴れて行くんです。月に一度の例会を、どんなに楽しんでいるか知れないんですが、あっしの家には、売立に出すような品物は一つもありません。仕方がねえから、商売物の縫襟を持って来るんで、本来なら只で差し上げたいのだが、それじゃ皆さんがお困りになると思って、椀伏せの値を入れて持って帰って頂くんです。幾《いく》らだって構やアしません。奥さんに上げれば、ちったア喜んでくれるでしょう。どうか遠慮しねえでおくんなさい」

と、見事な縫取りの半襟を、安い値段に落されながらも、嬉しそうににこにこしている。身装りは構わないが、見るからに善人そうで名人気質《かたぎ》の職人に有り勝ちな、何処か少し間が抜けている、小さな物事に拘泥《こうでい》しない。此の友さんが或る日、何時もとは打って変って、見違えるほど綺麗な着物に、新しい下駄をはき、りゅうとした恰好《かっこう》で悟道軒を訪《たず》ねて来た。円玉夫婦はびっくりして、

「どうしたんだい友さん。おっそろしくめかし込んで来たが、見合いにでも行くのかい」

と、相変らずの毒舌を浴せかけると、恥ずかしそうにはにかみながらも、

「どうも、着馴れない物を着ると窮屈でいけません」

と、居心地も悪そうにもじもじと裾《すそ》のあたりを気にしている。偏屈人だけに、今だにまだ女房を貰わず、片目の見えぬ母親と一緒に貧乏世帯を張っている。私も一度だけ行ったが狭い部屋に刺繍台が一杯で、坐るところもなく、綺麗な糸屑《いとくず》が其処ら一面にちらかり、滅多《めった》に掃除をした事もないらしく、畳の色なぞも腐ったように赤茶けている。その薄汚い部屋の中央に、見事な紅染めの振袖模様が、目の覚めるように置いてあったのが、あたりが汚いだけに、何ともいえず無気味な美しさに見えたものだ。家は汚くて貧乏臭いが、仕事は一流の高級品で、これは何様のお嬢様の婚礼衣裳だとか、或いは有名な富豪の奥さんの訪問着だとか、知名人の特別註文を扱いながら、住居は何時も汚れて汚く訪ねて行っても坐る場所さえないほどなのだ。その癖友さんは、深酒をするのでもなければ、女遊びにこるのでもなく、これぞという道楽もなく、汚い中で何時もせっせと稼いでいる。

「友の奴は、薄馬鹿のような顔をしながら、本当は腹が締っているのだ。あんなに好い得意があり、一流の仕事をしているのだから収入も莫大《ばくだい》に違いない。それをあんな汚い所に住み、女房も貰わず、めっかちのお袋と二人だけで暮している所を見ると、内緒でこっそり金を貯めているのだ。さもなくてあんな汚ねえ恰好をしている訳はねえ。薄馬鹿に見せかけながら彼奴《あいつ》が本当の利口なんだ」

と、円玉は口癖のように云った。

「あたしゃ、そうは思わない」

と、女房は湯呑の冷酒をちびちびなめて、

「そんなに腹のしまった人間じゃない。金を残している奴は顔を見ると判るもんだが、どう見たって友の顔は、金のある人間の面《つら》じゃない」

「そんなら一体、稼いだ金をどうしているんだ。一寸角幾らという高い手間を取りながら、働いた金を何に使っているんだ」

「博打《ばくち》でもやるんじゃないかい」

「馬鹿アいえ。小博打の一つも打つ奴なら、あんな汚ねえ恰好をしているもんか」

「とすると、洲崎《すざき》あたりの女郎にでも入り上げているのかしら」

「それにしたって、女に入り上げる段になりゃア身装りを拵《こさ》えるのが先だ」

「そうするとやっぱり貯金かね」

「そうだと思う。奴は現なまでぐっすり持ってやがるぜ」

夫婦のそんな会話を私は側《そば》で聞いていたが、あの薄汚い友次郎に、多額の貯金なぞありそうな気はしなかった。その友さんが急に、仕立下しの着物を着て、同じ唐桟《とうざん》の

羽織《はおり》を着、新しい下駄を穿いて来たのだから、驚いたのも当り前で、

「今日はこれから小石川へ行くんです」

と、側に風呂敷包みを大事そうに、

「小父さんも知っているでしょう。園部《そのべ》の奥さんにお目にかかりに行くので、失礼があっちゃなるまいと思って、それでまあ、よんどころなく新しい着物を着たんです」

と、恥ずかしそうにてれながら、

「園部さんというのは松井町の大隅のお嬢さんなんです」

「それじゃアお前の家主《おおや》じゃねえか」

「そうなんです。大隅の家が左前になった時に、お君《きみ》さんが園部家へ行って、それでどうやら持ちこたえて破産をしなくってもすんだんですから、いわば、家の為めの犠《ぎ》牲《せい》になった方なんです」

「犠牲ってのはそんなもんじゃねえ」

と、円玉はむっとしたように、

「園部といやあ、枢密院《すうみついん》議長で、侯爵《こうしゃく》でお亡くなりになった明治陛下《へいか》の御信任の厚かったお人じゃアねえか。そんな立派な方の奥さんになって犠牲という奴があるか。女としてこれほどの出世はねえ」

「いいえ小父さん！」

と、友次郎は困ったように、

「本当の奥さんならばこんな出世はありませんけれど、正妻は別に在《い》らっしゃるんですよ」

「へーえ。それじゃ二号さんか」

「お屋敷では奥さんと呼んでいるそうですが、本当はお妾《めかけ》さんで、正妻はお国の広島に在らっしゃるんです」

「それにしたって東京の御本邸で奥さんと呼ばれりゃアたとえお妾でも大した出世だ」

「そうでしょうか」

「お前はそう思わねえのか」

「思いません」と、彼はきっぱり、

「どんなに偉い人でも、お妾さんでは倖《しあわ》せになりません。貧乏でも好いから表向きの女房になれるのが、女の本当の幸福なんじゃありませんか」

と、膝の上の風呂敷包みの、固い結び目に手をかけたまま、思案に沈む目の色で、じっと円玉を見上げていた。勘《かん》の鋭い円玉は相手の浮かぬ顔つきを見ると、

「お前はお君さんに惚れていたのかい」

と、思ったままをずばりといった。すると、友次郎も隠さずに、

「大好きだったんです」

「道理でさっきから目の色が変っていると思った。好きなら好きと初めっからいやアいいのに、それならそれで、又話のしようがあるというもんだ。なあ婆さん」

と、女房の方へ顔を向けて面白そうに笑い出した。此の時まで友次郎は、膝に置いた風呂敷の、中の品物を出しかけては思い直して迷っていた。何かお君さんに由緒のある品物のような気がして、早くその中身を見たいと思ったが、大きな声で笑われると、風呂敷を解く気もなくなったらしく、お君の話を切り上げて、言葉少く別れを告げ、家の外へ出て行ってしまった。

此の時の風呂敷の中には、一枚の白地の振袖が入っていた。白綸子《しろりんず》の四君子の地紋を織り出した生地へ、光琳模様《こうりんもよう》の紅梅を、得意の刺繡で縫い取った衣裳だ。大隅の君子さんの為めに三年がかりで作り上げた傑作で、

「お嬢さんが嫁入りの御披露宴に着て頂こうと思って作っています」

と、未完成の振袖を、幾度か君子に見せながら、得意そうに誇った品物だ。勿論それは、君子がまだ園部へ行かぬ前の事で、松井町の家へ遊びに行く度毎に、抱えて行

ってはせた振袖だ。

「そんな立派な物をこしらえてくれても、大隅の家は貧乏をしているからとても買う事が出来ません」

と、振袖を見るたんびに、淋しそうな目をしては美しい梅の花びらの紅色の縫糸を好ましそうに眺めていたのだ。婚礼のお祝いに贈るつもりで、仕事の合間を見ては、少しずつ仕上げていたものだけに、

「何も買って頂こうと思って拵《こしら》えているんじゃありません。御婚礼のお祝いに着て頂きたい本当の心持で縫っているんで、仕事の暇々にやるのだから、何時出来上るかあっしにも判りません。もし御婚礼が来月だと決ったら、夜明しをしても縫い上げますから、その時にはおっしゃって下さいまし」

「そんなに早くお嫁に行く気づかいはありません」

と、君子は又もや淋しげに笑う。やせぎすな細面で、当世風な美人ではないが、古風で品のある瓜実顔《うりざねがお》の美しさだ。

「あっしは此の振袖を一生の仕事にしたいと思っています。お金を貰って頼まれる仕事に本当の魂は打ち込めません。真実の力をこめるのは好きな人の為めに作る仕事に限られています。恐らく私も、二度とこんな手の込んだ仕事は出来ますまい。その代

りお嬢さんも、友次郎の魂がこもっていると思って可愛がって頂きとう存じます」

「だってもし私が、一生何処へも行かなかったらどうするの？」

「そんな事はない、お嬢さんほどのお方を、世間が棄《す》てて置くものですか。間もなく好い御縁談が決まるでしょう」

と、何気なくいうように見えながら、声が沈んで聞えた。

松井町の地主で家作《かさく》持ちのお嬢さんでは、どんなに思いを寄せたところで、貧乏職人が女房に貰える筈もなく、諦めてはいながらも、好きで好きで堪《たま》らなかった。せめては、婚礼衣裳を作りながら、君子を偲《しの》んで楽しんでいたらしく、紅梅模様の振袖は、何時になっても出来上らない。出来てしまえば、それなりの縁に終りそうな気がして、仕上った分だけを、君子に示して話し合うのを何よりの楽しみにしていたのだ。が、これほど思いをこめた振袖の何の用もなさぬ運命が、それから間もなく大隅の家を襲ってしまった。家の窮乏を救うために君子は侯爵家へ引き取られ、破産に瀕した松井町の実家がどうやら体面を持ちこたえた。魂を打ち込んだ振袖の陽《ひ》の目を見る日はなくなってしまったが、園部へ行った君子の悲運も、友次郎の振袖だけは忘れ難かったと見え、松井町へ里帰りの度毎に言づけがあって、

「お振袖が出来上ったらきっと見せて下さるように」

と、幾度となく催促《さいそく》を受けた。その度に彼は、

「婚礼衣裳のお約束なのですから、御結婚の決まるまでは作りません」

と、わざと意地を悪くしていた。相手が誰であろうとも、人の妾になったのが口惜《くや》しくて堪らない。家の犠牲と判っていても、思い切れない淋しさと騙《だま》されたような口惜しさが、胸に残って消えなかった。君子も、友次郎のそんな気持を想像して、一時は諦めたらしかったが、園部へ行って二年目の秋、何を思い出したのか、松井町の父が使者に立って、

「お目にかかって御相談したいから、約束の振袖を持って、屋敷まで来て頂きたい」

という口上が届いた。その日がちょうど十一月三日の明治節だった。逢いたいという口上を聞くと、やっぱり胸をわくわくさせ、なかば出来上った振袖を抱え仕立おろしの袷《あわせ》を着ていそいそ本所を出かけたのも、思いの消えやらぬ証拠だった。小石川の侯爵邸を、訪ねて行くその途中に、ふっと思いついて悟道軒へ立ち寄った。心血をそそいだ振袖を、もしも君子が熱望したら、素直に渡して帰るのが好いか、それとも、人の妾になった女に渡すべきではないだろうか。自分でも判断がつかなかったので、円玉に会って意見を聞き、気持を定めるつもりで寄ったのだが、冷かされて笑われると何もいう事が出来なくなり、包みもとかずに森下を出て、小石川へ行ってしまった。

侯爵邸は、東京でも有名な名園で「離心庵《りしんあん》」という別名を持ち、二万坪に余る広い邸内には、江戸時代からの古池があって、冬になると、日本海を渡る野鴨が羽をそろえて集って来る。それほど広大な屋敷なので、裏長屋の暮しに馴《な》れ大きな家を見た事のない友次郎は、田舎者が東京へ出て来たように、きょろきょろと目をみはりつつ、玄関前の小砂利を踏み恐る恐る案内を乞《こ》い、

「奥様にお目にかかりたい」

と、おどおどしながら小声でいった。君子も待っていたらしく、十畳ほどの日本間へ通し、綺麗な干菓子《ひがし》にお茶を出されて、三十分間も待たされた。彼が君子に会ったのは、侯爵家へ行く前であったから、まる二年以上も姿を見ていない。どんな風に変っているのか、昔の美しさがいよいよ冴《さ》えたか、或いはあのあどけない無邪気さが消えてしまったか、二年振りで会う楽しみにわくわくしていると、やがて、座敷の内に入って来たのは、六十歳前後の、黒の羽織を着た老人だった。向い合って坐るが早いか、

「縫箔師の友次郎さんはあんたかね」

と、眼鏡《めがね》越しにじろりと見る。きょとんとしてうなずくと、

「奥様がお目に掛る筈であったが、他のお客来《きやくらい》があって時間がない。持って来た品物

を受取るようにおっしゃったから私が代りに頂いて置く。これはお礼として下さった」

と、金包みらしいものを前に置き友次郎の膝元の小風呂敷を取ろうとする。慌《あわ》てて膝の上へ引き上げて、

「お金で売る品物ではありません」

と、大声でいって腰を浮かせた。

横柄《おうへい》な老人の態度に、むっとしていた友次郎は、命をかけて作り上げた振袖を、金で買おうとする相手の態度に、二重の腹を立てながら、

「君子様へ直接お渡しするのでなければ、誰方《どなた》にも渡せない品物なんです。お忙しければ又他の日に参りましょう」

と、いい棄てると、驚いている老人を残して、内玄関へ飛び出してしまった。飛び出した目の内には、あきらめ切れぬ冷い涙が、きらきら光って散っていた。

流石《さすが》に君子に対する愛情は、この日を限りに消えてしまった。あれほどの思いを寄せていながら、其処が江戸ッ子の潔癖さで、

「人を馬鹿にしやがった」

と思うと意地にも辛抱《しんぼう》が出来なくなる。顔の潰《つぶ》れるのを何よりも嫌う江戸ッ子の持

ち前は、どんなに惚れた君子でも、折角《せっかく》訪ねて行った自分に、会うまいとするばかりか金を出して追い帰す冷さには、今までの愛情が一変し、却《かえ》って君子を憎むようにもなってしまった。その後も君子からは、振袖を譲ってくれるようにと、催促の伝言はあったのだが、彼はもうそんな言葉に耳を貸そうともせず、冷く笑って相手にもしなかった。その後も悟道軒へ来て、ウロー会の例会には何時もの古下駄を引きずって、森下の路地裏の、石敷道を通って来たが、君子の名の口を洩れる日はついになかった。

「友の野郎、お君さんの名を口にしなくなったな」

と、円玉も笑って、

「何ぼ何でも、相手が侯爵じゃ歯が立つめえ」

と、いったあと、

「それにしても彼奴《あいつ》、何時まで独《ひと》りでいるつもりか、あれほどの腕のある男が、目っかちのお袋と二人では可哀想《かわいそう》だ。誰か好い嫁さんがいそうなもんじゃねえか」

といい出して、知り合いの若い娘の名を数えたりしたが、当人は女房を持つ気がないらしく、親切な円玉の言葉にも、余り好い返事をしていない。すると、その翌《あく》る年に片目の母が死んで、彼は全くの一人身になった。片目であろうとも、母がいればこそ日々の生活にも事を欠かなかったが、全くの一人になってしまうと、三度の食事はもとより、その日その日の暮しの処理が、男一人ではどうする事も出来なくなった。が、そうなっても妻をむかえず通いの雇《やと》い婆さんを頼んで、薄汚い一人暮しを、何年も何年も続けて行った。私が彼の家を訪ねたのはその一人者の時代で、何時行っても仕事台の前に坐り、枠に張った生地《きじ》の上に、さまざまな色糸で、美しい縫い模様を器用な手元で縫い上げて行く。一年中畳に坐って、前こごみにかがんでいるから、体はひどい猫背になり、まだ四十にもならないのに老人のように老《ふ》けて見える。それが薄汚い部屋の中にしょぼんと坐る淋しさは、何ともいえず異様だったが、名人とか上手とかいわれる人は、何処か常人と違っていて、こんな生活にも不服がなく好い仕事をする為めに、満足し切っているのかと思うと、薄汚い生活に別な尊敬を感じるのだった。

その頃、日本橋の百貨店に、高級衣裳の展覧会が春と秋とに開かれて一流の呉服商の贅をつくしたさまざまな衣裳が華々《はなばな》しく並べられる催しが一年に二度ずつあった。友次郎も毎年必ず出品して、人の噂《うわさ》になっていたが、今年は、註文の仕事に追われて出品作を作る事が出来ず、会場からは矢の催促を受け、出さぬわけにも行かなくなって誰にも見せた事のない紅梅振袖を思い切って出品した。初めは古簞笥《ふるだんす》に仕舞い込んで、誰にも見せぬ積りであったが、日が経つに連れて、君子を憎む感情も薄れ、自分

の浅はかさを自嘲《じちょう》するようにもなり、

「箪笥に眠らせて置くよりは、俺一代の傑作を、見て貰った方が好いかも知れぬ」

と、主催者側の望みに任せて百貨店へ持って行った。流石に名人友次郎が、精魂を傾けて作っただけに、柄といい細工《さいく》といい、申し分のない出来栄えで、白一色の上品な綸子に紅梅の紅と幹の色の黒糸とが、目もあざやかな配色になって、一緒に並んだどの衣裳も、消え込むほどの位を示し、見巧者《みごうしゃ》の目を悉《ことごと》く奪った。百点ほどの特別衣裳が、それぞれの特色を見せ、近頃にない衣裳展の中で、友次郎の紅梅は一人ずば抜けた品位を見せ、口の悪い競争相手も、褒めずにはいられなかった。友次郎はその評判に気を好くして滅多に着た事のない唐桟を着、前こごみの猫背姿で、百貨店の会場の魂をこめた作品の前で、観客の評判を聞きながら一人ひそかに楽しんでいた。会期は一週間だったが、その最後が日曜日にあたって、会場は殊《こと》の他《ほか》の満員になり、友次郎も嬉しそうに群衆の中をうろうろしていると、やがて、閉会間近い暮れ方になった。その暮れ方の、会場中央の、一番人の目につく紅梅の前で彼は一つの人影を見た。初めは誰とも気がつかず、

「綺麗な人だ」

と、思いながら、好みのよい小紋の袷を玄人《くろうと》らしくのぞいていた。黒の羽織を上品

に着こなし、すらりとしたやせ肩を何心なく見つめていた友次郎は、やがてぎょっとして、棒をのんだように突っ立った。その人影はまぎれもなく園部侯爵の君子だった。もう閉店間際で、さっきまでの雑沓《ざっとう》もうすれ、どうやら人影もまばらになり、振袖の前に立っているのが、君子が一人の一瞬だった。駆け寄った彼は、衣裳と君子とすれすれの間へ、割り込むように立ち塞《ふさ》がって、

「お嬢さん！」

と、慄《ふる》える声が強く呼んだ。相手も、あまりの不意にびっくりして、思わず一足下るところへ、

「友次郎です」

と口元を慄わせたまま、

「お久しゅうございました」

と、ふり絞るような声だった。流石《さすが》に君子も真っ青になって、咄嗟《とっさ》には返事も浮かばず、まじまじと後ずさって、猫背の顔を見守った。

「折角ですけれど、貴女《あなた》のごらんになる品じゃあねえ。貴女のその目で睨《にら》まれると白綸子に汚点《しみ》がつく。見ねえで置いて下さいまし」

と、思い切ってずばりといった。

血の気のない顔が蠟《ろう》のように白く冴えて、言葉尻がびくびく慄える。諦めがついてしまうと、未練らしく愚図ついていないのも江戸ッ子の常で、十一月の明治節に、冷く扱われたあの日から思いの跡も消え去って、君子の姿を目の前にしても、昔の心は湧かなかった。

「貴女もご存じの筈でしょうが、此の白綸子の紅梅は、お嫁に行く人の為めに、魂を打ち込んだ振袖で、人の妾になるような、汚れた目に触れさせたくはありません」

と、二度目の声もあけすけだった。四辺《あたり》に人影はなかったが、憎しみを込めた男の声が、低い天井《てんじょう》に響き返って、

「なんと思ってお在《い》でなすったかは知りませんが、あの明治節を限りにしてあっしゃア生れ変りました。それっきりふっつり思いを絶ち、何もかも忘れましたから、私の仕事の近くへは立寄らないでおくんなさい。心の繫《つな》がりがなくなれば、役にも立たない他人同士だ。何処の清らかなお嬢さまが着て下さるかも知れねえ振袖、汚れた人に見られたくねえ。遠くに離れておくんなさい」

と、胸のあたりを押し出すように声もいよいよ高くなった。友次郎が人に向って、こんな言葉を使うのも生れて初めての事であった。心には思っても口に出せない気の弱さが、一生に一度の声を絞って、まともに君子を罵倒《ばとう》したのだ。が、声に押されて

あとずさって、静かに相手を見返しながら、君子は少しも動じなかった。男の感情の高まるにつれて、あべこべに落着きを見せながら、

「遠くに離れておくんなさい」

と、最後の声を受けとめると、かすかな微笑を浮かべつつ美しい顔を近付けて、

「婚礼の御披露宴に作ってくれた筈でしたね」

と、憂《うれ》いを帯びた声でいった。僅《わず》かに聞える小声ではあったが、友次郎の心には鐘の音のように強く響いて、頷《うなず》き返す事も出来ずに、意気ごんで君子を見返した。

「振袖を拝見に来たのも、来なければならぬ訳があったからです。人の妾には、見せたくないとおっしゃいましたが……」

と、いいかけた時、四五人の一かたまりが、高い声をあげながら振袖の前に近づいた。人を嫌って君子も友次郎も、思い合わせて足を揃えると、会場の一隅の休憩室のテーブルへ行った。幸い人の姿がなかった。

「友さん！」

と、君子は、昔の形に呼びかけると、

「喜んで下さい。人の妾ではなくなりました」

「……？」

「園部の奥さんが広島で亡くなったんです」

「何時《いつ》？」

「去年の一月で、一周忌ももうすみました」

「……？」

「忌明《きあ》けを待って式を挙げて、園部の妻になれるのです」

「……？」

「日陰者の体では、晴れては友さんにも会えなくって、十一月の三日にも会わずに帰って頂いたんですけれど、今はその引け目もなくなりました。四月の二十七日が、式日と決ったので他所《よそ》ながら振袖を、見せて頂きにまいりました。昔の約束に嘘《うそ》がなければ、人の妻になる時には、着せてくれるとおっしゃった、あの言葉を頼りにして、振袖の前に立ったんです」

「……？」

友次郎には答えがなかった。しみじみとした君子の声が少しうるんで涙ぐんだ。首《うな》垂《だ》れて友次郎も、目頭《めがしら》に雫《しずく》を浮かべている。思い切った言葉の後で、どんでん返しを見るような、大きな喜びがひそんでいたのだ。

「すみません」

と、躊躇《ちゅうちょ》なく頭を下げると、

「すまないのは私です。園部へ行っても、友さんを忘れた日はありません」

と、声が小さく、

「わたし、あんな偉い人の奥さんになろうなんぞとは夢にも思っていなかったんです。結婚の披露をすれば、出世だとか倖せだとか、又いろいろにいわれるでしょうけれど、それほど嬉しくはないんです。友さんのように、一筋の道に打ち込んで、美しい物を仕上げる人の、つつましやかなお内儀《かみ》さんになって、気楽な生涯を送りたかったんだけれど、人の運命はどんな風に変って行くものか、誰にも判っては居りません。園部は今度、内閣総理大臣になるそうだから、それこそ又、年の違った若い私が、人の噂にものぼるでしょうがどんな噂が聞えても、君子が満足しているとは思わないで下さい。貴方《あなた》だけは、本当の心持を察していて下さい」

「ええ」

と、再び強く頷いた。

「そして、御婚礼の御披露には、あの振袖を着せてくれませんか」

「無論ですよ」

と、泣き濡《ぬ》れた目をあげて、

「誰の為めに作ったのでもない事は、貴女《あなた》が一番ご存じの筈だ。振袖もさぞ喜ぶでしょう。作り出して丁度七年、やっと思いが遂《と》げられて、梅が喜んで咲くでしょう」

「本当ね友さん！」

「本当ですとも」

「ありがとう」

と、乗り出した君子の手が我れ知らず友次郎の右の手をぐっとつかんだ。ひんやりとした優しさを、掌《たなごころ》に感ずると、むさぼるように握り返して、言葉は一つも出て来なかった。一生に唯《ただ》一人の、思い人の手を握ったのも、此の日が最後で、百貨店の休憩室が、生涯の幸福の場所になった。

間もなく君子は、侯爵の正夫人となり、日比谷の大神宮で式を挙げ、帝国ホテルの披露宴には在朝の名士が集って、三十も年の違う新夫人の為めの、喜びの祝宴が華々しかった。友次郎はその夜、したたかな酒に酔って悟道軒へ舞い込んで来て、

「見て下さい小父さん！」

と、金ぶちつきの招待状を、内ぶところから取り出して、

「内閣総理大臣から招待状を貰ったんだ。どうだい。俺だってそう馬鹿にしたもんじゃなかろう」

と、酔った目を据えながらいった。流石に円玉も驚いて、

「で、お前。ホテルへ行って来たのか」

「冗談いうねえ。誰がそんなところへ行くもんか。行きたくたって着て行くものがねえじゃねえか。総理大臣の、結婚披露に唐桟の袷じゃ行かれねえ。といって俺が紋付きの似合う柄かってんだ。なあ小父さん。そうだろう」

「だってお君さんは、お前のあの振袖を着ているんじゃねえのか」

「着ているともよ。日本中の花嫁で、今夜ほど美しい振袖を着た人はねえだろう。縫友の一世一代、一生かかったって二度と出来ねえ立派な仕事だ——小母さん冷やでいいから一杯くんねえよ」

酒好きの女房が湯呑に冷酒を注いで出すと、美味《おい》しそうにごくりと飲んで、

「あっしゃ嬉《うれ》しいんだ。お君さんが人の奥さんになったのが嬉しいんだ。そして、俺の一世一代の着物を着てくれたのが嬉しくて嬉しくて堪らねえんだ。そうだろう。そうだろうじゃねえか小父さん！」

と、黒い柱に凭《もた》れかかって、残りの酒をふくみながら目には一杯の涙をため、声だけが高々と笑うのだった。


（『人情馬鹿物語』第一話）

鬼火

吉屋信子

吉屋《よしや》信子《のぶこ》

一八九六―一九七三

父親が官吏であったため、新潟県に生まれたが、各地を転々とした。栃木高女在学中から雑誌投稿を繰り返し、一九一六年、「少女画報」に『花物語』を連載。〈女学生のバイブル〉といわれ、人気作家となる。以後、女の生き方を主なテーマに、純文学から歴史小説まで幅広く活躍。一九五二年、『鬼火』で女流文学者賞を受賞。主な著書に『女の友情』『安宅家の人々』『理想の良人』『女人平家』『徳川の夫人たち』『底のぬけた柄杓』などがある。

忠七は瓦斯《ガス》の集金人になるまで、復員後しばらく伯父の鼻緒の露店商の手伝いをしたりしていた。その伯父の友達の保証でなった今の商売の方が忠七には気に入っていた。家から家へ軒並に台所口から、瓦斯のお代をと、もとが商人上りなので、ちょっと腰をかがめて首を出しても、これは押売りではないからひけめはなかった。取るものを当然取るのだし、背景は堂々たる瓦斯会社だ。

東京も瓦斯が復活していくら使ってもよい事になり、瓦斯代も随分高くなった、忠七の持っている鞄にも一日で相当の額の札が入るのだった。

「だが、なかなか楽な商売じゃないね、(今奥さんがいないから、又来て頂戴)なんて相当大きなお邸で女中さんが逃口上を言うところを見ると、どうもインフレで、瓦斯代だって台所だけじゃない、風呂も、冬にはストーブもどんどんつけたら大したものになるからね」

忠七は伯父に逢うとそんな事を言った。

だが彼は内心この瓦斯《ガス》の集金人という役目が得意なのだ、正々堂々と取るべきものを取るんだ、誰にも馬鹿にされる商売じゃない。

「すみませんが、もう少し待って下さいな……」

などと汚れた割烹着で濡れ手を拭きながら、旦那さんは大学出らしい家の奥さんに下手に出られると悪い気持はしなかった。

――忠七はあるよく晴れた晩秋の朝、あたりが焼跡の中にぽつんと一軒、まわりの羽目板が焦げたままにうまく助かったというような小さな家の勝手口に――といっても表口も裏口も門があるわけではない、それは焼けたままになっていて前には庭木もあったのであろうが、焼けたのか焚きものにしたのか、跡形もなく、ただ勝手口に入るところに一株の丈の高い紫苑《しおん》がすがれて咲いていた。茂った紫苑はそこをすり抜けて通る忠七の肩や帽子に触るほど伸びて、薄紫の花が憐れっぽく咲き残っていた。

そこの勝手口の硝子《ガラス》戸は殆んど破れて、わずかに二、三枚破れたままに桟にとどまっているだけだった。いつ来てもその硝子戸が内から鍵がかかっていて開かず、台所にはバケツと鍋が一つと瓦斯コンロ、もう何もかも筍生活の売るものは売り尽したということ、うそ寒い風がその破れ硝子戸の中から吹きつけて来るようで、忠七はもう幾月も溜っている瓦斯代を取りに来る毎に、いいようのない陰気さを覚えた。流しへの排水の土管が破れているのか、入口はいつもびしょびしょと湿ってまるで雨溜りのようだ。いつもいないのか、居留守を使うのか、ともかく今日という今日は、瓦斯会社の名において厳しく自分の職務を遂行しなければ――。

忠七はそのいつも鍵のかかっている破れ硝子戸を朽ちた敷居から外《はず》す勢いで、がきっと押すと、抵抗もなくがたんと開いた。

「こんちは」空巣狙いでない証拠に声をかけて、土間に靴の足を踏み込むと、そこに女がいた、ちょうど今、瓦斯《ガス》コンロに小さな瀬戸引の鍋をかけて、それを見守るように立っている、髪がほおけて、よれよれの着物に割烹着もなく、驚いたことに細紐一つの姿の女――やつれ切った顔の目鼻立は、青白く、眼はこの世の悲しみを二つの珠にあつめたよう、忠七はぎくりとした。

「瓦斯を止められますぜ、こう溜め込んじゃ、いいんですか、少しでも払っときなさいよ……」

忠七は自分の職務上、いくらか寛大な同情をもった言い方をしながら、一種の優越感を覚えて言った。

「……すみません、主人がながながが病気なもんですから……」

女はもうそれ以上悲しい表情は出来ない——その悲哀のお面を被ったまま、うつむきもせずに、まるで放心したようにほそぼそと言った。

「病気だからって一々瓦斯代は棒引くわけにはゆかないからね、僕個人じゃなくって、会社の方針だから」

忠七はこの憐れな女に（ぼく）という言葉を使っているうちに、何か自分が一かどの人物であるような陶酔感が湧いた。

「……いまは、払えません。でも瓦斯は止めないで下さい、後生です……主人の薬を煎じるのにどうしても要るんですから……」

そういう女を見ているうちに、忠七は、この勝手口に入る時見たすがれた紫苑《しおん》の花の精がそこに立っているような気がして来た。

「あんた、そんな勝手なことを言ったって仕様がねえなあ」

忠七はいつの間にかそんなやくざな言葉を使っていた、そしてそこに立っているその瓦斯代の払えぬ人妻に（女）を感じた。

彼は今迄どんな女にも感じなかったような激しい（慾望）が自分の身体中を揺ぶるように湧き上って来た。

弱者に対しての強者の残忍な征服慾——そうとばかりは言い切れない、もっと妙な魅力をその女に感じてしまった。

彼がポケットから煙草を出すと、女が瓦斯コンロの傍のマッチを摘《つま》んで火をつけてくれた。

「そんなサービスぐらいじゃ、瓦斯代はのばせねえな」

忠七はすっかり悪党ぶって、ゆっくりと煙草の煙を輪に吹いて、猫が鼠を睨み据えてすくませてるような快感のうちに女の顔をじろっと見た。

「……じゃどうすれば、のばしていただけるんです」

マッチの小函《こばこ》を手に持って、彼の傍に立ったまま女は言った。

「どうすればって、わかってるじゃねえか、女がそうした時に男の好きなようにさせればいいってことよ」

そういう悪たれた台詞が、何か芝居をしているように忠七をそそる。

女の手からマッチの函が板の間に落ちた。女の震えているのが忠七にもわかった。

「……ここでは、いけません、病人が奥で寝ています……」

「じゃおれんちへ来な。今夜。いいかい、きっとだぜ。そしたらこの瓦斯代ぐらいおれが立て替えといてやらあ、後も万事いいようにしておくよ」

忠七はこんなに案外に、事が無抵抗に運んだので、意外なほど、彼も事を深めて行ってしまった。

彼は手帳を引切って彼の下谷の二階借りの家の場所を地図まで書いた。

「いいかい、きっとだぜ、待ってるよ——これは電車賃だ、来ればすしぐらい奢るぜ」

忠七はそう言って浮々と土間を出かけて、ちょっと後を振り返り、にこっと笑って、

「だが帯だけはして来なよ、体裁が悪いからね」

女は何も言わなかったようだ、忠七の耳には何も聞えなかったから。

彼は再び紫苑の丈高い茎や花にふれてそこを出た。そして焼跡のつづく、かっと秋日の照る広い道路に出たら、ついさっき自分の言ったことも、振舞も、あの女さえも何だか夢のようだった、狐につままれたような気もして、けろりとした。

その夕、忠七は二階借りの部屋へ帰ると近所の銭湯へ行った。その帰りしなに生菓子を買って帰って、瀬戸の火鉢に階下から火種を貰って炭火を起して、秋の灯の下にじっと坐っていた。

——階下にあの女の訪ねて来た声がするかと待っていた。

十時、十一時——表通りの電車の音も絶えた、女はもうやって来るはずもない。

「畜生！　だが考えりゃ当り前さ、今度行ったら取っちめてやるぜ」

忠七は押入から夜具を取り出し、やけに足で蹴散《けち》らかすように敷いてごろりと寝た。

それから二、三日、忠七は違った方向の集金をして歩いた。いつの間にかあの女のことも紫苑の家のことも忘れかけた。

だが、二、三日あとの朝、彼はあの家の辺をもう一度集金に廻った。紫苑の花が朽ちかけた家の前に咲くのが眼に入るとふらふらと入って行った。

彼は振られた男になって、あの女に顔を合せるのは忌々《いまいま》しかったが、素知らぬ顔で、あれは冗談として、今日は厳正な集金人として取り立てねばならぬ、場合によっては明日からでも会社へ報告して瓦斯を止めさせてみせる、そうした猛々《たけだけ》しい勢いでこの男は紫苑の花とすれすれの勝手口へ入って行った。

あの破れ硝子《ガラス》戸に今日はうちから鍵がかかっていた。

「おいおい明けてくれよ、病人を置いといて留守って手はないだろう」

忠七は腹立ちまぎれに硝子戸を外《はず》してしまった。そうして一歩踏み込むと、チェッ！　と舌打ちをした。何にもないじめじめとした陰気な台所の瓦斯《ガス》コンロにぼうぼうと音立てて、瓦斯の青い火が燃えている、しかもその火の上には、小鍋一つ薬缶一つかかっていない、火はいたずらにぼうぼうとつけっぱなしで、青白い焔を音立ててあげている、薄暗い台所に、その火が陰気な闇の鬼火のように人魂のように青白く燃えているのが、忠七を何とも言えずぞっとさせた。

――瓦斯代を溜めといて、面当《つらあて》みてえにつけっぱなしとは恐れ入るな――

忠七はそう心の中で苦笑しながら、

「おいおいこんな無駄なことをしちゃ瓦斯会社はたまりませんぜ、その上瓦斯代を踏み倒されちゃやり切れねえ」

大声を上げたが――家の中はしんと静まって物音一つしない。

――こうなったら奥に寝てるという病人の主人に直談判《じか》だ――忠七は靴を脱ぎ捨てると台所から次の部屋へ――じめりと湿った沼底のような古畳の上を気味悪く踏んだが、そこは狭い小部屋らしく雨戸は閉めっきり、隣の部屋に通じるらしい骨の見えかかったしみだらけの襖が、雨戸の割れ目の光線でぼんやり見えた。

忠七はその襖に手をかけたが敷居がきしんで、なかなか開かない、ぎしぎし言わせて押し切った、そこも雨戸の閉ったうす暗い中に、こんもりと蒲団で人が寝ているようだ。

「病気で寝ていられるんですか、瓦斯の代金をなんとか――」

忠七はそう言いながらも、実はもう好い加減で、帰ってしまおうと思った。しかし

眠っているのか、知らぬ顔をしているのか、蒲団の中からは何の答えもないのをみると、

「雨戸を閉めて寝ていて、瓦斯の火はつけっぱなし、不用心ですぜ」

と言いざま、手探りに雨戸を一枚、戸袋に押し入れた。

忠七はこう言いざま、明るくなった座敷を振り向いた。

蒲団ではない薄鼠色の毛布一枚、それに身体をつつんで、土け色の頰のこけた鼻の高い男が畳の上に転《ころが》るように置かれていた、その頭のところにあの勝手口に咲いていた紫苑の花が四、五本束ねて置いてある。

忠七は恐る恐るその毛布の男の顔をのぞき込んだ、それは生きている人間ではなかった。紫色になった唇をあけて、少し歯が見えている、もう息はない、死人の相だった。

忠七は繰りあけた雨戸から、いきなり外へ飛び出そうとして足許がよろけて、戸袋の内側の一つの物体に打突《ぶつか》った。夢中で縁から土の上に、靴下の足で飛び降りた時、もう一度怖いもの見たさに後を振り返ったら、外からの明りで今度ははっきり戸袋の蔭の物体が見えた。

――女が、梁《はり》に細引に首をかけて下っていた。髪が乱れて顔は見えぬ、柳の木が宙

に下っているようだった。

忠七の血が冷く、身体中が凍って、足がすくんで土の上で動かなかった。

その彼の眼に女が、やはり帯をせずに、細紐一つでいるのだけ、はっきり映った。

帯はなかったのだ——。

忠七は集金鞄の中から無我夢中で札を摑み出すと、廊下の板敷にすれすれに下っている女の脚下にそれを置き、

「かんべんしてくれ、おれは坊主になる！」

そうわめくなり彼は一散に駈け出した、どこを走ったか気が付かなかった。

——それっきり彼は、瓦斯会社に辞表を出さず行方が分らぬ男になっている。

とほぼえ

内田百閒

内田百閒《うちだひゃっけん》
一八八九―一九七一

岡山市の造り酒屋の一人息子として生まれる。東京大学独文科在学中に夏目漱石門下となる。大学卒業後、陸軍士官学校、海軍機関学校、法政大学、陸軍砲工学校などで、ドイツ語を教えた。底知れぬ恐怖感を描いた小説や義憤と独特のユーモアに富んだ随筆集で人気を博した。一九六七年、芸術院会員の推薦を辞退。主な著書に『冥途』『サラサーテの盤』『贋作吾輩は猫である』『阿房列車』『百鬼園随筆』『ノラや』『東京焼尽』などがある。

初めての家によばれて来て、少し過ごしたかも知れない。主人はその先の四ツ辻まで送つて来た。気をつけて帰れと云つてくれた様だが、足許があぶなかしく見えたのだらう。

別かれてから薄暗い道を登つて行つた。だらだらの坂で、来る時は気がつかなかつたが、登りになると相当に長い。両側に家のあかりはないけれど、崖ではない。足許の薄明かりは何処から射して来るのか解らない。何だかわけもなく、こはくなつて来た。

登り切つた突き当りに氷屋がまだ店を開けてゐる。秋風が立つてゐるのだが、蒸し熱い晩もあつて、今日は特に暗くなつてから気持の悪い風が吹き出した。どつちから吹いて来るのかよく解らない。迷ひ風と云ふのだらう。しめつぽくて生温かいから、肌がじとじとする。冷たい氷水が飲みたいと思つた。

店に這入つていきなり腰を掛けた。電気の明かりに影が多くて、店の中が薄暗い。亭主らしい男が明かりの陰になつた上《あが》り框《かまち》からこつちを見てゐる。

「入らつしやい」

「すゐをくれませんか」

「え」

「すゐを下さい」

「すゐ、たあなんです」

「氷のすゐですよ」

「どんなもんですか」

「をかしいなあ、氷屋さんがそんな事を云ふのは」

「聞いた事がありませんなあ」

「弱つたな」

「ラムネぢやいけませんか」

「いけないと云ふ事はないが」

おやぢがそろそろこつちへ出て来た。

「済みませんなあ。それぢやラムネにいたしますか」

コップに氷のかけらを入れて、ラムネの罎《びん》と一緒に持つて来た。

「お客さんが、いきなり変な事を云はれるのでね」

「変な事を云つたわけぢやないが、氷屋さんはこつちの人ですか」

「いいえ、わつしはさうぢやありません。中国筋です」

「さうか、それだからだ。そら、雪と云ふのがあるでせう、氷屋の店で一番安い奴さ」

「へえ、あれですか。掻き氷に白砂糖を掛けた、あれでせう。それがどうしました」

「白砂糖でなく甘露を入れて、その上に氷を掻いてのつけたのが、するなんだ」

「へえ、さうですか。知らなんだ」

さう云ひながら、ラムネに栓抜きを当てて押したら、ぽんと云ふ音がして玉が抜けた。

途端におやぢが頓狂《とんきやう》な声を立てて、わつと云つたから、私の方が吃驚《びつくり》した。

「ああ驚いた」と云つて、おやぢが人の顔を見た。

「どうしたのです」

「いえね、ああ驚いた。さあどうぞ」

ラムネを半分許りコップに注いで、上り框の方へ帰つて行つた。

どうも、少し酔つてゐるらしい。しかし、氷ラムネは実にうまい。ラムネが咽喉を刺す様な味で通つたら、不意に茅ケ崎の氷ラムネを思ひ出した。農家の離れを借りて療養生活をしてゐる友達の見舞に行つて遅くなり、帰りは夜道になつた。初めは人の家の明かりが点点と瞬《またた》いてゐる細い道を曲がり曲がつて、低い石垣に突き当たり、それから折れて出た所が一面の水田であつた。その中にほのかに白く見える道が真直ぐに伸びてゐる。来る時に通つた筈だが、丸で初めての所を歩いてゐる様な気がし出した。

水田の中のその道に出てから、急に恐ろしくなり、何が恐ろしいか解らずに足許ががくがくした。急いで早くその道を通り抜けようと思つても、足が思ふ様に運ばない。さうして段段にこはくなつて来る。立ち竦《すく》みさうで、しかし一所にぢつとしてはゐられないから馳け出さうとするのだが、足許がきまらない。

夢中で水田の間を通り抜けて、茅ケ崎の駅に近い家並みに這入つた。両側の明かりでほつとした目の前に氷屋があつたから飛び込んでラムネを飲んだ。ラムネが咽喉を刺す様な味で通つたら、さうだ、おんなじ事を考へてゐる。あの時も今夜も同じ味のラムネだ。

ところで今夜は何もない。あの時は、後でなぜあんなにこはかつたかと云ふ事を考へて、病人の傍から死神を連れ出してやつたのだと云ふ事にきめた。だから随分病勢が進んでゐたのに取りとめたではないか。そんな事を本気で考へた。

どうも、さうではないね。今かうしてラムネを飲んで考へて見ると、友達の死神を背負つて、途中で振り捨てたなんて。そんな事ぢやない。さうではない。

腰を掛けてゐる足許から、ぶるぶるつとした。「をぢさん、ラムネをもう一本くれないか」

「へいへい」

物陰からおやぢが出て来て、今度は栓をそつちでぽんと抜いてから、持つて来た。

「咽喉がかわきますか」

「ああ」

「お客さん、どうかなさいましたか」

「なぜ」

「いいえ。まあどうぞ、御ゆつくり」

おやぢが足音を立てずに、物陰へ這入つて行つた。

二本目のラムネは前程うまくない。もうそんなに飲みたくもない。しかし、死神ではない。何だと云ふに、これを考へるのはいやだな。しかし、矢つ張りさうだ。そこを歩いて行つた自分がこはかつたのぢやないか。

「お客さん、何か云はれましたか」

「え」

「なんか云はれた様でしたが」

「云はない」

ごとごとと音をさせて、おやぢは上《あが》り框《かまち》に移つたらしい。

さうなのだ。それを考へるのがいやなものだから、外の事で済まさうとして、ふふ。

「お客さん、今度は何か云はれましたな」

「さうなんだよ。つまり」

「何がです」

「つまり、僕自身なのさ」

「え」

「さうだらう。しかし矢つ張り」

自分がこはいと云ふのがこはいのは止むを得ない。あの時だつて、今だつて。

「お客さん、一寸一寸」おやぢが明かり先に顔を出した。「一寸、うしろを振り返つてご覧なさい」

「え、何」

「一寸うしろを見て御覧なさい」

「いやだよ、うしろを向くのは」

「ああ、もう消えてしまうた」

おやぢが又こつちへ出て来た。なぜ起つたり坐つたり、そはそはするのだらう。

「お客さん、ここは向うが墓地でせう。向うの空はいつも真暗で、明かりがありませんからね。それで時時見てゐると、その暗い中で光り物が光るんですよ」

「光り物つて、何です」

「何だか知りませんけれどね、ここへ引つ越して来てからまだ間《ま》がないのですが、それでも大分馴れました」

「馴れるつて」

「それがお客さん、ちよいちよいなんですよ。今晩あたり、又光るんぢやないかと云ふ、そんな気のする晩にはきつと光りますね」

「何だらう」

「それがね、人魂《ひとだま》だらうなぞと、旧弊《きうへい》な事は云ひませんけれどね、兎に角あんまり気持のいいものぢやありませんな」

「人魂が旧弊だと云ふ事もないだらうけれど」

「さうでせうか」

「だつて、有る物は仕方がないぢやないか」

「本当にありますか」

「をかしいねえ、あんたの云ふ事は。しよつちゆうここから見えると云つたぢやないか」

「それはね、お客さん、それはさうだけれど、人魂だか何だか」

「何だか光るのだらう」

「さうですよ」

「さうだつたら、名前は何でも、人魂と云ふのがいけなかつたら、鬼火としても、そんな物が見えるなら、仕様がないぢやないか」

「どうもいやだな。お客さんお急ぎですか」

「いや、別に急ぐと云ふ事もないが」

「どつちへお帰りです」

亭主がまじまじと人の顔を見た。

「どつちつて、今よばれたところから出て来たところだ。どうせもうこの時間ぢや市電はないし、おんなじ事だ」

「宜しかつたら、もう少しゆつくりなさいませんか。おやまだラムネが残つてゐますね」

「ラムネはもう沢山だ。をぢさんは一人なのかね」

「何、今夜は一寸。遅いでせう」

「それで遅くまで店を開けてゐるのかね」

「寝られやしませんからね、こんな晩は」

「なぜ」

「お客さん、焼酎をお飲みになりますか」

「焼酎があるの」

「氷ばかりでは駄目ですからな。よく売れますよ」

おやぢの起つて行つた前に二斗入りらしい甕《かめ》がある。呑口《のみぐち》からコツプに二杯注いで持つて来た。一つを私の前に置き、一つにおやぢが口をつけた。

「このちうは行けるでせう」

見てゐる前で半分程飲んでしまつた。

「ところで、お客さん、さつきの話ですが、本当にあるもんでせうか」

「光り物かね。それはある。現にあんたは見てゐるんだらう」

「さうですかねえ、いやな事だなあ」

「どんな色に見える」

「土台《どだい》は青い色なんだらうと思はれますけれど、暗い所をすうと行つたのを見て、後で考へると、いくらか赤味がかつた様で」

「それだよ」

「何が」

「人魂だよ」

「お客さん、あんたはどつちから来られました」

「ついこの先からだよ」

「ついこの先つて」

「まあいいさ」

おやじは頻りにコップに口をつけた。青い顔になつてゐる。私も大分飲んだ。さつきの酔ひを迎へる様で、廻つて来るのが解る。桶屋の惣が死んだ時、家へ手伝ひに来てゐた惣の娘が、暗くなつてから裏庭の扉の向うを光り物が飛んだと云つて悲鳴をあげた事がある。私もその仕舞頃、丁度消えかかつた所を見た。

「だから、それはあるもんだよ」

「え」

「何だかあんたは、馬鹿にこはさうぢやないか」

「さう見えますか。わつしは全く今夜はどうしようかと、さつきから」

「どうかしたのですか。顔が青いよ」

「さうですか。この所為《せゐ》でせう」と云つて又一口飲んだ。

おやぢがぢつと耳をすましてゐる。遠くの方で犬が吠えた。

「あの犬は、どんな犬だか知りませんけれどね、わつしは知つてるのです」

「あれは随分遠くだらう」

「どこで鳴いて居りますかね。それが一度鳴き止んで、今度又鳴き出した時は、飛んでもない別の方角に移つてゐるんです。あんなに遠くの所から、矢つ張り遠くの別の所へ、さう早く走つて行けるわけがないと思ふのですけれど」

「外の犬だらう」

「いいえ、それは解つてるのです。おんなじ犬ですとも。わつしは吠え出す前から知つてるのですから」

「吠え出す前だつて」

「さうですよ。鳴く晩と、だまつてる晩とあつて、それが解つてるのです。鳴きさうだなと思ふと、遠くの気配が伝はつて来るから」

「それで」

「その気配と云ふものが、そりやいやな気持ですよ」

「僕もそんな気がしてきた。いやだな」

「きつと、ちひさな犬だらうと思ふのです」

小さな犬だと云つたら、不意にぞつとして来た。

おやぢは黙つて人の顔を見てゐる。店の外が急にしんとして来た。今までだつて、どんな音がしてゐたと云ふわけではないが、辺りが底の方へ落ちて行く様な気がし出した。

黙つてゐると、風の吹いてゐるのが解る。音はしないけれど、風の筋が擦れ合つてゐる。

遠方で犬の遠吠えが聞こえた。

「そら」

おやぢの云つた通り、丸で違つた方角に聞こえる。

「おんなじ犬か知ら」

うしろで女の声がして、いきなり開けひろげた店先へ、影の薄いおかみさん風の女が這入つて来た。

「ああよかつた。もうお休みか知らと思つたわ」

「入らつしやい」とおやぢが気のない声で云つた。

起ち上がつて、

「いつもの通りでいいのですね」と云ひながら、女の手からサイダア罎とお金を請け取つた。

焼酎甕《せうちうがめ》の前へ行つて、呑口から罎に詰めてゐる間、土間に突つ起つた女が、ちらちらと横目で私の方を見た。顔色の悪い、しなびた女だけれど、まだ年を取つてはゐない。

明かりの工合で、中身の這入つた罎の胴が青光りがした。

犬がまだ鳴いてゐる。

女はそれを請け取つて、黙つて帰つて行つた。

「こんなに遅く焼酎なんか買ひに来て、亭主が呑み助なのかな」

「いいや、亭主は少し前に死んだのです」

「それぢや、あのおかみさんが飲むのか」

「さうぢやないでせう」

「外に舅《しうと》でもゐるのかね」

「いや、あのおかみさん一人つきりです」

「変だねえ」

「変ですよ。男の出入もなささうだし、わつしや考へて見るのもいやなんです」

昔、家《うち》の隣りに煎餅屋《せんべいや》があつて、水飴も売つてゐた。夜遅く、みんなが寝た後で、ことことと表の戸を叩いて何か買ひに来るものがある。買ひに来るのかどうだか解らないわけだが、間もなく又表を締める音がするから、さうだらうと思つた。それが幾晩も続いて、大概同じ様な時刻に同じ音がするから気になつた。私だけではなく家の者も変に思ひ出した様で、しかし聞くのも悪いと思つて黙つてゐたと云ふ様な事がある。

煎餅屋の向う隣りは空地で、空地について曲がる暗い路地があつて、その先に路地の延びた道を挟んで狭い水田がある。水田の向うは団子の様な小さな丘で、墓山だから石塔が金平糖《こんぺいたう》のつのつのの様に立つてゐる。そこから、だれかが隣りへ飴を買ひに来るのではないか。

墓場を通りかかると、どこかで赤子の泣く声がしたから、耳を澄ましたら地の底から聞こえて来た。人を呼んで掘り出して見ると、棺桶の中で赤子が生まれてゐた。身持ちの女が死んで、埋められてから子供が出たのだらうと云ふ。しかし母親は死んでゐて乳も出ないのに、赤子がどうして生きてゐるのだらう。だから母親が夜になると飴を買ひに来る。

「お客さん何か考へて居られますか」

「そりや変だよ、さつきのおかみさんは、自分が生きてゐて、死んだ者に焼酎を飲ませるんだ」

「何ですか、お客さん」

亭主が又人の顔を見据ゑた。初めの時の見当で遠吠えが聞こえる。亭主はその声を聞いてゐる様で、しかし私の顔から目を離さない。

「もう一杯飲みませう」

「僕はもういい」

私は手を振つてことわつた。ろくでもない事が頻りに頭の中を掠める。焼酎はもううまくない。

亭主は起つて焼酎甕の所へ行つたが、何かごそごそやつてゐて戻つて来ない。こんな所に、わけも解らず長居をしたが、もう帰らうかと思ふ。

　亭主がさつきよりも、もつと青い顔をして戻つて来た。

「お客さんはどつちから来られました」

「どつちつて、あつちだよ」

「本当の事を云つて下さい」

段段にこはくなつて、ぢつとしてゐられない気がし出した。

「実はね、家内が死にましたので」

「え。ああさうなのか」

「それで、かうして居ります」

「いつの事です」

「ついこなひだ、それが急だつたので、いろんな物が家の中に残つて居るものですから」

「何が残つてゐるんですか」

「それは、そんな事が云へるものぢやありません。さつきもわつしが茶の間へ上がつて行つたら家内が坐つて居りまして」

　亭主が新しく持つて来たコップの焼酎に嚙みつく様な口をした。

「しかし、そんな事もあるだらうとは思つてゐますから、こつちもぢつとしてゐたのです。それはいいが、その内に家内が膝をついて、起ちさうにしたので、もうさうしてゐられなくなつたので」

「それで」

「土間へころがり落ちる様にして、店へ出て来たら、その前の道の向うの方から人が来るらしいので、今頃の時間に変だなと思つてゐると、お客さんがすつと這入つて来られたのです」

「それで、茶の間の方はどうなつたのです」

「それつきりです」

「大丈夫かね」

「もうゐるものですか。そりや、わつしだつて気の所為《せゐ》だぐらゐの事は解つてゐますけれど、向かひ合つた挙げ句に、起ち上がる気勢を見せられては、さうしてゐられませんので」

「さあ、もう行かなくちや」

「どこへです」

「帰るんだ。いくらです」

「お客さん。本当にどこへ帰るのです」

「家《うち》へ帰るのさ」

「家と云はれるのはどこです」

亭主がにじり寄る様な、しかし逃げ腰に構へた様な曖昧な様子で顔を前に出した。

「本当を云ふと、お客さんは、この前の道を来られましたな。この道の先の方に家は有りやしません」

「さあ、もう帰るよ」

「墓地から来たんでせうが」

頭から水をかぶつた様な気がした。

「さうだよ」

「そうら、矢つ張りさうだ」

「さうだよ」

「お代なんか、いりません。早く行つて下さい」

紙入れを出さうとしたら、向うから乗り出す様にして、その手をぴしやりと叩いた。

「どうするんだ」

「いらないと云ふのに」

自分の顔が引き攣《つ》つて縮まつて、半分程になつた気がした。

それでは、墓地へ帰らうか、と云ふ様な気持になつて見る。

明かりの陰になつてゐる上《あが》り框《かまち》のうしろの障子がすうと開いた。

何か声がした様だが、聞き取れない。亭主が振り向いて、もう一度こつちへ振り返つた顔を見たら、夢中で外へ飛び出した。

息切れがして苦しくなつた。気がついたら、来る時の四ツ辻を通り越して、その先の墓地の道を歩いてゐる。

家霊

岡本かの子

岡本《おかもと》かの子《こ》

一八八九―一九三九

東京・青山生まれ。跡見女学校卒業後、与謝野鉄幹・晶子夫妻に師事、『明星』『スバル』に短歌を発表。二十一歳で画学生岡本一平と結婚したが、芸術家同士の強い個性の衝突による夫婦間の不和などから、仏教に帰依、『観音経を語る』『仏教読本』などを刊行。一九三六年、『鶴は病みき』で作家としての出発を果たす。デビューはおそかったが、旺盛な執筆活動で次々と佳作を発表した。文学的な教養と仏教思想に支えられた耽美浪漫の作風を特徴とする。主な著書に『母子叙情』『金魚撩乱』『老妓抄』『生々流転』などがある。

山の手の高台で電車の交叉点になっている十字路がある。十字路の間からまた一筋細く岐《わか》れ出て下町への谷に向く坂道がある。坂道の途中に八幡宮の境内《けいだい》と向い合って名物のどじょう店がある。拭き磨いた千本格子の真中に入口を開けて古い暖簾《のれん》が懸けてある。暖簾にはお家流の文字で白く「いのち」と染め出してある。

どじょう、鯰《なまず》、鼈《すっぽん》、河豚《ふぐ》、夏はさらし鯨《くじら》――この種の食品は身体の精分になるということから、昔この店の創始者が素晴らしい思い付きの積りで店名を「いのち」とつけた。その当時はそれも目新らしかったのだろうが、中程の数十年間は極めて凡庸な文字になって誰も興味をひくものはない。ただそれ等の食品に就《つい》てこの店は独特な料理方をするのと、値段が廉《やす》いのとで客はいつも絶えなかった。

今から四五年まえである。「いのち」という文字には何か不安に対する魅力や虚無から出立する冒険や、黎明《れいめい》に対しての執拗《しつよう》な追求性――こういったものと結び付けて考える浪曼的な時代があった。そこでこの店頭の洗い晒《さら》された暖簾の文字も何十年来の煤《すす》を払って、界隈《かいわい》の現代青年に何か即興的にもしろ、一つのショックを与えるようになった。彼等は店の前へ来ると、暖簾の文字を眺めて青年風の沈鬱さで言う。

「疲れた。一ついのちでも喰うかな」

すると連れはやや捌《さば》けた風で

「逆に喰われるなよ」

互に肩を叩いたりして中へ犇《ひし》めき入った。

客席は広い一つの座敷である。冷たい籐《とう》の畳の上へ細長い板を桝形《ますがた》に敷渡し、これが食台になっている。

客は上へあがって坐ったり、土間の椅子に腰かけたりしたまま、食台で酒食している。客の向っている食品は鍋るいや椀が多い。

湯気や煙で煤けたまわりを雇人の手が届く背丈けだけ雑巾をかけると見え、板壁の下から半分ほど銅のように赭《あか》く光っている。それから上、天井へかけてはただ黒く竈《かまど》の中のようである。この室内に向けて昼も剝き出しのシャンデリアが煌々《こうこう》と照らしている。その漂白性の光はこの座敷を洞窟のように見せる許《ばか》りでなく、光は客が箸《はし》で口からしごく肴《さかな》の骨に当ると、それを白の枝珊瑚《さんご》に見せたり、堆《うずたか》い皿の葱《ねぎ》の白味に当ると玉質のものに燦《きらめ》かしたりする。そのことがまた却《かえ》って満座を餓鬼の饗宴染みて見せる。一つは客たちの食品に対する食べ方が亀屈《かじか》んで、何か秘密な食品に嚙みつくといった様子があるせいかも知れない。

板壁の一方には中くらいの窓があって棚が出ている。客の誂《あつら》えた食品は料理場からここへ差出されるのを給仕の小女は客へ運ぶ。客からとった勘定もここへ載せる。それ等を見張ったり受取るために窓の内側に斜めに帳場格子を控えて永らく女主人の母親の白い顔が見えた。今は娘のくめ子の小麦色の顔が見える。くめ子は小女の給仕振りや客席の様子を監督するために、ときどき窓から覗く。すると学生たちは奇妙な声を立てる。くめ子は苦笑して小女に

「うるさいから薬味でも沢山《たくさん》持ってって宛てがっておやりよ」と命ずる。

葱を刻んだのを、薬味箱に誇大に盛ったのを可笑《おか》しさを堪《こら》えた顔の小女が学生たちの席へ運ぶと、学生たちは娘への影響があった証拠を、この揮発性の野菜の堆さに見て、勝利を感ずる歓呼を挙げる。

くめ子は七八ヶ月ほど前からこの店に帰り病気の母親に代ってこの帳場格子に坐りはじめた。くめ子は女学校へ通っているうちから、この洞窟のような家は嫌で嫌で仕方がなかった。人世の老耄《ろうもう》者、精力の消費者の食餌療法をするような家の職業には堪

えられなかった。

何で人はああも衰えというものを極度に惧《おそ》れるのだろうか。衰えたら衰えたままでいいではないか。人を押付けがましい(ママ)においを立て、脂がぎろぎろ光って浮く精力なんというものほど下品なものはない。くめ子は初夏の椎《しい》の若葉の匂いを嗅いでも頭が痛くなるような娘であった。椎の若葉よりも葉越しの空の夕月を愛した。そういうことは彼女自身却って若さに飽満していたためかも知れない。

店の代々の慣わしは、男は買出しや料理場を受持ち、嫁か娘が帳場を守ることになっている。そして自分は一人娘である以上、いずれは平凡な婿《むこ》を取って、一生この餓鬼窟の女番人にならなければなるまい。それを忠実に勤めて来た母親の、家職のためにあの無性格にまで晒されてしまった便《たよ》りない様子、能の小面《こおもて》のように白さと鼠色の陰影だけの顔。やがて自分もそうなるのかと思うと、くめ子は身慄いが出た。

くめ子は、女学校を出たのを機会に、家出同様にして、職業婦人の道を辿《たど》った。彼女はその三年間、何をしたか、どういう生活をしたか一切語らなかった。自宅へは寄寓のアパートから葉書ぐらいで文通していた。くめ子が自分で想い浮べるのは、三年の間、蝶々のように華やかな職場の上を閃《ひら》めいて飛んだり、男の友だちと蟻の挨拶のように触角を触れ合わしたりした、ただそれだけだった。それは夢のようでもあり、いつまで経っても同じ繰返しばかりで飽き飽きしても感じられた。

母親が病気で永い床に就き、親類に喚《よ》び戻されて家に帰って来た彼女は、誰の目にもただ育っただけで別に変ったところは見えなかった。母親が
「今まで、何をしておいでだった」

と訊くと、彼女は
「えへへん」と苦も無げに笑った。

その返事振りにはもうその先、挑みかかれない微風のような調子があった。また、それを押して訊き進むような母親でもなかった。

「おまえさん、あしたから、お帳場を頼みますよ」

と言われて、彼女はまた
「えへへん」と笑った。もっとも昔から、肉親同志で心情を打ち明けたり、真面目《まじめ》な相談は何となく双方がテレてしまうような家の中の空気があった。

くめ子は、多少諦めのようなものが出来て、今度はあまり嫌がらないで帳場を勤め出した。

押し迫った暮近い日である。風が坂道の砂を吹き払って凍て乾いた土へ下駄《げた》の歯が

無慈悲に突き当てる。その音が髪の毛の根元に一本ずつ響くといったような寒い晩になった。坂の上の交叉点からの電車の軋《きし》る音が前の八幡宮の境内《けいだい》の木立のざわめく音と、風の工合《ぐあい》で混りながら耳元へ摑《つか》んで投げつけられるようにも、また、遠くで盲人が呟《つぶや》いているようにも聞えたりした。もし坂道へ出て眺めたら、たぶん下町の灯は冬の海のいさり火のように明滅しているだろうとくめ子は思った。

客一人帰ったあとの座敷の中は、シャンデリアを包んで煮詰った物の匂いと煙草の煙りとが濛々《もうもう》としている。小女と出前持の男は、鍋火鉢の残り火を石の炉《ろ》に集めて、焙《あた》っている。くめ子は何となく心に浸み込むものがあるような晩なのを嫌に思い、努めて気が軽くなるようにファッション雑誌や映画会社の宣伝雑誌の頁を繰っていた。店を看板にする十時までにはまだ一時間以上ある。もうたいして客も来まい。店を締めてしまおうかと思っているところへ、年少の出前持が寒そうに帰って来た。

「お嬢さん、裏の路地を通ると徳永が、また註文しましたぜ、御飯つきでどじょう汁一人前。どうしましょう」

退屈して事あれかしと待構えていた小女は顔を上げた。

「そうとう、図々《ずうずう》しいわね。百円以上もカケを拵《こしら》えてさ。一文も払わずに、また——」

そして、これに対してお帳場はどういう態度を取るかと窓の中を覗いた。

「困っちまうねえ。でもおっかさんの時分から、言いなりに貸してやることにしているんだから、今日もまあ、持ってっておやりよ」

すると炉に焙っていた年長の出前持が今夜に限って頭を擡《もた》げて言った。

「そりゃいけませんよお嬢さん。暮れですからこの辺で一度かたをつけなくちゃ。また来年も、ずるずるべったりですぞ」

この年長の出前持は店の者の指導者格で、その意見は相当採上げてやらねばならなかった。で、くめ子も「じゃ、ま、そうしよう」ということになった。

茹《ゆ》で出しうどんで狐南蛮を拵えたものが料理場から丼に盛られて、お夜食に店方の者に割り振られた。くめ子もその一つを受取って、熱い湯気を吹いている。このお夜食を食べ終る頃、火の番が廻って来て、拍子木が表の薄硝子《ガラス》の障子に響けば看板、時間まえでも表戸を卸《おろ》すことになっている。

そこへ、草履《ぞうり》の音がぴたぴたと近づいて来て、表障子がしずかに開いた。

徳永老人の髯《ひげ》の顔が覗く。

「今晩は、どうも寒いな」

店の者たちは知らん振りをする。老人はちょっとみんなの気配《けは》いを窺《うかが》ったが、心配

そうな、狡《ずる》そうな小声で
「あの――註文の――御飯つきのどじょう汁はまだで――」
と首を屈《かが》めて訊いた。
註文を引受けてきた出前持は、多少間の悪い面持で
「お気の毒さまですが、もう看板だったので」
と言いかけるのを、年長の出前持はぐっと睨《にら》めて顎で指図《さしず》をする。
「正直なとこを言ってやれよ」
そこで年少の出前持は何分にも、一回、僅かずつの金高が、積り積って百円以上にもなったからは、この際、若干でも入金して貰わないと店でも年末の決算に困ると説明した。
「それに、お帳場も先と違って今はお嬢さんが取締っているんですから」
すると老人は両手を神経質に擦り合せて
「はあ、そういうことになりましてすかな」
と小首を傾けていたが
「とにかく、ひどく寒い。一つ入れて頂きましょうかな」
と言って、表障子をがたがたいわして入って来た。

小女は座布団も出してはやらないので、冷い籐畳の広いまん中にたった一人坐った老人は寂しげに、そして審《さば》きを待つ罪人のように見えた。着膨れてはいるが、大きな体格はあまり丈夫ではないらしく、左の手を癖にして内懐へ入れ、肋骨《ろっこつ》の辺を押えている。純白になりかけの髪を総髪に撫《な》でつけ、立派な目鼻立ちの、それがあまりに整い過ぎているので薄倖を想わせる顔付きの老人である。その儒者風な顔に引較べて、よれよれの角帯に前垂れを掛け、坐った着物の裾から浅黄色《あさぎ》の股引《ももひき》を覗かしている。コールテンの黒足袋《たび》を穿《は》いているのまで釣合わない。

老人は娘のいる窓や店の者に向って、始めのうちは頻《しき》りに世間の不況、自分の職業の彫金の需要されないことなどを鹿爪《しかつめ》らしく述べ、従って勘定も払えなかった言訳を吃々《きつきつ》と述べる。だが、その言訳を強調するために自分の仕事の性質の奇稀性に就《つい》て話を向けて来ると、老人は急に傲然《ごうぜん》として熱を帯びて来る。

作者はこの老人が此夜《このよ》に限らず時々得意とも慨嘆ともつかない気分の表象としてする仕方話のポーズを茲《ここ》に紹介する。

「わしのやる彫金は、ほかの彫金と違って、片切彫というのでな。一たい彫金というものは、金《かね》で金《かね》を截る術で、なまやさしい芸ではないな。精神の要るもので、毎日どいじょうでも食わにゃ全く続くことではない」

老人もよく老名工などに有り勝ちな、語る目的より語るそのことにわれを忘れて、どんな場合にでもエゴイスチックに一席の独演をする癖がある。老人が尚《なお》も自分のやる片切彫というものを説明するところを聞くと、元禄の名工、横谷《よこや》宗珉《そうみん》、中興の芸であって、剣道で言えば一本勝負であることを得意になって言い出した。

老人は、左の手に鏨《たがね》を持ち右の手に槌《つち》を持つ形をした。体を定めて、鼻から深く息を吸い、下腹へ力を籠めた。それは単に仕方を示す真似事には過ぎないが、流石《さすが》にぴたりと形は決まった。柔軟性はあるが押せども引けども壊れない自然の原則のようなものが形から感ぜられる。出前持も小女も老人の気配いから引緊められるものがあって、炉から身体を引起した。

老人は厳かなその形を一度くずして、へへへんと笑った。

「普通の彫金なら、こんなにしても、また、こんなにしても、そりゃ小手先でも彫れるがな」

今度は、この老人は落語家でもあるように、ほんの二つの手首の捻《ひね》り方と背の屈め方で、鏨と槌を操る恰好のいぎたなさと浅間しさを誇張して相手に受取らせることに巧みであった。出前持も小女もくすくすと笑った。

「しかし、片切彫になりますと――」

老人は、再び前の堂々たる姿勢に戻った。瞑目した眼を徐《おもむ》ろに開くと、青蓮華のような切れの鋭い眼から濃い瞳はしずかに、斜に注がれた。左の手をぴたりと一ところにとどめ、右の腕を肩の附根から一ぱいに伸して、伸びた腕をそのまま、肩の附根だけで動かして、右の上空より大きな弧を描いて、その槌の拳は、鑿の手の拳に打ち卸される。窓から覗いているくめ子は、嘗《かつ》て学校で見た石膏模造の希臘《ギリシア》彫刻の円盤投げの青年像が、その円盤をさし挟んだ右腕を人間の肉体機構の最極限の度にまでさし伸ばした、その若く引緊った美しい腕をちらりと思い泛《うか》べた。老人の打ち卸す発矢《はっし》とした勢いには、破壊の憎みと創造の歓びとが一つになって絶叫しているようである。その速力には悪魔のものか善神のものか見判《みわ》け難い人間離れのした性質がある。見るものに無限を感じさせる天体の軌道のような弧線を描いて上下する老人の槌の手は、しかしながら、鑿の手にまで届こうとする一刹那《せつな》に、定まった距離でぴたりと止まる。そこに何か歯止機が在るようでもある。芸の躾《しつ》けというものでもあろうか。老人はこれを五六遍繰返してから、体をほぐした。

「みなさん、お判りになりましたか」

と言う。「ですから、どじょうでも食わにゃ遣《や》りきれんのですよ」

実はこの一くさりの老人の仕方は毎度のことである。これが始まると店の中であることも、東京の山の手であることもしばらく忘れて店の者は、快い危機と常規のある奔放の感触に心を奪われる。あらためて老人の顔を見る。だが老人の真摯《しんし》な話が結局いい、どじょうのことに落ちて来るのでどっと笑う。気まり悪くなったのを押し包んで老人は「また、この鑿の刃尖の使い方には陰と陽とあってな――」と工人らしい自負の態度を取戻す。牡丹《ぼたん》は牡丹の妖艶ないのち、唐獅子の豪宕《ごうとう》ないのちをこの二つの刃触りの使い方で刻み出す技術の話にかかった。そして、この芸によって生きたものを硬い板金の上へ産み出して来る過程の如何に味のあるものか、老人は身振りを増して、滴《したた》るものの甘さを啜《すす》るとろりとした眼付きをして語った。それは工人自身だけの娯しみに淫《いん》したものであって、店の者はうんざりした。だがそういうことのあとで店の者はこの辺が切り上がらせどきと思って

「じゃまあ、今夜だけ届けます。帰って待っといでなさい」

と言って老人を送り出してから表戸を卸す。

ある夜も、風の吹く晩であった。夜番の拍子木が過ぎ、店の者は表戸を卸して湯に出かけた。そのあとを見済ましでもしたかのように、老人は、そっと潜《くぐ》り戸を開けて入って来た。

老人は娘のいる窓に向って坐った。広い座敷で窓一つに向った老人の上にもしばら

く、手持無沙汰な深夜の時が流れる。老人は今夜は決意にも充ちた、しおしおとした表情になった。

「若いうちから、このどじょうというものはわしの虫が好くのだった。この身体のしんを使う仕事には始終、補いのつく食いものを摂らねば業が続かん。そのほかにも、うらぶれて、この裏長屋に住み付いてから二十年あまり、鰥夫《やもめ》暮しのどんな侘《わび》しいときでも、苦しいときでも、柳の葉に尾鰭《おひれ》の生えたようなあの小魚は、妙にわしに食いもの以上の馴染《なじみ》になってしまった」

老人は掻き口説《くど》くようにいろいろのことを前後なく喋り出した。

人に嫉《ねた》まれ、蔑まれて、心が魔王のように猛り立つときでも、あの小魚を口に含んで、前歯でぽきりぽきりと、頭から骨ごとに少しずつ嚙み潰して行くと、恨みはそこへ移って、どこともなくやさしい涙が湧いて来ることも言った。

「食われる小魚も可哀そうになれば、食うわしも可哀そうだ。誰も彼もいじらしい。ただ、それだけだ。女房はたいして欲しくない。だが、いたいけなものは欲しい。いたいけなものが欲しいときもあの小魚の姿を見ると、どうやら切ない心も止まる」

老人は遂《つい》に懐からタオルのハンケチを取出して鼻を啜った。「娘のあなたを前にしてこんなことを言うのは宛てつけがましくはあるが」と前置きして「こちらのおかみさんは物の判った方でした。以前にもわしが勘定の滞《とどこお》りに気を詰らせ、おずおず夜、遅く、このようにして度び度び言い訳に来ました。すると、おかみさんは、ちょうどあなたのいられるその帳場に大儀そうに頬杖ついていられたが、少し窓の方へ顔を覗かせて言われました。徳永さん、どじょうが欲しかったら、いくらでもあげますよ。決して心配なさるな。その代り、おまえさんが、一心うち込んでこれぞと思った品が出来たら勘定の代りなり、またわたしから代金を取るなりしてわたしにお呉れ。それでいいのだよ。ほんとにそれでいいのだよと、繰返して言って下さった」老人はまた鼻を啜った。

「おかみさんはそのときまだ若かった。早く婿取りされて、ちょうど、あなたぐらいな年頃だった。気の毒に、その婿は放蕩者で家を外に四谷、赤坂と浮名を流して廻った。おかみさんは、それをじっと堪え、その帳場から一足も動きなさらんかった。たまには、人に縋《すが》りつきたい切ない限りの様子も窓越しに見えました。そりゃそうでしょう。人間は生身ですから、そうむざむざ冷たい石になることも難かしい」

徳永もその時分は若かった。若いおかみさんが、生埋めになって行くのを見兼ねた。正直のところ、窓の外へ強引に連れ出そうかと思ったことも一度ならずあった。それと反対に、こんな半木乃伊《ミイラ》のような女に引っかかって、自分の身をどうするのだ。そう思って逃げ出しかけたことも度々あった。だが、おかみさんの顔をつくづく見るとどちらの力も失せた。おかみさんの顔は言っていた——自分がもし過《あやま》ちでも仕出かしたら、報いても報いても取返しのつかない悔いがこの家から永遠に課されるだろう、もしまた、世の中に誰一人、自分に慰め手が無くなったら自分はすぐ灰のように崩れ倒れるであろう——

「せめて、いのちの息吹きを、回春の力を、わしはわしの芸によって、この窓から、だんだん化石して行くおかみさんに差入れたいと思った。わしはわしの身のしんを揺り動かして鏨と槌を打ち込んだ。それには片切彫にしくものはない」

おかみさんを慰めたさもあって骨折るうちに知らず知らず徳永は明治の名匠加納夏雄以来の伎倆を鍛えたと言った。

だが、いのちが刻み出たほどの作は、そう数多く出来るものではない。徳永は百に一つをおかみさんに献じて、これに次ぐ七八を売って生活の資にした。あとの残りは気に入らないといって彫りかけの材料をみな鋳直した。「おかみさんは、わしが差上げた簪《かんざし》を頭に挿したり、抜いて眺めたりされた。そのときは生々しく見えた」だが徳永は永遠に隠れた名工である。それは仕方がないとしても、歳月は酷《むご》いものである。

「はじめは高島田にも挿せるような大平打の銀簪にやなぎ桜と彫ったものが、丸髷用の玉かんざしのまわりに夏菊、ほととぎすを彫るようになり、細づくりの耳掻きかんざしに糸萩、女郎花《おみなえし》を毛彫りで彫るようになっては、もうたいして彫るせきもなく、一番しまいに彫って差上げたのは二三年まえの古風な一本足のかんざしの頸に友呼ぶ千鳥一羽のものだった。もう全く彫るせきは無い」

こう言って徳永は全くくたりとなった。そして「実を申すと、勘定をお払いする目当てはわしにもうありませんのです。身体も弱りました。仕事の張気も失せました。永いこともないおかみさんは簪はもう要らんでしょうし。ただただ永年夜食として食べ慣れたどぜう汁と飯一椀、わしはこれを摂らんと冬のひと夜を凌《しの》ぎ兼ねます。朝までに身体が凍《こご》え痺《しび》れる。わしら彫金師は、一たがね一期《いちご》です。明日のことは考えんです。あなたが、おかみさんの娘ですなら、今夜も、あの細い小魚を五六ぴき恵んで頂きたい。死ぬにしてもこんな霜枯れた夜は嫌です。今夜、一夜は、あの小魚のいのちをぽちりぽちりわしの骨の髄に嚙み込んで生き伸びたい――」

徳永が嘆願する様子は、アラブ族が落日に対して拝するように心もち顔を天井に向け、狛犬《こまいぬ》のように蹲《うずくま》り、哀訴の声を呪文のように唱えた。

くめ子は、われとしもなく帳場を立上った。妙なものに酔わされた気持でふらりふらり料理場に向った。料理人は引上げて誰もいなかった。生洲《いけす》に落ちる水の滴りだけが聴える。

くめ子は、一つだけ捻《ひね》ってある電燈の下を見廻すと、大鉢に蓋《ふた》がしてある。蓋を取ると明日の仕込みにどじょうは生酒に漬けてある。まだ、よろりよろり液体の表面へ頭を突き上げているのもある。日頃は見るも嫌だと思ったこの小魚が今は親しみ易いものに見える。くめ子は、小麦色の腕を捲《ま》くって、一ぴき二ひきと、柄鍋の中へ移す。握った指の中で小魚はたまさか蠢《うご》めく。すると、その顫動《せんどう》が電波のように心に伝わって刹那《せつな》に不思議な意味が仄《ほの》かに囁《ささや》かれる――いのちの呼応。

くめ子は柄鍋に出汁《だし》と味噌汁とを注いで、ささがし牛蒡《ごぼう》を抓《つま》み入れる。瓦斯《ガス》こんろで掻き立てた。くめ子は小魚が白い腹を浮かして熱く出来上った汁を朱塗の大椀に盛った。山椒《さんしょう》一つまみ蓋の把手《とって》に乗せて、飯櫃《めしびつ》と一緒に窓から差し出した。

「御飯はいくらか冷たいかも知れないわよ」

老人は見栄も外聞もない悦び方で、コールテンの足袋の裏を弾ね上げて受取り、仕出しの岡持《おかもち》を借りて大事に中へ入れると、潜り戸を開けて盗人のように姿を消した。

不治の癌《がん》だと宣告されてから却《かえ》って長い病床の母親は急に機嫌よくなった。やっと自儘《じまま》に出来る身体になれたと言った。早春の日向《ひなた》に床をひかせて起上り、食べ度いと思うものをあれやこれや食べながら、くめ子に向って生涯に珍らしく親身な調子で言った。

「妙だね、この家は、おかみさんになるものは代々亭主に放蕩されるんだがね。あたしのお母さんも、それからお祖母さんもさ。恥かきっちゃないよ。だが、そこをじっと辛抱してお帳場に噛《かじ》りついていると、どうにか暖簾《のれん》もかけ続けて行けるし、それとまた妙なもので、誰か、いのちを籠めて慰めて呉れるものが出来るんだね。お母さんにもそれがあったし、お祖母さんにもそれがあった。だから、おまえにも言っとくよ。おまえにも若《も》しそんなことがあっても決して落胆おしでないよ。今から言っとくが――」

母親は、死ぬ間際に顔が汚ないと言って、お白粉《しろい》などで薄く刷き、戸棚の中から琴柱《ことじ》の箱を持って来させて

「これだけがほんとに私が貰ったものだよ」

そして箱を頬に宛てがい、さも懐《なつ》かしそうに二つ三つ揺る。中で徳永の命をこめて彫ったという沢山の金銀簪《かんざし》の音がする。その音を聞いて母親は「ほ ほ ほ」と含み笑いの声を立てた。それは無垢《むく》に近い娘の声であった。

宿命に忍従しようとする不安で逞しい勇気と、救いを信ずる寂しく敬虔な気持とが、その後のくめ子の胸の中を朝夕に縺《もつ》れ合う。それがあまりに息詰まるほど嵩《たか》まると彼女はその嵩《かさ》を心から離して感情の技巧の手先で犬のように綾なしながら、うつらうつら若さをおもう。ときどきは誘われるまま、常連の学生たちと、日の丸行進曲を口笛で吹きつれて坂道の上まで歩き出てみる。谷を越した都の空には霞が低くかかっている。

くめ子はそこで学生が呉れるドロップを含みながら、もし、この青年たちの中で自分に関りのあるものが出るようだったら、誰が自分を悩ます放蕩者の良人になり、誰が懸命の救い手になるかなどと、ありのすさびの推量ごとをしてやや興を覚える。だが、しばらくすると

「店が忙しいから」

と言って袖で胸を抱いて一人で店へ帰る。窓の中に坐る。

徳永老人はだんだん瘠せ枯れながら、毎晩必死とどじょう汁をせがみに来る。

ぼんち

岩野泡鳴

岩野《いわの》泡鳴《ほうめい》

一八七三―一九二〇

兵庫県洲本市生まれ。明治学院、専修学校（大学）などで学ぶ。初期には詩人として活躍したが、一九〇六年、評論集『神秘的半獣主義』、処女小説『芸者小竹』を発表。一九〇九年、『耽溺』を刊行し自然主義作家として地歩を固める。「一元描写論」の実践として発表した作品群「泡鳴五部作」では自身の思想や生活を大胆に描写した。『日本主義』『征服　被征服』『猫八』『子無しの堤』などがある。

一

「ほんまに、頼りない友人や、なァ、人の苦しいのんもほッたらかしといて、女子《おなご》にばかり相手になって」と、定《さだ》さんは私《ひそ》かに溜らなくなった。ずんずん痛むあたまを、組んで後ろへまわした両手でしッかり押さえて、大広間の床の間《ま》を枕にしているのは、ほんの、酔った振りをよそおっているに過ぎないので。実は、あたまの心《しん》まで痛くッて溜らないのである。芸者も芸者だ。気《き》の利かない奴ばかりで、洒落《しゃれ》を云ったり、三味《しゃみ》をじゃじゃ鳴らしたり、四人も来ていた癖に、誰れ一人《ひとり》として世話をして呉れるものがない。「ええッ、こッちゃもほッたらかして往《い》んだろかい」とも心が激して来た。

渠《かれ》は実際何が為めにこんなところへ来たのかを考えて見た。夕飯を喰べてから、近頃おぼえ出した玉突をやりに行くと、百点を突く長《ちょう》さんと八十点の繁《しげ》さんとが来ていた。

長さんはさすが上手で、繁さんの半分も行かないうちに勝ってしまった。

定さんは上手な人に使《つか》って貰う方がいいと思って棒《キユウ》を持ちかけると、横合から繁さんが出て来て、

「わたいとやりまひょ——よんべはわたいが負けて敷島を散財したさかい、今晩はなかなか負けまへん。」

「わたいも負けまへん。」

「ほたら、ビールだッせ。」

「よろしゅおます。」

定さんは持った棒《キユウ》を置いて、翡翠《ひすい》の輪が付いた胸の紐《ひも》をはずし、鉄色無地の絽羽織《ろばおり》をぬぎ棄てた。そして白絽に墨色の形を染めた襦袢《じゆばん》の両袖を折り返し、絹立万筋《きぬたてまんすじ》の越後縮《ちぢみ》を紋紗の角帯で結んだ腰を後ろの方へ突き出し、生真面目《きまじめ》な顔を縁《コシン》のそばへ持って行った。目をぱちくり、ぱちくりさせながら、ねらいを定めて、棒《キユウ》を二三度しごく度毎に顔が自分の手とさき玉《だま》とを往復するその様子が如何《いか》にもおかしいと云っ

て皆が笑った。で、長さんが黙笑をつづけながら椅子を離れて来て、
「そないなこッちゃ明《あ》きまへん。」そして定さんの尻を押して右へ寄らせ、そのから
だの据《す》えかたとねらいの付け方とを教えた。
兎《と》に角《かく》、弱い方から突き初めるのが規則だと云うので、定さんから突き初めたが、
最初の一突きも、そのやり直しも当らなかった。三回目にうんと突いた玉は当ったが、
ただの一発だッた。
「ちょッ！」定さんはわれ知らず舌打《したう》ちをして、長さんを見た。
「占《し》め、占め」と叫んで、繁さんはねらい寄った。
「しッかりせんと負けまッせ。」長さんは親切らしく応援をした。
「負けたかて、よろしゅおまッさ。」こう云って、定さんは最初からの不成績を身《み》ず
から弁護していたが、それでも最初の勝負には勝った。それから、然《しか》し、二回つづけ
て失敗した。そしてどちらからも、負けた度毎に朝日ビールを一本ずつ明けた。
二回つづけて勝ったものが満足そうにコップを傾けているのを見ると、残念で残念
で溜らないので、定さんから進んで今一回を要求して、また見事に負けた。渠《かれ》はつい
に往生して、一息しながら、四本目のビールが半分になるのを見ていた頃、松さんが
這入《はい》って来た。

「またけたいな奴《やつ》が来よった」と思った。定さんから見ると、松さんは身なりが余りよくない上に、乱暴肌の男なのが気になった。

「さァ、ぼんちの散財だッせ」と、繁さんは連勝を誇りがにコップを新来者にさし出した。

「ふン」と、松さんは不満足そうに手を出してコップを受けた。渠は既に一杯機嫌の顔をしていた。

「ビールやあきまへん、なァ。」

「けど、なァ、わたいが続けて三番勝ちましたのんや。」

「ほたら、ぼんち」と、松さんはあけたコップを下に置き、「わたいと一番七十で行きまひょか?」

「そりゃ無理だす。」長さんは定さんの肩を持って呉れるように、

「松さんも八十で行きなはれ。」

「ええッ、負けたろ! その代り、なァ」と、棒《キユウ》尻《じり》を床《ゆか》にとんと突いて、――その響を今思い出すと、定さんのあたまへは一しおぴんと来るのである、「宝塚だッせ、宝塚。」

「そりゃ面白い。」繁さんも側《はた》から賛成した。

「ぼんち、しッかりやんなはれや。」長さんが云い添えたのに力を得て、定さんは一生懸命になった。

「そないに目の色まで変えんかてええやないか」と云って、松さんは憎いほど落ち付いていた。二点、五点、七点、十点と身ずからの声で数えながら、湶は、定さんが三回もから棒《キユウ》を突き、二回二点と三点を取ったうちに、あがってしまった。

「さァ、宝塚や、宝塚や！」松さんは小躍《こおど》りして喜んだ。湶は長さんと繁さんとに頻《しき》りに何か耳打ちをしていたが、やがてうち揃《そろ》ってそこを出た。

「わたいも行けまへんか」と、ボーイが云ったが、定さんがそんなに大勢は迷惑だと云う顔をしたので、他のもの等が遠慮して引ッ張らなかった。

「あの時、いッそのこと、皆をことわってしもたらよかった」と定さんは考えて見ても、跡のまつりで仕方がない。

江戸橋から市中の電車に乗ったが、松さんは景気よく大きな声を出して、相生《あいおい》にしようか、菱富《ひしとみ》にしようかと皆に相談していた。

いずれ酒を飲む場所のことだろうから、他の人々の手前、こッそり相談すればいいのにと、定さんには何だか晴れがましく思われた。が、松さんは人前もかまわず嬉しそうににこ付きながら、ずかずかと湶の腰かけているところへやって来て、湶の意向を聴いたのである。渠は自分のおごりだから結局自分のさし図を他のもの等が受けるのだと思って、少々得意になったと同時に、どこがいいのやら一向勝手が分らないのを恥辱であると思った。そして、おどおどした。ビールも飲まなかったのに顔に少しほてりをおぼえながら、暗《あん》にどこがいいのだと尋ねる目附きを松さんに向けた。

でも、松さんはそわそわしていて、定さんの心持ちを判じて呉れなかった。背は低いが、酒樽に弁慶縞《べんけいじま》の浴衣《ゆかた》を着せ、その腰に白縮緬《ちりめん》の兵児帯《へこおび》をしたようなからだを釣《つ》り革《かわ》にぶらさがらせ、車台のゆれる通りにゆれながら、

「おい、どッちゃにしょう？」

「……………」定さんはこの時ほど恥かしいことはなかった。溜りかねて座席から立ちあがり、人々に聴えないように松さんの耳もとへ口を持って行って、「どッちゃがええ？」

「そりゃ菱富の方が――」と、松さんは自分のよく行く方の名を云った。

「ほたら、その方にしまひょ。」

「わたいの通りだッせ」と、また大きな声をして松さんは他の友人を返り見た。

定さんはどちらに決ったのかを不図《ふと》おぼえ落したが、その声で自分等の秘密を人の前であばかれたのをひやりと感じて腰を下ろした。すると、松さんはつづけて渠を見

おろし、

「芸子は四人と決ったぜ。」

「芸子《げいこ》までも」と反問しようとしたが、口には出なかった。そんなものまで懸《か》けたのじゃァないと云いたかったのだが、兼《ま》て一度は呼んで見たいと思っていたものが呼べると考えると、嬉しさと恥かしさとに先ずからだがすくんでしまった。それに、行く人数だけ呼ぶのだとすれば、自分にも一名当るのだから、自分はその当った女とどうすればいいのだろうと云うことに考え及んで、身ぶるいをした。

二

梅田から郊外の箕有《きゆう》電車に乗り換える前に、松さんはそのそばの郵便局から今行くからそのつもりでいて呉れいと云う電話をかけた。

「さすが、松さんや、なァ。」定さんは、こう心で感心しながら、遠距離二十五銭の電話料を出してやった。

その頃には、もう、長さんや繁さんの顔にも酔いが十分に出ていた。それでも、最も多く目に立つほどはしゃいでいたのは松さんばかりで、どこかで飲んだ下地《したじ》があったので腰がふらふらしているにも拘《かかわ》らず、電車の中を別々に離れた長さんのところや繁さんの前へ渡って行って、何か面白そうに度々耳打ちをしていた。そのあげくが定さんの隣りへ腰をおろして、その肩に痛いほど——実際、痛かったが——抱き付いた。そして、わざとだろうと思えたほど酔った振りをして、

「おい、こら、ぼんち」と、定さんをゆす振り、渠の鼻のさきへ熟柿《じゅくし》のようになった円顔を、ぬッと突き出した。「あんたにも、なア、ええ女子《おなご》を世話してあげまッせ。」

定さんはそれが恥かしかった。目をそらして、きょろきょろと誰れとも知れない隣りの人や正面の人を見た。そして、そう云う人々が若《も》しうちの人や出入りの男であったら、直ぐおやじや姉《ねえ》さんに知れてしまうだろうに——と。

「おい、ぼんち、心配するな、大丈夫や。」松さんはただ無性《むしょう》にはしゃいでいて、長さんや繁さんが襦袢の肌ぬぎになったのを見て、

「おらもやったろ」と云って、同じように肌をぬいだが、襦袢を着ていなかったので、直肌《じかはだ》であった。

「肌をお入れ下さい、規則ですから」と、車掌にやッつけられて、松さんがすごすご肌を入れたのは、定さんには気味《きみ》がよかった。

松さんはなおしつこく定さんの肩に取りすがって見たり、低い歯の向う附《づ》き利久《りきゆう》を

はいた足さきで空《くう》を蹴ッて見たりしていたが、そこには落ち付けないで、定さんの向う側の席へもどった。その時、渠はどうした拍子か、――見ていた定さんが思い出してもおかしくなるのだが、――自分の脱《ぬ》いで置いた麦藁帽子《むぎわらぼうし》と隣席の人のとを取り違え、隣席の人の被《かぶ》っていた帽子をその人のあたまから取って自分のあたまへ上せた。

「どうした？」東京口調で怒った隣りの人は、それを突差《とっさ》の間に奪い返した。

松さんも自分の失敗に自分でびッくりしたのか、失敬しましたとも何とも云わず、腰をあげて、自分の帽子がその脇にころがっているのを探し取った。そして黙って再びそこに腰をかけ、手なる帽子を――失敗の時と同じ手早さで――あたまに上せた。

他の友達は二人ではッはと笑いながら、何かしゃべり合っていたので、それに気がつかなかった。が、多くの乗客は東京弁の怒り声がした方へすべての注意を向けた。中には、その時の様子を見ていたので、思わず吹き出したのもある。

松さんは独り興ざめた顔をして、席をまた定さんのそばに移し、

「暑い、なァ」と云った切り、窓から外をのぞいた。

同じ側の乗客でまたわざとらしく吹き出したものがあるが、定さんは――おかしいとは思いながらも――笑うだけの余裕がなかった。

「四人の料理に四人の芸子や。なんぼかかるやろか？　ふところには、そないに仰山《ぎょうさん》

銭《ぜに》持ってやへんのに。足らんだけは、電話でうちへ云うて、助《すけ》さんに持《も》て来てもろたらええ。」こんなことを考えながら、何だか嬉しいような、おそろしいような、賑《にぎや》かなような、悲しいような気分に往来せられて、行くさきばかりが急がれた。で、松さんと一緒に無言で外を眺めていると、電車が切って進む涼しい風がほてった顔に当って、からだの汗臭《あせくさ》いのをも吹き払って呉れる。

新淀川《しんよどがわ》の鉄橋を渡る時など、向うに焚《た》い松《まつ》をともして漁《りょう》でもしている光が水の上にきらきらと映って、玉突屋などではとても見られない涼しさであった。

「もう、鮎《あゆ》が取れるのんや、なァ。」

「そうだッしゃろ。」

こんなことを小さな声で語ってるうちに、十三駅《じゅうそうえき》も過ぎてしまった。

大阪の方の空がぼうッと赤くなっているのが見える。あの下にうちの者や好きな女《おな》子《ご》等が、殊に、隣家の静江さんも住んでいるのだ、な、――そして、その空が車の向きで隠れて行くのを追う為めに、定さんは窓から首を出した。そのとたん、頑固なおやにでも太い棒を以って投《なぐ》られでもしたように、渠のあたまをいやと云うほどがんとやっ付けて行ったものがある。

「あぶない!」松さんの手がいつのまにか定さんのあたまをさすっていた。

「何《なん》や、何や？」長さんも、繁さんも、松さんの声に驚いてやって来た。

「あたまを柱で打ちゃはッたのや。」

「怪我《けが》しやへんか？」

「したか知れへん。」松さんは定さんの無言で押さえている手を無雑作に押し除《ど》けて、そのあたりを方々円《まる》く撫でて見た。

「てんごうすな」と、定さんは云ってやりたいほどであった。

「異状はありませんか？」車掌もやって来て、見舞いを云った。

「えらいこともないようだす。」松さんはこの場合、こう云って置かなければ、目的地へ行けないと思ったのだろうと、定さんは跡になって考えられた。

「あの時直ぐ引ッ返して大阪病院にでも行《い》ったらよかったのに——今では、もう、手後《ておく》れか知れへん。」考えて見ると、今にも自分の死が近づいているのではないかと思われる。押さえているあたまが段々張れぼッたくなって来るようで、その張れぼッたいのは、頭蓋骨《ずがいこつ》の砕けた間から、脳味噌が溢《あふ》れ出たのではなかろうかと。

三

両手で押さえていても、ずんずんあたまが痛む。が、世話役の松さんは少しも思いやって呉れない。おのればかりがえらそうな風《ふう》をして、長さんや繁さんを番頭ででもあるかのように取り扱い、来ている芸者を皆までわが物にして、「おい、ぼんち、不景気に何《なん》じゃい、しッかりしなはれ」もあきれてしまう。「宝塚へ行《い》たら、医者に見てもろたらええ」と云ったではないか？　それを、終点で下りると全く忘れてしまって、直ぐ酒だ、芸子だとさわぎ出した。

玉突には負けたが、一体、これは誰れのおごりだ？　皆おれの財布《さいふ》を当て込んでいるのじゃァないかと定さんは憤慨すると同時に、あの時、電車の窓から首を出さなかったらよかったにと云うことを祈禱《きとう》のように繰り返しているのである。

電柱と云うものは、電車軌道《きどう》の両側に立っているものとばかり思っていた。ところが、そうでない場所もある。

「この辺と蛍ケ池とは、柱が真中に立ッとりますから、お顔を出すとあぶないです」

と車掌が説明した。

定さんはそれを知らなかった。

なぜまたこんなところへ来たのだ？　首を出さなければよかった。いや、電車に乗らなければよかった。いや、玉突で懸けなければよかった。と、こう云う風に考えを繰り返して見ても、柱に衝突した事実は取り返しの付けようがないので——

定さんはあの時驚きと痛さとをじッと辛抱《しんぼう》して、窓を背にして席にもたれたまま、「何ともおまへん」と苦笑したが、膝の上に置いて見た両手がおのずからあたまへ行った。すると、松さんは、

「痛いか」と聴いた。

「そないに痛いことありゃへん」と云うつもりで手を膝におろし、首を左右に振ったが、いつのまにか又手を上へやっている。

「痛いか」と、また同じことを松さんが聴いた。

「そないでもありゃへん」と答えた切《き》り、うるさいので、手をおろしていようと思っても、直ぐまたそれがあたまに行くのである。

じッとしていると、その痛みに堪え切れなかった。直ぐそばに立っている真鍮柱《しんちゆうばしら》にあたまをもたせかけ、ひィやりする気持ちに痛みを忘れようとして見ても、自分の呼吸が迫って来る。からだをねじって顔を窓の枠《わく》に押し当てて見ても、いのちが縮《ちぢ》こ

まって行くようだ。が、今から帰りたいと云うような弱音《よわね》も男として云い出せない気がした。

「馬鹿だ、なァ」と云う東京人の声が車台の隅から聴えた。また、見える限りの乗客等は、すべて目を見張って、あざけりの顔をこちらに向けている。

定さんは内と外とから押し苦しめられて、水の中から息をしに出た時のように、恥じも構わず、すッくりと立ちあがって見たが、まだしも自分の家の隣りの静江さんがここにいないのを大丈夫だと思った。飛んでもない、あの子にこんな失敗を見られたら、ここらの人と同じように冷遇し出して、楽しみにしている云わず恋も全く物になるまい。

が、自分の意中をまだ云わず語らずのうちに、こんなことで死んでしまうのは詰らないとも思った。

そのとたん、電車が不意に大ゆれがして、足をすくいかけられた。同時に、くらくらと目まいがして、あたりかまわずつッ伏《ぷ》してしまった。

尋常に進行している電車の響に背中が痛いのを感じて、再び気が付いた時は、定さんは松さんの太った膝の上につッ伏しているのであった。その上に松さんは両肱《りょうひじ》で頬づえを突いていたらしい、それが痛くて重苦しい感じを与えた。

「苦しい、置いて呉れ」と云うように背中をゆすると、松さんはその固く重みのある両肱を離れさせて、両の平手《ひらて》を載せた。が、なお人臭いあッたか味が定さんの鼻のあたりに付いていた。

渠《かれ》は母の懐《ふとこ》ろを出て以来、人のにおいをこう近く嗅いだことはなかった。

「これが静江はんの膝やったら、なァ」と思い及ぶと、この刺戟があるだけでも松さんを懐かしい気持ちがした。男は男で、女でないにせよ、こうして、いつまでも抱かれていたいものだと。

で、こうした姿勢のまま、定さんは両手をあまえたままに柔かにあたまへ持って行ったら、松さんもその手の行ったところを撫でて呉れながら、

「ソリャキコエマセヌーデンベエサン」と語っていたが、やがて定さんの耳もとへ口を寄せて、

「しッかりしなはれ、な、行《い》たら、女子を抱かせてやるさかい、なァ。」

低い声ではあったが、定さんはそれが人に聴こえたらとあわてた。そして、その声の下から俄《にわ》かにからだを起して見た。すると、松さんの隣りにいる人が真面目《まじめ》腐《くさ》った顔をしてこちらを見つめていた。で、定さんの手がまたあたまへ行った。

松さんは然しそんなことには頓着《とんちゃく》なく、その座をつるりと抜けて、先刻から筋違い

の所へ移って腰かけている長さんと繁さんとの間に行って、どッかり腰をおろし、窓の方に靠《もた》れたまま、先ず長さんを首に手をかけて引ッ張り寄せ、何か耳打ちをした。すると、長さんは松さんの手を振り切って、

「知りまへん」と逃げ、目じりを下《さ》げて松さんを横目に見た。次ぎに又松さんは繁さんにも同じ耳打ちをして、だらしない笑いを呈《てい》せしめた。

「ぼんち大明神やさかい、なァ」と叫んで、松さんはべッたりと背を窓の方にもたれさせ、ただにこにことそら嘯《うそぶ》いて、また利休下駄《りきゅうげた》の両足で空《くう》をかたみ代りに蹴ッていた。

いずれ、呼ぶ女の話だろうと定さんは推察して見ないふりをしていたが、渠も渠等のと同じ楽しみを心に画《え》がいていればこそ、あたまの痛くて苦しいのをも辛抱して行くのであった。

四

「けど、お父《とう》さんやお母《かあ》はんに知れたら、どないしょう?」

この疑問は、定さんには、おそろしいよりも恥かしいのであった。

「長はんとこで泊《と》めてもろた云うとこか」とも考えて見た。が、「行《い》かん、行かん。往《い》んでから医者を呼んでもろたら、直ぐ白状せんならん。」

最終電車に乗り後れて宝塚に泊ったと云い為して置こうかとも思案して見たが、

「そやそや、電話をかけて、あの助さんに銭《ぜに》持て来い云わんならんのや！」跡で調べられたら、「芸子遊び」したと云う化けの皮が剝《は》げてしまう。

「けど、あの時は、まだここまでせッぱ詰《つま》っておらなんだ」と思うと、定さんの心には、二度目に気が遠くなりかけた時のことが浮んだ。

じッと堪《こら》えて、自分の目をどこか一ヶ所に据えていようと思っても、その目から先きに動いて行って、からだを静かに落ち付けて置くことが出来なくなった。右を向いて見た。左りを向いて見た。坐わって見た。また腰かけて見た。孰《いず》れにしても、結局は、手があたまへ行って、行って――

「人がおだてたかて、かまへん」と決心して、自分の手の行くままにして見たが、それも亦その儘《まま》では続いていなかった。

まだしも電車が進行していて呉れれば、多少でも気がまぎれているが、あの石橋の分岐点で、さきの箕面《みのう》行き電車に故障が出来、自分等の車台が二十分ばかり進行を停止した時は、自分の呼吸もそこに全くとまってしまうのではないかとまで思えた。

やッと動き出したが、今度は、また、その動き出した電車その物までが自分の苦しい呼吸をしているように思われて、定さんは今夜おぼえようとする芸者買いの天罰を、前以って、ここに受けているのだと感じて来た。

「石橋で下りたら、よかった。」こう思えば思うほど、息が詰るようで——

そのうち、池田停留所へとまった電車は発車した。と同時に、もう、辛抱がし切れなく、一時《いっとき》も早く下車したくなった。で、先ず立ちあがって、よろよろしながら、松さんの前へ行って、皆を怒らせないように、先ず、渠に相談して見た。

「わたいだけ下りまひょか？」

「どこで？」松さんは、じッと、おどかすような怖ろしい目付きをして見せた。「こないな寂しいとこで下りたかて、どないしなはる？」

定さんはこの反問にいじけた。黙って、睡《ねむ》い時のように重くなった上目蓋《うわまぶた》をあげて、ちょッと松さんを見返したまま、またしぶしぶともとの席へもどった。そして、てれ隠しに窓の外を見ると、池田の小蘭山《しょうらんざん》と云われる五月山の麓《ふもと》に、ちらほら涼しそうな光が見え、電車はごうごう響きを立てて、猪名川《いながわ》の鉄橋を渡っているのであった。

「ここまで来たら、なァ」と、繁さんも松さんに賛成するように、

「梅田へもどるよりゃ、先きへ行《い》た方《ほ》が近《ちこ》おまッせ。」

「そないし給え、そないし給え。」長さんも亦《また》ぞんざいに口を添えて、ぐたぐたしたからだを窓へもたせかけた。

「人の苦しいのんも知らんと！」こう目に云わせて友を見た。あたまの痛いのは、もう、全く自分一個の問題だと分って来た。一番親切だと思えた長さんまでがこの場合の相手にもなって呉れなかった。まだ皆日は浅いが、玉突で知り合になった友人は友人だのに、揃いも揃って、たッた三十点の初歩者をばかり喰い物にして、ただおのれ等の楽しみをしたらいいのかと云う、僻《ひが》みも出た。

「何をしなはる」と云う角《かど》立った声が聴えたので、定さんは注意をその方に向けた。

「済んまへん。」こう云って、松さんは自分の下駄の片あしが渠の正面にいる客の足もとにころがったのを拾いに行った。

「阿呆かいな」と心で叫んで、定さんは松さんを初め、長さんや繁さんの至って冷淡なのを聯想し、「わたいは死にかけてんねやで」と云ってやりたかった。

我慢すればするほど、刻一刻に死が迫って来るような気がして来た。で、花屋敷を通過して、段々目的地へ近づいたのを知りながら、待ちかまえた――やがてこの電車から救われるが早いか、他のもの等はうッちゃらかして置いて、自分は自分で、どんな医者でもいい、医者と云う名の付くうちへころがり込もうと。

五

清荒神《きよしこうじん》の梅林や竹藪《たけやぶ》の暗い蔭を出て、涼しく開らけた夜の空気に、新温泉のイルミネションが山と山との間を照らして、ぱッと皆の目を射初めた。

「さァ、宝塚の終点や！」こう思ったら、然し、張り詰めていた精神が忽《たちま》ちゆるんだので、定さんは意識がぼうッとなった。空気の外、さえぎる物もないのに、温泉装飾の電光が見えなくなった。そして電車の中も、自分のからだも、殆ど全く真ッ暗に暗い。

「脳味噌が早《は》やわたいを死ぬ方へ引ッ込むのんやないか？」ふと、総身《そうしん》に身ぶるいを感じた時、どんと電車のとまった反動が来て、定さんはあたまのずんずんするわれに返った。

「どなたも終点でございます。お忘れ物のないように。」

「来たぞ、来たぞ！」こう他の三名は争って、立ちあがった。そして定さんをせき立てた。が、渠は立って渠等の手にがッくりと取りすがるより外《ほか》に力が出なかった。

「お医者はん——呼んで——欲しい！」

「医者がおまッしゃろか？」頼りなげに云って皆を見まわしたのは繁さんだ。

「おまッしゃろ、ここでも仰山人《ぎようさん》の来るとこだッさかいな」と云って、長さんは車台の出口へ集った人のどれかに聴いて見ようとした。

「おまッさ」と、車掌は気の毒そうに言葉を引き取って、医者の家のありかを説明した。

「おましたかて、――先きへ行《い》てから呼んだかてええやないか？」松さんは叱《しか》り付けるように促した。

他の乗客等が憎々しそうに松さんの顔を見たり、冷笑するように定さんの様子を熟視したりして出て行く跡から、定さんは重苦しいからだを松さんと長さんとの肩にもたせかけた。そして改札口を出てから、餅菓子屋の角を曲り、氷屋と食道楽との向い合った電燈が明るい道を殆《ほとん》ど夢中で歩いて、相生楼に突き当ると、

「あ、何でもここや」と安心しかけた。が、なお左の方へ引ッ張られて、その隣りの門へ這入った。

「お出《い》でやす」と云う男や女の揃って出したのが見える声が、定さんにはどこかの遠い一斉射撃の音のように聴えた。そして背の低い樽男《たるおとこ》が真ッさきにわざとらしく大股に足をあげて、式台をあがって行くのが、定さんの目に朦朧《もうろう》と映った。その時、渠《かれ》は

長さんと繁さんとに助けられてあがって行った。

にこにこして出て来た女中に松さんは先ず声をかけた。

「おい、お菊、また来たで。」

「ようお出でやす！」お菊と呼ばれたのが笑って、わざと大きな声を出した。「顔見たら、来たのんは分ってまッさ——なァ、旦那」と、かの女《じょ》は長さんにとも繁さんにとも付かず念を押した。

「何をぬかす」と云って、松さんは女の首に取りすがった。

「いやァ」と大きく叫んで、女は渠の手をふりもぎって身をかわした。そして渠がまたさし延べた手をぺたりとうち払って、にらみ付けながら、「いたずらッ児！　やんちゃはん！」

媚《なまめ》かしい東京語や大阪言葉と奇麗《きれい》な姿とに、定さんは姉のことを思い出した。そして自分の、あの姉でも、男に冗談《じょうだん》を云われると、こんな真似をするのであろう。自分の隠している慾望も、して見ると、遠慮には及ばない。かまうものかと、目の光までが俄かに明るくなった。

「おい、ぼんち、大事《だじ》ないか？」松さんがふり向いたので、

「大事ない」と笑って見せた。

「ちッとァ勢いようなったようや、なァ――おい、繁はん、大《おお》いに飲もう。」

「飲まいでかい、な？」

「あんたもしッかりしなはれ。」長さんの肩をぐいと引ッ張って、「玉突に勝ったんやないか？　今となっては、ぼんちがいや云うても、わたい等が承知しまへん。なァ、繁はん。」

「もッとも、もッとも！」

「どうや、ぼんち、そやないか？」

「……………」定さんはただ苦笑《にがわら》いをしている。

「大事ない云うたやないか？　ぼんち」と、跡戻りをして来て、相手の肩をぽんと叩《たた》いた。「しッかりしなはれ！　わたいは酔うてるようでも、酔うてやへん。これからまだまだ飲みまッせ。」

「……………」

「返事しなはれ――ええか？」

「よろしゅおます。わたいも飲みます。」

「面《おも》んろい、面んろい！」松さんはまた皆のさきへ立って、わざと大股に歩いた。長さんも繁さんも、元気づくと同時に、定さんから手を放してしまったので、定さんは独りで元気をふり起し、苦しまぎれににやにや笑って見せながら、皆の跡から廊下を進んだ。

が、お菊は渠だけが様子が違っているのを見て、踏みとどまり、

「あんたはん、どないしなはった――そないに青い顔して?」

定さんは何か云って人並みの相手になろうと思ったが、矢ッ張り苦笑の間にただにやにやしている外なかった。

「こいつは、なァ」と、松さんが跡戻りして来て、「電車の柱であたまを打ちゃはったんや。」

「まあ、あぶのおました、なァ。」

「けど、案じたことやおまへんようや」と長さんもふり返って、浮付《うわつ》いた調子だ。

「大事《だじ》おまへんか?」

「……」定さんは、うんと首をたてに振ったが、その首を振っただけでからだがふらふらした。

「先生《せんせ》呼んで来まひょうか?」

「そないなことせんかて」と、松さんはまた先きに立ちながら、「芸子はんが来たら、ようなりまッさ。」

「大事ないのんなら、よろしゅおますけど、なァ。」こう心配そうに云いながら、女は定さんの背中に手を持って行って、渠の羽織の退《の》け衣紋《えもん》になって、而《しか》も左りの肩からはずれそうになっているのを直して呉れた。

その時、定さんの鼻に、後ろの方から、女のしみ渡るようなにおいがした。鬢附《びんつ》けのにおいもまじっているようだから、あたまに結った髪のにおいだろうとは思えたが、それを渠には女その物の慣れ慣れしさと離れて考えることが出来なくなった。

六

真ン中を大きな菱形《ひしがた》に張った天井の電燈の下へ来た時、定さんは直ぐころりと横になって、両手であたまを押さえていた。

「しッかりしなはれ、ぼんち」と、定さんの上に馬乗りになって、両手で肩のところを押し付けた。

「痛い、痛い！」定さんはあたまから手を放して、その両手で畳に力を持たせながら、からだをひねって、上の重みから免れようと藻《も》がいた。

「弱い奴ちゃ、なァ。」松さんは立ちあがった。そして他の二人の方に行った。二人は温泉道の松並木が風に少しゆられているのが見える手摺《てす》りのそばにあぐらをかき、全く肌ぬぎになって、巻煙草に火をつけたり、扇子《せんす》を使ったりしていた。で、これも亦直肌《じかはだ》ぬぎのあぐらになって、「どうやろ、なァ、ぼんちがあんまり悪いようなら、ぼんちだけ、どこぞ静かなとこへ寝さして置こか？」

「それもよろしゅおまん、なァ。」繁さんはこう答えて、開らいた扇子をばたばた使った。

「けど、なァ、まァ、医者に見てもろたらどうや――どもなっておらなんだらええが――」長さんは定さんの方を見て、早くそうせいと促す様子をした。

「そやそや、見てもろて行《い》かなんだら、ぼんちだけに芸子はん見せたげへんのや。」こう云いながら、松さんはまた定さんのそばへやって来た。

定さんは聴かない振りをして聴いていたのだが、三人が三人ともなぜ自分をこう退《の》け物にしようとするのか分らなかった。

ここへ梅田から電話をかけた料金も、定さんの財布から出した。往復の電車賃も同じ財布からだ。それだのに、あたまが砕けたかも知れないほどの目に会った渠をそばに置いて、車中ででも渠等ばかり面白そうにさわいでいて、渠の苦しみを少しも思いやって呉れる様子は見えなかった。そしてここへ来ると、直ぐ、松さんを初め、おのれ等が身ずから出し合って散財するかの様に幅を利かせて、「芸子を見せたらん」とは何のことだ？　渠等は渠の金でおごって貰うのだが、おごり主《ぬし》が不意の怪我《けが》をしたのを幸いにして、その分迄も渠等だけで占領してしまおうとするのかとも、定さんは考えて見た。

「気の小《ち》さい奴《やつ》等や、なァ——わたいかて、部屋住みかて、大けえあきんどの息子や。一旦はずむ云うたら、ちッとのことは惜しみやへん。その代りわたいも一緒に仲間入りさして貰う。」こう憤慨した心を起したが、渠の分に当る芸者には、仲間の年順から云ってもきッと一番若いのが来るのにきまっている。と、渠はふいとほほえみの目を明けた。そして松さんがそばに坐ってこちらをにこにこ見ているのに出会《でくわ》した。

松さんは、定さんの様子を、痛いのを胡麻化《ごまか》して苦笑しているものと見た。

「こら、ぼんち」と、定さんの手を押しのけるようにしてあたまを無雑作に撫でてやりながら、「どうや、痛いか？」

「………」定さんは、こう乱暴に取り扱われても、そばに来て貰うのを寧《むし》ろなつかしいような気がして目に涙を湛《たた》えたが、返事にかぶりを振った切りだ。

「医者を呼ばんかてええか？」

「………」矢ッ張り無言でうなずいた。

「ほたら、置きまひょ。」松さんはこちらを見つめていた長さん等の方へ顔を向けて、その方が余ほど面倒でないと云う風をした。

「ええかいな、見て貰《もら》わんかて」と、長さんが心配そうに立って来た。

「本人がええ云うたら、ええやないか？」

「けど、なァ、悪いようなことやしたら、行《い》かんよって」と云いながら、長さんも坐わって、定さんの額に手を置いて見たり、また、来ようとする芸者に関する想像が血管にまわって脈搏《みゃくはく》を強く打っている、定さんの手頸《てくび》の脈を取って見たりした。

定さんは却《かえ》ってそれをうるさくまたわざとらしく感じた。そして松さんよりも長さん等の方がそんなことをして、わざとにも仲間を外《はず》させようと強《し》いるのではないかと云うまわり気を持った。

「痛《いと》おまッか、ぼんち」と、繁さんが椽端《えんばな》から声をかけたのには返事をしなかった。

そこへお菊が茶を運んで来た。先ず三人集ってるところへそれを分配してから、繁さんの方へ持って行ったが、それから定さんが横にまるまっている背中のところに坐った。定さんのいらいらしている神経には、やァわりと香ばしい風が当ったようで、渠はおのずからからだが縮みあがった。

「悪《わる》おまん、なァ、痛うては。」

「痛うない云うてまッさ。」

「けど、なァ——」

「痛うないことはないようやけど」と、長さんは定さんのどこを見るともなく明けている目を見詰めながら、「医者よりゃ芸子はん見たいのんやろかい？」

「そやない！」定さんは顔を赤らめて、淡泊そうに、抗議した。そして長さん等の方から寝返りしたとたん、今度はお菊と顔を向き合せたので、急いで目をつぶって、あたまへまわしていた両手の肱で顔を蔽《おお》った。

「芸子はん見せたら、直りまッさ」と、松さんはわけもなく云って、椽の方へ離れて行ったのを、定さんは目で追って、呼ぶなら早く呼べと命令したかった。

そして、

「どもないか、ほんまに」と、長さんがまだ心配そうに背中へ手をかけていたのをも、早く離れて呉れればいいと思った。どうせ若《も》し病人として世話をして貰うなら、渠等のような毒性《どくしょう》のものでなく、この「ねえはん」にして貰う。そうしたら、芸子などは来なくてもいいのだが——

「ぼんち」と、手を肩に置いてお菊に呼ばれたのが、誰れにそう呼ばれたのよりも胸に滲《し》みた。「どうだす、先生《せんせ》呼んで来まひょか？」

「もう、ええ云うてたら、ええやないか」と、松さんは叱るような声だ。そして団扇《うちわ》を大きくあおぎながら、「早う酒を持て、酒を持て。」

「は、はァ——殿の仰《おお》せに従いまして」と、お菊はわざと畏《かしこ》まった様子をした。

「芝居だッか」と真顔で云いながら、別な女中が浴衣《ゆかた》を持って来た。

「兎も角も、皆はん、お着かえやしたらどうだす」と、お菊が注意したので、椽がわのものが先ずそのつもりになった。

「あんた、着かえまッか」と、長さんが定さんに云った。

「ほんまに、大事おまへんか?」また、お菊が聴いた。

「うん。」こう、定さんは答えなければならないような気がしてしまった。が、その実、お菊と云われるこの女だけになったら、医者を呼んで貰うように頼むつもりであったのである。

そうもしたいが、また芸子も見たい。

「かまへん、かまへん、成るように成れ」と、私《ひそ》かに決心して、定さんも起きあがった。そして、長さんの後ろで、帯を解き初めた。おのずからしがんで行くその顔をお菊に見られないようにして、横向きでかの女《じょ》に衣物を脱がせて貰いながら、「長はんも、繁はんも、羽織も着ず、見ッとむない風をして来た、なァ」と考えた。

七

定さんはこの料理屋の浴衣に着がえるのが珍らしさ、嬉しさに、元気をふり起した。そして皆が「芸子、芸子」ばかり云ってるさもしさに、自分ばかりはそうでないぞと云うことを見せて、さッき恥かしかった時の意趣返しでもしてやるつもりで、新温泉へ這入《はい》って来ようと云い出した。

「偉そうなこと云《い》やはる。」松さんはこう一言のもとにはね付けて、煙草盆のそばに浴衣に改まったあぐらをかいた。

「およしやす。新温泉など、当り前のお湯やおまへんか？」

「それにせい、いつでもまた行けまッさ。」こう云って、長さんや繁さんも進まないで、ただ立っていた。

それではやめようと、直ぐ素直には云えなかった、何となく、自分の位をおとすような気がして。で、少しむッとして、鉄色モスリンの帯をしめながら、

「ほたら、わたい独り行《い》て来まひょ。」

「ぼんち」と、松さんは一層強く出て、「なんで、そないな無理云いなはんのや？

あんたが行たら、皆ついて行かんならん。そないな世話やかさんかてええやないか?」

「うちのお湯にしときなはれ」と、お菊も口を出した。そして笑いながら、「うちのんも新温泉だッせ。」

「ほたら、置きまひょ。」こう云って、松さんの方をじッと見た、あたまのずきんずきん痛むのを辛抱して、それでも、渠《かれ》の云い分には、定さんも腑を落ちつけた。

そして皆でざッと一あびしてから、膳に向った。暑いからとて、皆わざと椽へ並んだ。松並木に最も近い隅の柱を境にして、その右の板の間に長さんから松さん、左のに繁さんから定さんだ。定さんの方の列は、丁度、誰れかの山水の三幅対《さんぷくつい》を懸けて、大きな松の植木鉢をあしらった床の間に、畳をへだてて、さし向っていた。

「今晩は」と、入り口の襖《ふすま》の明きから手をついたものは、誰れも誰れも、まどいの遠いのに驚いた。裾《すそ》を曳きながら、

「とうない遠方だす、なァ」と云って来たものもあれば、

「威があって、なかなかあんた方のねきへは寄れまへん」と、わざと座敷の真ン中につッ立っていたものもあった。定さんには、それが面白いことを云うものだと思えた。来た中で、勘七と云って、薄藍の濃淡で亀甲形《きっこうがた》の出た紋壁透綾《もんかべすきや》を着たのが、最も年若

らしかったが、それが松さんのそばへ坐わって、渠にばかりべちゃべちゃしゃべくり出した。そして、

「旦那、こないだのお方どないしやはりました」とか、「裸か踊り、おもしろおました、なァ」とか云った。

「おれも一つ今晩踊ったるぞ。」松さんは直肌《じかはだ》の腕で腕まくりをする真似をして、元気を附けていた。

「あんたはよう知ってなはる仲だッか？」こう、繁さんが聴いたのに答えて、

「そやとも、なァ」と、松さんは勘七を両手で引き寄せて、「なかなかわけのある仲やもん、なァ。」

「よろしゅおました、なァ」と、かの女《じょ》は押さえられた肩をすくめて身をのがれ、笑いながら、くずれた膝を整え、元の通りに坐わり直した。

「わたい等もそないなりとおまん、なァ」と云って、長さんはさがった目じりで自分のそばの芸者を見た。

「合《お》うたり、叶《かの》たりだッか？」それが気まずい顔をしながらも答えた。そして定さんにさえ珍《ちん》ころめいたと見える目鼻を動かして、「わたい〆子《しめこ》と云います、どうぞよろしう。」

「今から、もう、妥協しやはるんや困りまん、なァ。」こう云って繁さんも話の相手を求めた。すると、渠のそばにいたのがまた涼しい声で、

「旦那、妥協やおまへん、ラッキョウだッせ。」

「こりゃ、やられた。」繁さんは箸《はし》で摘《つま》んで口へ持って行きかけた薤《らつきょう》のような物を宙にまごつかせた。

松さんは相変らず勘七ばかりを相手にして、悪口を云い合ったり、叩き合ったりしていた。

定さんのそばには、初めに坐わり後れた婆々ァ芸者で、顔も皺《しわ》くちゃな「愛助ねえちゃん」と呼ばれるのが来ていた。渠が何の洒落《しゃれ》も云えない上に、手をあたまへ持って行ったり、目をぱちくりさせたり、顔をしがめたりしているので、かの女も渠にとッ付くすべがなく、ただ渠の猪口《ちょく》が一二度明いた時、その跡へお酌をしただけで、他のもの等の話に調子を合わせていた。

渠はその芸者のふけた顔と、一番遠い場所にいる松さんのそばの子の膝に透いて見える桃色とを時々見比べながら、何だか勝手が違うように思われた。

「年から云うたかて、松さんがあの子を取るわけがない――また、誰れを取ると云うことかて、銭を出すわたいが決めたらええやろ」と、私《ひそ》かに不平を起した。

然し定さんの目的の勘七は、「わしが国さ」と今一つ渠の分らない物とを踊ってから、他のお座敷へ貰われて行った。それを渠は鳥渡《ちょつと》行ったので、また来るのだろうとも思ったが、出て行った時の挨拶振りでは、もう来ないのだろうかと失望し初めた。然し、あからさまにそれを誰れに尋ねて見ようと云う気は、出そうと思っても出せなかった。

折角張り詰めていた精神がその場にゆるんで来て、またあたまの痛みを盛り返し、それへ堪えられなくなった。そして酔った振りをして立ちあがった。

「どこへ行きなはる、ぼんち？」松さんは皆と同時に定さんの方を見て、こう詰問した。

「どこへも行きやへん」と答えて、床の間の前へ行って、床《とこ》に横たえた紫檀《したん》の敷木《しきぎ》を枕にした。

渠が「思い切って帰ったろかい」と激したのはこの時だ。

八

「あんたはん、弱《よ》をおまん、なァ」と云って、例の愛助が落ち付いた声でくくり枕を持って来て呉れたが、それも直ぐ皆の方へ行ってしまった。そして、三味を鳴らして、「さァ、お歌いやし、な」と云っている。それに付いて、松さんが都々《どど》一《いつ》を二つ三つ続けて歌った。すると、繁さんが二上《にあが》りだと云って、「隅田《すみだ》のほとりに」とか、何とか云うのをやった。

「ほたら、わたいもやりまひょか」と云って、長さんも何かやった。

松さんがまたやり出した時、一方では繁さんとそのそばの芸者とが何とか云う拳《けん》を初めた。そして繁さんが二三度負けた。

「おい、京八、おれと来い、おれと。」松さんががさつな調子でちょいは、とんとんなどやっていたが、俄《にわ》かにやめて、鼻で物を嗅ぐ音をわざとらしく大きくさせて、

「臭い、なァ、何じゃ？　ヨードホルムのかざや。あんた、瘡毒《ひえ》だッか？」

「あほらしい」と、京八と云われたのが涼しい声で怒ったように叫んだ。

「けど、なァ、くさいやないか？」

「くさいかて、瘡毒《ひえ》と決ったわけやおまへんがな。」

「あッちゃへ行きなはれ。病人は病人の世話なとしなはれ。」

「看護婦だッかいな」と、愛助が口合《くちあ》いを入れた。

「負けたさかい、そないな毒性《どくしよう》云うて——なァねえちゃん」と、京八は笑いながら立

ちあがって、「わたいかて、女子一匹、へん、精神がありまッさ。」

「えろおまん、なァ」と、〆子がその方を見あげた。

「そないにおこんなはんな」と、松さんは猪口の酒を吸った。

「おこりゃへんけど、なァ――」

「ノウノウ、おこるべし、おこるべし」と、愛助がけしをかけた。

「ぼんちはどこぞ悪いのんだッか」と云いながら、京八は定さんの方に足を運んだ。

「うん」と、松さんが答えて、「どたまを電車の柱にぶつけたのんや。」

「ほんまに？」と松さんの方にふり返って、「どたまりこぶしもない――」

「洒落なはんな」と、松さんは云ったが、愛助にも聴かれて、定さんのことを残酷な言葉で説明し初めた。

定さんは枕の上で、両手であたまを押さえたまま、賑やかな方に向いてにやにやしながら、目を明けたり、つぶったりしていたが、

「なァ、ぼんち」と云われて苦笑の目を明けた時、赤い蹴出《けだ》しがちらと見えたかと思う間もなく、太そうな膝が渠の肱《ひじ》さきに坐わった。繁さんのそばで鈴のような声を以ってラッキョウの洒落を云った女で、この女ばかりが裾も曳かず、廂髪《ひさしがみ》に結って、奥さん然と地味なお召《めし》を着ているのは、どうしたわけだろうと思われた。それが皆に聴

えるように言葉をつづけて、「すり傷にかてヨードは付けまッさ――きのう、家族温泉へ行《い》て、手拭《てぬぐ》いで腰んとこをすりむいたのんや。」

「あやしいもんや――新温泉の家族風呂は、なァ」と、松さんが追窮したのに、愛助が調子を合わせて、

「そりゃ、さまざまなすりむき方もおまッさかい、なァ。」

「そやそや！」〆子もそれに賛成した。

「ええ人があんまり奇麗にしてやろうとおもたんやろ」と、長さんも口を出した。

「よかった、なァ」と、京八はわざと嬉しそうに手を叩いた。

「へーえ」と、入口の外で女中が返事をした。

「違いまッせ、コッちゃのことやし」と、愛助が向うへうち消して、こちらでわざとらしくふき出した。

京八は首をすくめて、定さんににッと笑って見せた。定さんも苦《にが》そうにだが、にッこりした。そして、ぷんと鼻さきへにおって来る薬のにおいを、却って香水か何ぞのようにやさしいものと感じて、そのにおいの主《ぬし》となら、この痛みを分けて、一緒に死んで貰ってもいいと云う気になった。

「痛《いと》おまッか」と云って、やわらかい手を肩に置かれた時、渠の姉よりも別嬪《べっぴん》と思え

た顔を下からじッと見詰めて、涙に目をしょぼつかせながら、それでもかぶりを振った。

九

外《ほか》からも、二三ヶ所三味や歌の声が聴えている。

明け放った広間へは、さッといい風が這入って来た。

「おう、ええ風や、なァ」と云って、京八が定さんのそばを立った時は、再び皆のもの歌さわぎが初まっていた。

渠の好きな子までが浮かれ出して、松さんの踊るかッぽれに合わせて、「沖の暗いのに、サッサ」などとやっている。

定さんも寂しい気がまた一しお引き立って来た。手をあたまから放して起きようとしたが、重い石で押さえられているようなので、再び枕の上に肱枕をした。

「どないせい、死ぬのんや。死ぬのんなら、うちの者を呼んで叱《しか》られるよか、こッそり思い切り楽しんで、跡の勘定《かんじょう》だけをうちの者にさせたかてええ。」

こう考えては見たが、渠をそそる楽しみとは歌でもない。酒を飲みたいのでもない。

松さん等のさわぎがどこか遠くの方で聴えるような気持ちになって来た時、定さんには電燈で明るいが然しひッそりした小間《こま》で——而《しか》も呼べば直ぐ母も姉も来るような安全な、然しひッそりした小間で——好きな女の膝に抱かれて、自分の死んで行くそのありさまが浮んでいた。

が、それも暫時《ざんじ》のことで、渠が実際の痛みを堪《こら》える為めに目を堅くつぶっているのをおぼえると、

「おい、ぼんち」と云う松さんの声が最も近くにして、「不景気に何《なん》じゃい？　ちょっとお出《い》なはれ、相談がある。」

定さんはふらふらするからだを踏みこたえて、松さんについて、広間の人々の返り見る視線の範囲を出た。そして便所への道の廊下に立った。

「どないするのんや、寝てばッかりいよって？」

「……」青い顔に、ただ口びるのさきをとがらせて顫《ふる》わせながら、松さんの酔いの出切った赤い顔を見詰めた。

「帰る云うたかて、もう電車がありゃへんで。」

「わたいかて、帰る気やない」と、不平たッぷりにまた口をとがらせた。

「それで占《し》めたもんや」と云う風にほくそ笑みて、松さんは低い声をつづけた。「ほ

て、女子《おなご》はどないしよう？」

「そう来てこそ順当や」と心に云わせて、定さんは全く得意になった。そして自分の女を撰べと云うことだと合点した。でも、特に低い声をして、云いにくそうに答えた。

「あの――さッきに――帰った子がええ。」

「ひえー」と、松さんはあきれてわざと跡ずさりした。「まだそないなこと聴いてやへん。あの、なァ、芸子を往《い》なそか？　じゃこ寝さそか？　それとも、来とるのなり、別なのなりを皆で別々に取ろか？　それを相談するのんや。」

「わたい、知りまへんが、な、そないなこと。」

「ぷッ」と、松さんは堪《こら》え兼て、押えていた笑いを吹き出した。そして広間の入り口へ行って首を突き出し、「おい、ぼんちや勘七さんに惚れてやはる！」

「うそや、うそや！」定さんはわれ知らず入り口から飛び込んだ、その背の高いからだをつッ立てた。そして酒の酔いが加わって一しお痛むあたまを両手でかかえながら、胸に溢れる恥しさを真顔《まがお》になって胡魔化した。「そないなこと云やへん。」

愛助は〆子と顔を見合わせて、冷笑し合った。

「まァ、きなはれ。」松さんは今度は定さんの手をぐッと引いて、つれ出した。

「人気役者は矢張り違いまん、なァ。」定さん等二人に聴えるのを憚《はばか》らず、〆子がここにいない朋輩を羨むようにこう云ったのには答えないで、愛助は笑いながら叫んだ。

「わたいではどうだす、お乳をたんと飲ませてあげまッせ。」

「は、は」と、繁さんは笑った。

「ちち、ははだん、なァ」と、また京八の口合いだ。そして首をすくめて、「わたいかて、どうだす?」

「みな、あのぼんちの散財だッか?」愛助は生真面目になって長さんに聴いた。

「ぼんちが玉突きに負けたおごりや。」

「負けた上に、又散財だッかい、な——ええぼんちやのんに、なァ。」

こんな話が聴えるのをすべて冷かしだと見て、定さんは聴かないふりをしながらも、困ったことを云ってしまったと思った。そして大きな目を見ひらいて、相手をただ見つめていた。

「あの子は、なァ」と、松さんも真面目腐って、「わたいの聴いたところでは、毎晩旦那があって、あかんのやそうや。」

「ほたら、もう、ええ」と云い切った。そして今の失敗を回復したような気がして、元の場所へ戻り、またどたりと身を横になげた。何だか松さん等が黙って勘七を帰したのがうらめしい。かの女《じょ》が行けなければ、京八をと云う下心がって、一刻も早く楽にこのからだを介抱して貰いたい外、何も願うところがない。が、この場合、何ごとでも云い出せばまた失敗を重ねるかも知れないので、尋常にあたまが痛むから早く死の床へ入れて呉れいとさえ口に出せなくなった。そしてぶり返して来たように痛む痛みを堪《こら》える為めに、床の間の方へ寝返りして、胸の中では独りあせって、

「やけ糞や、このままここで死んだれ」と云う無言の叫びをあげた。

一〇

「ほたら、もう、帰りまひょか?」長さんは先ず興ざめた声を出した。定さんが御機嫌を失ったと見たようすだ。

「電車がおまッかいな?」繁さんは進まなさそうだ。

「もう、大阪《おさか》へはおまへんが、な。」こう云って、愛助は落ち付きを失って来たのを隠して、細い銀煙管《ぎんぎせる》で煙草の火をつけている。

「何のこッちゃい、わたいにはわけが分《わか》らん。」松さんも皆の不興に釣り込まれて、

「ぼんちも男やないか、一旦はずむ云うたら――」

「はずんでるやないか」と、定さんは後ろ向きのまま口をとがらせた声でこぼした。

「けど、わたいは大怪我《おおけが》をしたのんや。」

「怪我したもんが、勘七でもないやないか？　ぼんちはわが勝手ばかり云うて、――来《き》やへんもんは無理やないか？」

「無理やない」と云って、こちらへ勢いよく向き直り、「ほたら、松さんに怪我人の世話がでけまッか？」

「わたい、看護婦やおまへん。」

男も女も一度期《どき》にわッと笑った。定さんはまた反対に寝返りして、

「笑いたい人はもッと笑いなはれ！」

「ほたら」と、松さんは定さんの機嫌を取るように優しくなった。

「どないしよ云うのんや？」

「あんた等は勝手にしなはれ、わたい医者を呼んで貰いまひょ。」

「医者！」松さんは今更らのように驚いたが、他の友人に気の進まない相談をかけた。

「ほたら、医者を呼んでもろて、――わたい等は皆でじゃこ寝しまひょか？」

「さァ」と、長さんが確答しかねたのを見て、

「なんの、お銭《あし》の心配は入りやへん――どッちゃ道《みち》、ぼんちの持ちにしまッさ。」

「それもよろしゅおまッしゃろが、なァ」と、繁さんもどッち付かずの様子だ。

「君も、お銭《あし》の心配は入りやへんで。」

「けど、なァ」と、長さんがそれを受けて、「ぼんちの工合が分らんと——?」

「そやさかい、医者を呼んで貰う云うてるやないか?」

「呼んで見てから、また相談したらどうや?」長さんはなお心がもじ付いていた。

「ほたら、この人達に済まんやないか?」こう云って松さんは芸者の方を返り見て、

「あんた等の都合はどうや、な? たとえ十二時過ぎてからの線香代は、わたい等で受け持つことになっても、あんた等には割前はかけまへんで。」

「どうも恐れ入ります」と、愛助は松さんの冗談を受け流して、他の子どもの顔を見た。そして暫く目話しをしていたが、誰もどうと口に出すものがなかったので、かの女がまた代表者のようになって答えた。「さしつかえない子だけは、なァ。」

「そりゃ、さしつかえたら仕ようがおまへん——京八さんはどう?

「さァ——」

「さァ」と、松さんもかの女の返事を真似して、興ざめた座をつくろいながら、「〆子はんはどうや?」

「さァ——」

「こりゃ、あかん。」松さんはてれ隠しにあたまを抱《かか》えた。すると、愛助が、

「ぼんちの真似だッか？」

男達はそれにつれて煮え切れない笑いを挙げた。

そこへお菊が出て来て、京八を貰って行くことになった。かの女は丁度よかったと云う風で身がまえを初め、他の皆に挨拶してから、定さんの背中のところで腰を下げ、渠《かれ》の顔をのぞくようにして、

「ぼんち、さいなら。」

「……」

「さいなら——おこッてやはるのんや。」

「おこッてやへん、いてて欲しいのんや」と答えたかったのだが、定さんは言葉に出しかねた。そしてこのまま死んだら、あれにもこれにも、二度と再び逢うことが出来ないのに——「おって呉れたらええのんに、なァ」と云う訴えが私《ひそ》かに胸一杯になった。

「今夜死ぬ。きッと死ぬ。せめて死ぬまでいてて呉れ！」こう喉《のど》もとまでは来ても、声に出せなかった。そして自分のからだが独りぼッちの寂しい闇に圧搾せられて、その結果としての如く、目から自然に、とめ度なく、涙がほと走った。

そして、心の奥まで浸み込んだヨードのにおいと涼しい声の足音とを追って耳をこ

ッそりそば立てながら、自分の家は何でも不自由のない大商人だと云うことが、この場合、女どもに認められていないのを絶望的に残念がった。一言耳うちして呉れたらいいではないか？　金はいくらでも貰ってやるから、一晩だけとまれ。一晩でこの男は死ぬのだから、と。

思いやりのない友人達だ。なァー自分に容易《たやす》く女を与えてやると約束したのは初めからうそで、ただそんなことを出《だ》しにして、おのれ等の勝手な飲み喰いをしようが為めに、自分を怪我させてまでここまで引ッ張って来たのだろうと云う恨みと失望とが、心のうちで段々太いあたまをもち上げて来た。

同時に、またこう云う疑いが起った——芸子と云う者は、皆の云う通り、慾でその身を売るのではないか？　今晩に限り、そうした様子が見えないのは、松さん等のような風体《ふうてい》の悪い人間と一緒に来たのでか知らん？

「何にせい、賑わしい夢のように一緒に来とったかて、順々に影のように消えて行くのんや——それも、美くしい方から」と考えると、もう黙ってばかりいられなくなった。

「さいなら」と、また例の涼しい声が遠くの方で響くのが聴えた。すると、定さんの目の前には、はッきりと、先刻這入《はい》って来た時の、この家の門前門内の様子が見えた。さッさと帰って行く奥さん風の芸子――庭掃除や下駄番の男衆――多くの女中――その中から、最もいいにおいのしたお菊――最初に帰ってしまった薄桃色の芸子――赤い色――ヨードホルム――「さいなら、おこッてやはるのんや。」

こう云う影や言葉などが、その瞬間に一度期に定さんを襲って、渠の神経を高ぶらせた。渠の全身には、あたまの痛みと同志打ちをする、何だか知れない強い力が遠慮なく勃興《ぼっこう》した。そして、恥かしみの薄らいだ脇腹《わきばら》の間から、

「どないな女子でもええ」と云う声が出た。この時、愛助がわざとさり気ないふりをして、

「もう、十二時だッせ――わたい等はどないしまひょ?」

「そや、なァ」と、松さんが受けて、「どうや、ぼんち?」

「……」定さんは、それでも、暫く返事が出来なかった。が、これを最後に芸子どもがみな帰ってしまうのでは困る。胸がただどぎまぎした。渠はあたまから手を離し、思い切って皆の方へ寝返りした。そして、松さんが畳の上で愛助のそばにあぐらをかいて、こちらを見ているのに尋ねた、「じゃこ寝たら、何だす?」

「わッ、はッ、は」と、繁さんと長さんとは椽《えん》がわでまだ膳に向っていながら、一度

に笑った。二人とも箸を持ったままで、こちらを見ていた。
「何がおかしい——いやしい奴《やつ》ちゃ、なァ」と、定さんは心で云ったが、おもてには
ただいやな顔をした。
「あの、なァ」と、松さんはほほえみながら、小学校の先生を思い出させるような口
調で、「皆と、なァ、芸子はんも一緒に並んで寝るのんや、——但し、なァ、手も足
も出すべからずだッせ。」
「結《ゆ》わえときまほかい、なァ。」愛助が無駄な口を出したのにつれて、〆子も亦《また》笑い
ながら、
「わたい等の方が結わえられたら往生や、なァ。」
「そないな詰らんこと置きまひょ！」
「は、は、は、は」と、他の皆が揃って笑いを挙げた。

一一

定さんは皆が自分を馬鹿にしているのだと見て、ぷりぷり怒った。そしてそれを反
省して見る余裕もないほど、あたまの痛みが辛抱し切れなくなって来た。想像にせよ、

うその影にせよ、それが目の前にちらついて、隠れた慾望をそそって呉れる間は、何となく痛みのもたせ柱があるようであったが、その柱も亦渠のあたまにぶつかった柱であったのが溜らなく残念だ。

「二重の衝突！」こう云う考えに思い及んだ時、定さんの女に対する情が全くあたまの痛みに変って、腹のどん底まで通って、からだ中を煮えくり返す。そして、一座が互いに興ざめて黙っている広間を、あたまをしッかり両手で抱いたまま、ころげ廻って泣き叫んだ。

「医者を呼んで呉れ！　医者を呼んで呉れ！」

松さん等は渠を少しでも落ち付かせようと努めて、酒の酔いは全くそこ退《の》けになってしまった。

芸者どもはまた魂消《たまげ》てしまって、皆そこそこに引きさがった。

碁を打ちに行ってまだ帰らないと云う医者を探し当てて、店のものが連れて来た。そしてそれに病人の云う通りあたまのいやに張れぼッたい容態を云って、よく診察して貰うと、

「もう、手後れやさかい」と独り言のように云って、顔を青ざめて、病人の寝かされている小部屋を出て行った。

それでも、皆は医者が何か取りに行ったのだろうと思った。で、定さんのまわりを取りまいている友人や、店のかみさんや、お菊、その他の女中は、心配の余り、別に言葉を出さないでいた。

「うん、うん」とばかり、定さんは呻《うな》っている。

やがて医者が手に持って来たコップの物を定さんに飲ませた。が、定さんは半分ばかり飲んでからそれをつッ返し、苦しそうな声で、

「水は――入らん――薬を」と云った。

医者はこの言葉を聴いておののき顫《ふる》えた。が、それをまぎらせる為めに、そのしがめ顔に苦い笑を帯びて、かみさんを見あげた。かみさんは、膝を突いてのしあがりながら、そこで窺《のぞ》いていたのである。かの女の心配そうな顔と渠の苦笑とがぶつかった時、渠は別に手当ての仕ようがないと弁解する口調で訴えた。

「あたまの鉢が砕けて、病人の云う通り、脳味噌が外に出てるようやさかい、なァ――」

「えッ！」かみさんは、腰をぬかしたようにべったりと坐わって、今更らの如く医者の顔を見詰めた。

「矢張りそれか、なァ」と、定さんには自分の想像しているところが事実らしくなっ

た。そしてしッかり目をつぶったまま、初めて実際に自分を危篤《きとく》だと考えた。そして、また、玉突のたッた三十点がいのち取りのゲームであったかも知れないことばかりを悔みに悔まないわけに行かなかった。「でも、人にただの水など飲ませて——こないなへぼ医者の云うことなどまだ分りゃへん」と云う心頼みもあった。そして、

「よう、まァ、その間辛抱でけた、なァ」と、医者がてれ隠しに感心して見せたのが幽《かす》かに聴えた。すると、お菊の声もした、

「きついぼんちや、なァ。」

「わたいかて、男や」と、定さんは訴えかけても口には出なかった。涙はほろほろと枕の上にこぼれた。そして、それを隠す力もなく、——今しがたまでのあまい夢の、赤い色や親しいにおいの名残りを思い浮べて見た。

「ぼんち」と、松さんが呼びかけて、「しッかりしてなはれや、大阪《おさか》へ電信も引いたんやし、ええ医者もおこすように云うたさかい、なァ。」

こう力づけられた時には、もう土地の無方針な医者もいなかった。多くの女中もいなかった。そしてそこにいるかみさんや友人等の顔も見えないほど、定さんは「死にとむない」ばかりの痛みと後悔とにもだえて、おのれの愚かであったことを責めた。

「馬鹿だ、なァ」と電車の隅から、あの時聴えた東京弁が憎いほど思い出された。誰

れに向っても助けを呼ぶことさえ、もう、手後れになったと云うような心細さに押し詰まった。

そして、はたからなだめ賺《すか》すものがあるのをかまわないで、ただ、頻りに、

「早う、姉さん——おかァはん——お父《とっ》さん」とばかり待ち受けていた。

ある女の生涯

島崎藤村

島崎藤村《しまざきとうそん》

一八七二―一九四三

長野県木曾・馬籠生まれ。明治学院卒業。在学中、戸川秋骨、馬場孤蝶らと交わり、西洋の文学思想に傾倒する。卒業後は巖本義治の知遇を得、「女学雑誌」に寄稿、二十歳の時、明治女学校高等科の英語科教師となる。その後、「文学界」に参加し、浪漫派詩人として、『若菜集』などを刊行。一八九九年、小諸義塾の教師として赴任。この時期、詩から散文へ移行、小説『破戒』の稿を起こす。一九〇五年、上京。自費出版した『破戒』が激賞され、三十代で文学的地位を確立した。一九三六年、日本ペンクラブ初代会長に就任、一九四〇年、帝国芸術院会員。主な著書に『家』『新生』『夜明け前』『千曲川のスケッチ』『ふるさと』などがある。

おげんはぐっすり寝て、朝の四時頃には自分の娘や小さな甥《おい》などの側に眼をさました。慣れない床、慣れない枕、慣れない蚊帳《かや》の内《なか》で、そんなに前後も知らずに深く眠られたというだけでも、おげんに取ってはめずらしかった。気の置けないものばかり——娘のお新に、婆やに、九つになる小さな甥まで入れると、都合四人も同じ蚊帳の内に枕を並べて寝たこともめずらしかった。

八月のことで、短か夜を寝惜むようなお新はまだよく眠って居た。おげんはそこに眠っている人形の側でも離れるようにして、自分の娘の側を離れた。蚊帳を出て、部屋の雨戸を一二枚ほど開けて見ると、夏の空は明けかかって居た。

「漸く来た。」

とおげんは独りでそれを言って見た。そこは地方によくあるような医院の一室で、遠い村々から来る患者を容れるための部屋になって居た。蜂谷という評判の好い田舎医者がそこを経営して居た。おげんが娘や甥を連れてそこへ来たのは自分の養生のためとは言え、普通の患者が病室に泊まったようにも自分を思って居なかったというのは、一つはおげんの亡くなった旦那がまだ達者でさかりの頃に少年の蜂谷を引取って、書生として世話したという縁故があったからで。

「前の日に思い立って、翌る日は家を出て来るような、そんな旦那衆のようなわけにいかすか。」

「そうとも。」

「そこは女だもの。俺《おれ》は半年も前から思い立って、漸くここまで来た。」

これは二人の人の会話のようであるが、おげんは一人でそれをやった。彼女の内部《なか》にはこんな独言《ひとりごと》を言う二人の人が居た。

おげんはもう年をとって、心細かった。彼女は嫁《とつ》いで行った小山の家の祖母《おばあ》さんの死を見送り、旦那と自分の間に出来た小山の相続人《あととり》でお新から言えば唯一人の兄にあたる実子の死を見送り、二年前には旦那の死をも見送った。彼女の周囲にあった親しい人達は、一人減り、二人減り、長年小山に出入してお家大事と勤めて呉れたような大番頭の二人までも早やこの世に居なかった。彼女は孤独で震えるように成ったばかりでなく、もう長いこと自分の身体に異状のあることをも感じて居た。彼女は娘のお新と共に――四十の歳まで結婚させることも出来ずに処女で通させて来たような唯一人の不幸なお新と共に最後の「隠れ家」を求めようとするより外にはもう何等の念慮《おもい》をも持たなかった。

このおげんが小山の家を出ようと思い立った頃は六十の歳だった。彼女は一日も手放しがたいものに思うお新を連れ、預り子の小さな甥を連れ、附添の婆やまで連れて、賑かに家を出て来たが、古い馴染《なじみ》の軒を離れる時には流石《さすが》に限りない感慨を覚えた。彼女はその昂奮を笑いに紛わして来た。「みんな、行って来るぞい。」その言葉を養子夫婦にも、奉公人一同にも残して置いて来た。彼女の真意では、しばらく蜂谷の医院に養生した上で、是非とも東京の空まではとこころざして居た。東京には長いこと彼女の見ない弟達が居たから。

蜂谷の医院は中央線の須原駅に近いところにあった。おげんの住慣れた町とは四里ほどの距離にあった。彼女が家を出る時の昂奮はその道のりを汽車で乗って来るまで続いて居たし、この医院に着いてもまだ続いていた。しかし日頃信頼する医者の許に一夜を送って、桑畠に続いた病室の庭の見える雨戸の間から、朝靄の中に鶏の声を聞きつけた時は、彼女もホッとした。小山の家のある町に比べたら、いくらかでも彼女自身の生れた村の方に近い、静かな田舎に身を置き得たという心地もした。今度の養生は仮令《たとえ》半年も前からおげんが思い立って居たこととは言え、一切から離れ得るような機会を彼女に与えた――長い年月の間暮して見た屋根の下からも、十年も旦那の留守居をして孤《ひと》りの閨《ねや》を守り通したことのある奥座敷からも、養子夫婦をはじめ奉公人まで家内一同膳を並べて食う楽みもなくなったような広いがらんとした台所からも。

「御新造さま、大分お早いなし。」

と言って婆やが声を掛けた頃は、お新までもおげんの側に集まった。

「お母さんは家に居ても彼様《ああ》だぞい。」とお新は婆やに言って見せた。「冬でも暗いうちから起きて、自分の部屋を掃除するやら、障子をばたばた言わせるやら。そんなに早く起きられては若いものが堪らんなんて、よく家の人に言われる。わたしは隣りの部屋でも、知らん顔をして寝て居るわいなし――ええええ、知らん顔をして。」

お新はこんな話をするにも面長な顔を婆やの方へ近く寄せて言った。

そこへ小さな甥の三吉が飛んでやって来た。前の日にこの医院へ来たばかりで種々《いろいろ》な眼についたものを一々おげんのところへ知らせに来るのも、この子供だ。蜂谷の庭に続いた桑畠を一丁も行けば木曽川で、そこには小山の家の近くで泳いだよりはずっと静かな水が流れて居ることなぞを知らせに来るのも、この子供だ。

「桑畠の向うの方が焼けて居たで。俺がなあ、真黒に焼けた跡を今見て来たぞい。」

こんなことを三吉が言出すと、お新は思わずその話に釣り込まれたという風で、

「ほんとに、昨日のようにびっくりしたことはない。お母さんがあんな危ないことをするんだもの。炭俵に火なぞをつけて、あんな垣根の方に投《ほう》ってやるんだもの。わたしは、はらはらして見て居たぞい——ほんとだぞい。」

お新はもう眼に一ぱい涙を溜めて居た。その力を籠めた言葉には年老いた母親を思うあわれさがあった。

「昨日は俺も見て居た。そうしたら、おばあさんがここのお医者さまに叱られて居るのさ。」

この三吉の子供らしい調子はお新をも婆やをも笑わせた。

「三吉や、その話はもうしないでお呉れ。」とおげんが言出した。「このおばあさんが悪かった。俺も馬鹿な——大方、気の迷いだらずが——昨日は恐ろしいものが俺の方へ責めて来るじゃないかよ。汽車に乗ると、そいつが俺に随いて来て、ここの蜂谷さんの家の垣根の隅にまで隠れて俺の方を狙ってる。さあ、責めるなら責めて来いッて、俺も堪らんから火のついた炭俵を投げつけてやったよ。もうあんな恐ろしいものは居ないから、安心しよや。もうもう大丈夫だ。ゆうべは俺もよく寝られたし、御霊《みたま》さまは皆を守って居て下さるし、今朝は近頃にない気分が清々《せいせい》とした。」

おげんは自分を笑うようにして、両手を膝の上に置きながらホッと一つ息を吐《つ》いた。おげんの話にはよく「御霊さま」が出た。これはおげんがまだ若い娘の頃に、国学や神道に熱心な父親からの感化であった。お新は母親の機嫌の好いのを嬉しく思うという風で、婆やと三吉の顔を見比べて置いて、それから好きな煙草を引きよせて居た。

その朝から三吉はおげんの側で楽しい暑中休暇を送ろうとして朝飯でも済むと復《ま》た直ぐに屋外《そと》に飛び出して行ったが、この小さな甥の子供心に言ったことはおげんの身に徹《こた》えた。彼女は家の方に居た時分、妙に家の人達から警戒されて、刃物という刃物は鋏から剃刀まで隠されたと気づいたことがよくある。年をとったおげんがつくづくこの世の冷たさを思い知ったのは、そういう時だった。その度に彼女は悲しさや腹立しさが胸一ぱいに込み上げて来て、わざわざ養子夫婦のいやがるように仕向けて見たこともある。時には白いハンケチで鼠を造って、それを自分の頭の上に載せて、番頭から小僧まで集まった仕事場を驚かしたこともある。あんなことをして皆を笑わせた滑稽が、まだまだ自分の気の確かな証拠として役に立ったのか、「面白いおばあさんだ」として皆に迎えられたのか、そこまではおげんも言うことが出来なかった。兎《と》に角《かく》、この蜂谷の医院へ着いたばかりに桑畠を焼くような失策があって、三吉のような子供にまでそれを言われて見ると、いかに自分ばかり気の確かなつもりのおげんでも、これまで自分の為たことで養子夫婦を苦しめることが多かったと思わないわけにはいかなかった。

お新は髪を束ね直した後のさっぱりとした顔付で母の方へ来た。その時、おげんは娘に言いつけて、お新が使った後の鏡を自分の方へ持って来させた。

「お父さんが亡くなってから、お母さんは一度も鏡を見ない。今日は蜂谷さんにもよく診察して貰うで、久しぶりでお母さんも鏡を見るわい。」

おげんは親しげに自分のことを娘に言って見せて、お新がそこへ持って来た鏡に向おうとした。ふと、死別れてから何十年になるかと思われるようなおげんの父親のことが彼女の胸に来た。おげんの手はかすかに震えて来た。彼女の父親は晩年を暗い座敷牢に送った人であったから。

「ふーん。」

思わずおげんは唸《うな》るような声を出して自分の姿に見入った。彼女が心ひそかに映ることを恐れたような父親の面影のかわりに、信じ難いほど変り果てた彼女自身がその鏡の中に居た。

「えらい年寄になったものだぞ。」

とおげんは自分ながら感心したように言って、若かった日に鏡に向ったと同じ手付で自分の眉のあたりを幾度となく撫で柔げて見た。

「ひどいものじゃないかや。何だか自分の顔のような気もしないよ。」

とまたおげんは言って、鏡を娘の方へ押しやった後でも嘆息した。

「ふーんのようなことだ。」

とお新もそこへ笑いころげた。

静かな日がそれから続くようになった。蜂谷の医院に来て泊って居る他の患者達のことに就いても、一番早くいろいろな報告をもって来て、おげんの部屋を賑かすのは小さな甥だった。三吉が小山の家の方から通って居る同じ学校の先生で、夏休みを機会に鼻の療治を受けに来て居る人があると、三吉は直ぐそれを知らせにおげんのところへ飛んで来るし、あわれげな唖の小娘を連れて遠い山家の方から医院に着いた夫婦があると、それも知らせに飛んで来た。おげんはこの小さな甥やお新に誘われて木曾川の岸の岩石の間に時を送りに行って来ることもあった。夏らしい日あたりや、影や、時の物の茄子《なす》でも漬けて在院中の慰みとするに好いような沢山な円い小石がその川岸にあった。あの小山の家の方で、墓参りより外《そと》にめったに屋外に出たことのないようなおげんに取っては、その川岸は胸一ぱいに好い空気を呼吸することの出来る場所であり、透きとおるような冷い水に素足を浸して見ることも出来る場所であった。おげんがその川岸から拾い集めた小石で茄子なぞを漬けることを楽みに思ったのは、お新や三吉や婆やを悦ばせたいばかりでなく、その好い色に漬かったやつを同じ医院の患者仲間に、鼻の悪い学校の先生にも、唖の娘を抱いた夫婦者にも振舞いたいからであった。彼女はパンを焼くことなぞも上手で、そういうことは好きでよくした。在院中の慰みの一つは、その家から提げさせて来た道具で、小さな甥のために三時がわりのパンを焼くことであった。三吉はまた大悦びで、おばあさんが手製のふかしたてのパンを患者仲間の居る部屋部屋へ配りに行くこともあった。

おげんが過ぎ去った年月のことをしみじみ胸に浮べることの出来たのも、この静かな医院に移ってからであった。部屋に居て聞くと、よく蛙が鳴いた。昼間でも鳴いた。その声は男ざかりの時分の旦那の方へも、遠い旅から年をとって帰って来た旦那の方へもおげんの心を誘った。彼女が小山の家を出ようと思い立ったのは、必ずしも老年の今日に始まったことではなかった。旦那も達者、彼女もまだ達者で女のさかりの頃に、一度ならず二度ならず既にその事があった。旦那くらい好い性質の人で、旦那くらい又、女のことに弱い人もめずらしかった、旦那が一旗揚げると言って、この地方から東京に出て家を持ったのは、あれは旦那が二十代に当時流行の猟虎《らっこ》の毛皮の帽子を冠った頃だ。まだお新も生れないくらいの前のことだ。あの頃にもう旦那の関係した芸者は幾人となくあって、その一人に旦那の子が生れた。おげんがそれを自分の手で始末しないばかりに心配して、旦那の行末の楽みに再びこの地方へと引揚げて来た頃は、さすが旦那にも謹慎と後悔の色が見えた。旦那の東京生活は結局失敗で、そのまま古い小山の家へ入ることは留守居の大番頭に対しても出来なかった。旦那が少年の蜂谷を書生として世話したのも、しばらくこの地方へ居て教員生活をした時代だった。旦那がある酌婦に関係の出来たのもその時代だ。その時におげんは旦那の頼みがたさをつくづく思い知って、失望のあまり家を出ようとしたが、それを果さなかった。正直で昔気質《むかしかたぎ》な大番頭等へも詫の叶う時が来た。二度目に旦那が小山の家の大黒柱の下に坐った頃は、旦那の一番働けた時代であり、それだけまた得意な時代でもあった。地方の人の信用は旦那の身に集まるばかりであった。交際も広く、金廻りもよく、おまけに人並すぐれて唄う声のすずしい旦那は次第に茶屋酒を飲み慣れて、土地の芸者と関係するようになった。旦那が自分の知らない子の父となったと聞いた時は、おげんは復たかと思った。その時もおげんは家を出る決心までして、東京の方に集まって居る親戚の家を訪ねに行ったこともあったが、人の諫めに思い直して国へと引返した。あれほどおげんは頼み甲斐のない旦那から踏みにじられたように思いながらも、自分の前に手をついて平あやまりにあやまる旦那を眼前《めのまえ》に見、やさしい声の一つも耳に聞くと、つい何もかも忘れて旦那を許す気にもなった。おげんが年若な倅《せがれ》の利発さに望みをかけ、温順《おとな》しいお新の成長をも楽みにして、あの二人の子によって旦那の不品行を忘れよう忘れようとつとめるように成ったのも、あの再度の家出をあきらめた頃からであった。

そこまで思いつづけて行くと、おげんは独りで茫然とした。それからの彼女が自分の側に見つけたものは、次第に父に似て行く兄の方の子であり、まだこの世へも生れて来ないうちから父によって傷けられた妹の方の子であったから。

回想はある都会風の二階座敷の方へおげんの心を連れて行って見せた。おげんの弟が二人も居る。おげんの倅が居る。倅の娵《よめ》も居る。その娵は皆の話の仲間入をしようとして女持の細い煙管《きせる》なぞを取出しつつある。二階の欄《てすり》のところには東京を見物顔なお新も居る。そこはおげんの倅が東京の方に持った家で、夏らしい二階座敷から隅田川の水も見えた。おげんが国からお新を連れてあの家を見に行った頃は、旦那はもう疾《とっ》くにおげんの側に居なかった。家も捨て、妻も捨て、子も捨て、不義理のあるたけを後に残して行く時の旦那の道連には若い芸者が一人あったとも聞いたが、その音信不通の旦那の在所《ありか》が何年か後に遠いところから知れて来て、僅かに手紙の往復があるようになったのも、丁度その頃だ。おげんが旦那を待ち暮す心はその頃になっても変らなかった。機会さえあらば、何処かの温泉地でなりと旦那を見、お新にも逢わせ、どうかして旦那の心をもう一度以前の妻子の方へ引きかえさせたい。その下心でおげんは東京の地を踏んだが、あの倅の家の二階で二人の弟の顔を見比べ、倅夫婦の顔を見比べたときは、おげんは空しく国へ引返すより外に仕方がないと思った。二番目の弟の口の悪いのも畢竟《つまり》姉を思って呉れるからではあったろうが、しまいにはおげんの方でも耐《こら》えきれなくなって、「そう後家、後家と言って貰うまいぞや」と言い返して見せたのも、あの二階だ。そうしたら弟の言草は、「この婆《ばば》サも、まだこれで色気がある」と。あまり憎い口を弟がきくから、「あるぞい――うん、ある、ある、」そう言っておげんは皆に別れを告げて来た。待っても、待っても、旦那はあれから帰って来なかった。国の方で留守居するおげんが朝夕の友と言えば、旦那の置いて行った机、旦那の置いて行った部屋、旦那のことを思い二人の子のことを思えば濡れない晩はなかったような冷い閨の枕――

回想は又、広い台所の炉辺《ろばた》の方へもおげんの心を連れて行って見せた。高い天井からは炉の上に釣るした煤けた自在鍵がある。炉に焚く火はあかあかと燃えて、台所の障子にも柱にも映って居る。いそいそと立働くお新が居る。下女が居る。養子も改まった顔付で奥座敷と台所の間を往ったり来たりして居る。時々覗きに来る三吉も居る。

そこへおげんの三番目の弟に連れられて、しょんぼりと表口から入って来た人がある。この人が十年も他郷で流浪した揚句に、遠く自分の生れた家の方を指して、年をとってから帰って来たおげんの旦那だ。弟は養子の前にも旦那を連れて御辞儀に行き、おげんの前へも御辞儀に来た。その頃は伜はもうこの世に居なかった。到頭旦那も伜の死目に逢わずじまいであったのだ。伜の娵も暇を取って行った。「御霊《みたま》さま」はまだ自分等と一緒に居て下さるとおげんが思ったのは、旦那にお新を逢わせることの出来た時だった。けれども、これほどのおげんの悦びもそう長くは続かなかった。持って生れた旦那の性分はいくつに成っても変らなかった。旦那が再び自分の生れた家の門を潜る時は、日が暮れてからでなければそれが潜れなかった。そんな思いまでして帰って来た旦那でも、だんだん席が温まって来る頃には茶屋酒の味を思出して、復た若い芸者に関係したという噂がおげんの耳にまで入るようになった。旦那は人の好い性質と、女に弱いところを最後まで持ちつづけて亡くなった。遠い先祖の代からあるという古い襖も慰みの一つとして、女の臥たり起きたりする場所ときまって居たような深い窓に、おげんは茫然とした自分を見つけることがよくあった。

考えまい、考えまいと思いながら、おげんは考えつづけた。彼女は旦那の生前に、自分がもっと旦那の酒の相手でもして、唄の一つも歌えるような女であったなら、旦那もあれほどの放蕩はしないで済んだろうか、と思い出して見た。おげんはこんなことも考えた。彼女と旦那の間に出来たお新は、幼い時分に二階の階段《はしごだん》から落ちて、ひどく脳を打って、それからあんな発育の後れたものに成ったとは、これまで彼女が家の人達にも、親戚にも、誰に向ってもそういう風にばかり話して来たが、実はあの不幸な娘のこの世に生れ落ちる日から最早ああいう運命の下にあったとは、旦那だけは思い当ることもあったろうと。それればかりではない。彼女自身にも人には言えない深傷《ふかで》を負わせられて居た。彼女は長い骨の折れた旦那の留守をした頃に、倅の娵《よめ》としばらく一緒に暮した月日のことを思出した。その時は倅が側に居なかったばかりでなく、娵まで自分を置いて倅の方へ一緒になりに行こうとする時であった。「俺はツマランよ」と彼女の方でそれを娵に言って見せて、別れて行く人の枕許でさんざん泣いたこともあった。「お母さん、そんなにぶらぶらしていらっしゃらないで、ほんとうにお医者さまに診て貰ったらどうです」と別れ際に慰めて呉れたのもあの娵だった。どうも自分の身体の具合が好くないと思い思いして、幾度となく温泉地行なぞを思い立ったのも、もうあの頃からだ。けれども彼女が根本からの治療を受けるために自分の身体を医者に診せることだけは避け避けしたのは、旦那の恥を明るみへ持出すに忍びなかったからで。見ず知らずの女達から旦那を通して伝染させられたような病毒のために、いつか自分の生命の根まで噛まれる日の来まいものでもない、とは考えたばかりでも恐ろしいことであった。

「蛙《かわず》が鳴いとる。」

と言って、三吉はおげんの側へ寄った。何時の間にか屋外《そと》へ飛出して行って、何時の間に帰って来て居るかと思われるようなのは、この遊びに夢中な子供だ。

「ほんに。」とおげんは甥というよりは孫のような三吉の顔を見て言った。「そう言えば三吉は何をして屋外で遊んで来たかや。」

「木曾川で泳いで来た。俺も大分うまく泳げるように成ったに。」

三吉は子供らしい手付で水を切る真似をして見せた。さもうまそうなその手付がおげんを笑わせた。

「東京の兄さん達も何処かで泳いで居るだらずかなあ。」

とまた三吉が思出したように言った。この子はおげんが三番目の弟の熊吉から預った子で、彼女が東京まで頼って行くつもりの弟もこの三吉の親に当って居た。

「どれ、そう温順《おとな》しくしておばあさんの側に遊んで居て呉れると、御褒美を一つ出さずば成るまいテ。」

と言いながらおげんは菓子を取出して来て、それを三吉に分け、そこへ顔を見せたお新の前へも持って行った。

「へえ、姉さんにも御褒美。」

斯うおげんが娘に言う時の調子には、まだほんの子供にでも言うような母親らしさがあった。

「蛙がよく鳴くに。」とその時、お新も耳を澄まして言った。「昼間鳴くのは、何だか寂しいものだなあし。」

「三吉や、お前はあの口真似をするのが上手だが、このおばあさんも一つやって見せずか。どうしておばあさんだって、三吉には負けんぞい。」

子供を前に置いて、おげんは蛙の鳴声なぞを真似して見せて戯れるうちに、何時の間にか彼女の心は本物の蛙の声の方へ行った。何処かの田圃の方からでも伝わって来るような、さかんな繁殖の声は人に迫るように聞えるばかりでなく、医院の庭に見える深い草木の感じまでが憂鬱で悩ましかった。

「何だか俺はほんとに狂《きちがい》にでも成りそうだ。」

とおげんは半分串談《じようだん》のように独りでそんなことを言って見た。耳に聞く蛙の声はややもすると彼女の父親の方へ――あの父親が晩年の月日を送った暗い座敷牢の格子の方へ彼女の心を誘った。おげんは姉弟中《きようだい》で一番父親に似て居るとも言われた。そんなことまでが平素から気になって居た。どうして四十になっても独り立ちの出来ないような不幸な娘を連れて居て――それを思うと、おげんは自分を笑いたかった。彼女はそこに置いてある火鉢から細い真鍮の火箸を取って見て、曲げるつもりもなくそれを弓なりに折り曲げた。

「おばあさん――またここのお医者さまに怒られるぞい。」

と三吉は言って、不思議そうにおげんの顔を見て居たが、やがて子供らしく笑い出した。斯ういう場合に側に居るものの顔を見比べて、母を庇護《かば》おうとするのは何時でもお新だった。

「三ちゃんにはかなわない。直ぐにああいうところへ眼をつけるで。」

とお新も笑いながら言って、母の曲げた火箸を元のように直そうとした。お新はそんなことをするにも、丁寧に、丁寧にとやった。

蜂谷の医院へ来てから三週間ばかり経つうちに、三吉は小山の家の方へ帰りたいと言出した。おげんは一日でも多く小さな甥を自分の手許に引留めて、「おばあさんの側が好い」と言って貰いたかったが、退屈した子供を奈何《どう》することも出来なかった。三吉は独りでも家の方へ帰れると言って、次の駅まで二里ばかりは汽車にも乗らずに歩いて行こうとした。この田舎育ちの子供が独りでぽつぽつ帰って行く日にはおげんはお新と二人で村はずれまで見送った。学校の生徒らしい夏帽子に土地風なカルサン穿きで、時々後方《うしろ》を振返り振返り県道に添って歩いて行く小さな甥の後姿は、おげんの眼に残った。

三吉が帰って行った後、にわかに医院の部屋もさびしかった。しかしおげんは久しぶりで東京の方に居る弟の熊吉に宛てた葉書を書く気になったほど、心持の好い日を迎えた。おげんは女らしい字を書いたが、兎角手が震えて、これまでめったに筆も持たなかった。書いて見れば、書けて、その弟にやる葉書を自分で眺めても、すこしも手の震えたような跡のないことは彼女の心にもうれしかった。九月を迎えるように成ってからは、一層心持の好い日が続いた。おげんは娘や婆やを相手にめずらしく楽しい時を送ったばかりでなく、時にはこの村にある旧い親戚の家なぞを訪ねて歩いた。どうやら一生の晩年の静かさがおげんの眼にも見えて来た。彼女はその静かさを山家へ早くやって来るような朝晩の冷《すず》しい雨にも、露を帯びた桑畠にも、医院の庭の日あたりにも見つけることが出来るように思って来た。

「婆や、ちょっと一円貸しとくれや。」

とある日、おげんは婆やに言った。附添として来た婆やは会計を預って居たので、おげんが毎日いくらかずつの小遣いを婆やにねだりねだりした。

「一円でいい。」

とまたおげんが手を出して言った。

婆やは小山の家に出入の者でひどくおげんの気に入って居たが、金銭上のことになるとそうそうおげんの言うなりにも成って居なかった。

「そう御新造さまのようにお小遣いを使わっせると、わたしがお家《うち》の方へ申し訳がないで。」

と婆やはきまりのようにそれを言って、渋々おげんの請求に応じた。

斯うした場合ほどおげんに取って、自分の弱点に触られるような気のすることはなかった。その度におげんは婆やが毎日まめまめとよく働いて呉れることも忘れて、腹立たしい調子になった。彼女はこの医院に来てから最早何程の小遣いを使ったとも、自分でそれを一寸言って見ることも出来なかった。

「お前達は、何でも俺が無暗とお金を使いからかすようなことを言う――」

斯うおげんは荒々しく言った。

お新と共に最後の「隠れ家」を求めようとするおげんの心は、ますます深いものと成って行った。彼女は自分でも金銭の勘定に拙いことや、それがまた自分の弱点だということを思わないではなかったが、しかしそれを奈何《いかん》ともすることが出来なかった。

唯、心細くばかりあった。いつまでも処女で年ばかり取って行くようなお新の前途が案じられてならなかった。お新は面長な顔かたちから背の高いところまで父親似で、長い眉のあたりなぞも父親にそっくりであった。おげんが自分の娘と対いあって坐って居る時は、亡くなった旦那と対いあって居る思いをさせた。しきりに旦那のことを恋しく思わせるのも、娘と二人で居る時だった。父としては子を傷け、夫としては妻を傷けて行ったようなあの放蕩な旦那が、どうしてこんなに恋しいかと思われるほど。

「ああああ、お新より外にもう自分を支える力はなくなってしまった。」

とおげんは独りで言って見て嘆息した。

九月らしい日の庭にあたって来た午後、おげんは病室風の長い廊下のところに居て、他人まかせな女の一生の早く通り過ぎて行ってしまうことなぞを胸に浮べて居た。そこへ院長蜂谷が庭づたいに歩いて来て、おげんを慰め顔に廊下のところへ腰掛けた。

「お嬢さんを見ると、先生のことを思出します。ほんとにお嬢さんは先生によく似てお出《いで》た。」

蜂谷はおげんの旦那のことを「先生、先生」と呼んで居た。

「蜂谷さん、あれももう四十女よなし。」とおげんは言って見せた。

「もうそうお成りですかいなあ。」と蜂谷も思出したように、「私が先生の御世話になった時分はお嬢さんもまだ一向におちいさかった。これまでにお育てになるのは、なかなかお大抵じゃない。」

「いえ、蜂谷さん、あれがあるばかりに私も持ちこたえられたようなものよなし。ほんとに、あれのお蔭だぞなし。あれは小さな時分からすこしも眼の放されないようなもので、それは危くて、危くて、「お新、こうしよや、ああしよや」ッて、一々私が指図だ。ゆっくりゆっくり私が話して聞かせると、そうするとあれにも分って、私の方で教えた通りになら出来る。なんでもああいう児には静かな手工のようなことが一番好いで、そこへ私も気がついたもんだで、それから私も根気に家の仕事の手伝いをさせて。えええ、手工風のことなら、あれも好きで為るわいなし。そのうちに、あなた、あれも女でしょう。あれが女になった時なぞは、どのくらい私も心配したか知れすか。」

「全く、これまでに成さるのは大抵じゃなかった。医者の方から考えても、お嬢さんのような方には手工が適して居ます。もうこれまでになされば、小山さんも御安心でしょう。」

「そこですテ。私があれに干瓢を剝かして見たことが有りましたわい。あれも剝きたいと言いますで。青い夕顔に、真魚板《まないた》に、庖丁と、斯うあれに渡したと思わっせれ。

ところが、あなた、あれはもう口をフウフウ言わせて見たり、薄く切って見たり、厚く切って見たり。この夕顔はおよそ何分ぐらいに切ったらいいか、そういうことに成るとまるであれには勘考がつかんぞなし。千瓢を剝くもいいが、手なぞを切って、危くて眼を放せすか。まあ、あれはそういうものだで、どうかして私ももっとあれの側に居て、自分で面倒を見てやりたいと思うわなし。ほんに、あれがなかったら——どうして、あなた、私も今日まで斯うして気を張って来られすか——蜂谷さんも御承知なあの小山の家のごたごたの中で、十年の留守居がどうして私のようなものに出来すか——」

思わずおげんは蜂谷を側に置いて、旧馴染にしか出来ないような話をした。何と言ってもお新のような娘を今日まで養い育てて来たことは、おげんが一生の仕事だった。話して見て、おげんは余分にその心持を引出された。

蜂谷は山家の人にしてもめずらしいほど長く延ばした鬚を、自分の懐中《ふところ》に仕舞うようにして、やがておげんの側を離れようとした。ふと、蜂谷は思いついたように、

「小山さん、医者稼業というやつは兎角忙しいばかりでして、思うようにも届きません。昨日から私も若いものを一人入れましたで。ええここの手伝いに。何かまた御用がありましたら、言付けてやって下さい。」

斯う言って、看護婦なぞの往ったり来たりする庭の向うの方から一人の男を連れて

来た。新たに医学校を卒業したばかりかと思われるような若者であった。蜂谷はその初々《ういうい》しく含羞《はにか》んだような若者をおげんの前まで連れて来た。

「小山さん、これが私のところへ手伝に来て呉れた人です。」

と蜂谷に言われて、おげんは一寸会釈したが、田舎医者の代診には過ぎたほど眼付のすずしい若者が彼女の眼に映った。

「好い男だわい。」

それを思うと、おげんは大急ぎでその廊下を離れて、馳け込むように自分の部屋に戻った。彼女は堅く堅く障子をしめ切って置いて、部屋に隠れた。

九月も末になる頃にはおげんはずっと気分が好かった。おげんは自分で考えても九分通りまでは好い身体の具合を恢復したと思って、それを蜂谷にも話し、お新や婆やにも話して悦んで貰うほどであった。そこでいよいよ彼女も東京行を思立った。「小山さん、小山さん」と言って大切にして呉れる蜂谷ほどには、蜂谷の細君の受けも好くなくて、ややもすると機嫌を損ね易いということも、一層おげんの心を東京へと急がせた。この東京行は、おげんに取って久しく見ない弟達を見る楽みがあり、その弟達に逢ってこれから将来の方針を相談する楽みがあった。彼女はしばらくお新を手放さねば成らなかった。三月ばかり世話になった婆やにも暇を告げねばならなかった。

東京までの見送りとしては、日頃からだの多忙《いそが》しい小山の養子の代りとして養子の兄にあたる人が家の方から来ることに成った。

出発の前夜には、おげんは一日も離れがたく思う娘の側に居て、二人で一緒に時を送った。

「お新や、二人で気楽に話さまいかや。お母さんは横に成るで、お前も勝手に足でもお延ばし。」

とおげんは言って、誰に遠慮もない小山の家の奥座敷に親子してよく寛《くつろ》いだ時のように、身体を横にして見、半ば身体を起しかけて見、時には畳の上に起き直《つ》って尻餅でも搗いたようにぐたりと腰を落して見た。そしてその度に、深い溜息を吐いた。

「わたしは好きな煙草にするわいなし。」

とお新は母親の側に居ながら、煙草の道具を引きよせた。女持の細い煙管《きせる》で煙草を吸いつけるお新の手付には、さすがに年齢《とし》の争われないものがあった。

「お新や、お母さんはこれから独りで東京へ行って来るで、お前は家の方でお留守居するだぞや。東京の叔父さん達とも相談した上で、お前を呼び寄せるで。よしか。お母さんの側が一番よからず。」

とおげんが言ったが、娘の方では答えなかった。お新の心は母親の言うことよりも、煙草の方にあるらしかった。

お新は母親のためにも煙草を吸いつけて、細く煙の出る煙管を母親の口に銜《くわ》えさせるほどの親しみを見せた。この表情はおげんを楽ませた。おげんは娘から勧められた煙管の吸口を軽く嚙み支えて、さもうまそうにそれを燻《ふか》した。子の愛に溺れ浸って居る斯の親しい感覚は自然とおげんの胸に亡くなった旦那のことをも喚《よ》び起した。妻として尊敬された無事な月日よりも、苦い嫉妬を味わせられた切ない月日の方に、より多く旦那のことを思出すとは。おげんはそんな夫婦の間の不思議な結びつきを考えて悩ましく思った。婆やが来てそこへ寝床を敷いて呉れる頃には、深い秋雨の戸の外を通り過ぎる音がした。その晩はおげんは娘と婆やと三人枕を並べて、夜遅くまで寝床の中でも話した。

翌日は小山の養子の兄が家の方からこの医院に着いた。いよいよみんなに暇乞いして停車場の方へ行く時が来て見ると、住慣れた家を離れるつもりであの小山の古い屋敷を出て来た時の心持がはっきりとおげんの胸に来た。その時こそ、おげんはほんとうに一切から離れて自分の最後の「隠れ家」を求めに行くような心地もして来た。お新と婆やは、どうせ同じ路を帰るのだからと言って、そこまで汽車で見送ろうとして呉れた。斯うして四人のものは停車場を立った。

汽車は二つばかり駅を通り過ぎた。二つ目の停車場ではお新も婆やもあわただしく車から降りた。

養子の兄はおげんに、

「小山の家の衆がみんな裏口へ出て待受けて居ますで、汽車の窓から挨拶さっせるがいい。」

斯う言った頃は、おげんの住慣れた田舎町の石を載せた板屋根が窓の外に動いて見えた。もう小山の墓のあたりまで来た、もう桑畠の崖の下まで来た、といううちに、高い石垣の上に並んだ人達からこちらを呼ぶ声が起った。家の裏口に出てカルサン穿きで挨拶する養子、帽子を振る三吉、番頭、小僧の店のものから女衆まで、殆んど一目におげんの立つ窓から見えた。

「おばあさん——おばあさん。」

と三吉が振って見せる帽子も見えなくなる頃は、小山の家の奥座敷の板屋根も、今の養子の苦心に成った土蔵の白壁も、瞬く間におげんの眼から消えた。汽車は黒い煙をところどころに残し、旧い駅路の破壊し尽された跡のような鉄道の線路に添うて、その町はずれをも離れた。

おげんはがっかりと窓際に腰掛けた。彼女は六十の歳になって浮浪を始めたような自己《おのれ》の姿を胸に描かずには居られなかった。しかし自分の長い結婚生活が結局女の破産に終ったとは考えたくなかった。小山から縁談があって嫁いで来た若い娘の日から、すくなくも彼女の力に出来るだけのことは為たと信じて居たからで。彼女は旦那の忘れ形見ともいうべきお新と共に、どうかしてもっと生甲斐のあることを探したいと心に思って居た。そんなことを遠い夢のように考えて、諏訪湖の先まで乗って行くうちに、汽車の中で日が暮れた。

おげんは養子の兄に助けられながら、その翌日久し振で東京に近い空を望んだ。新宿から品川行に乗換えて、あの停車場で降りてからも弟達の居るところまでは、別な車で坂道を上らなければならなかった。おげんはとぼとぼとした車夫の歩みを辻車の上から眺めながら、右に曲り左に曲りして登って行く坂道を半分夢のように辿った。

弟達――二番目の直次と三番目の熊吉とは同じ住居でおげんの上京を迎えて呉れた。おげんが心あてにして訪ねて行った熊吉はまだ外国の旅から帰ったばかりで、しばらく直次の家に同居する時であった。直次の家族は年寄から子供まで入れて六人もあった上に、熊吉の子供が二人も一緒に居たから、おげんは同行の養子の兄と共に可成《かなり》賑かなごちゃごちゃとしたところへ着いた。入れ替り立ち替りそこへ挨拶に来る親戚に逢って見ると、直次の養母はまだ達者で、頭の禿もつやつやとして居て、腰もそんなに曲って居るとは見えなかった。このおばあさんに続いて、襷《たすき》をはずしながら挨拶に来る直次の連合《つれあい》のおさだ、直次の娘なぞの後から、小さな甥が四人もおげんのところへ御辞儀に来た。

「どうも太郎や次郎の大きくなったのには、たまげた。三吉もよくお前さん達の噂をして居ますよ。あれも大きくなりましたよ。」

とおげんは熊吉の子供に言って、それから弟の居るところへ一緒に成った。

しばらく逢わずに居るうちに直次もめっきり年をとった。おげんは熊吉を見るのも何年振りかと思った。

「姉さんの旦那さんが亡くなったことも、私は旅に居て知りました。」

と熊吉は思出し顔に言ったが、そういう弟は五十五日も船に乗りつづけて遠いところから帰って来た人で、真黒に日に焼けて居た。

「ほんとに、小山の姉さんはお若い。もっとわたしはお年寄になっていらっしゃるかと思った。」

とそこへ来て言って、いろいろともてなして呉れるのは直次の連合であった。このおさだの言うことは御世辞にしても、おげんには嬉しかった。四人の小さな甥達はめずらしいおばあさんを迎えたという顔付で、かわるがわるそこへ覗きに来た。

おげんが養子の兄は無事に自分の役目を果したという顔付で、おげんの容体などを弟達に話して置いて間もなく直次の家を辞して行った。その晩から、おげんは直次の養母の側に窮屈な思いをして寝ることに成ったが、朝も暗いうちから起きつけた彼女は早くから眼が覚めてしまって、なかなか自分の娘の側に眠るようなわけにはいかなかった。静かに寝床の上で身動きもせずに居るような隣のおばあさんの側で枕もとの煙草盆を引きよせて、寝ながら一服吸うさえ彼女には気苦労であった。のみならず、上京して二日経ち、三日経ちしても、弟達はまだ彼女の相談に乗って呉れなかった。成程《なるほど》、弟達は久しぶりで姉弟《きようだい》三人一緒になったことを悦んで呉れ、姉の好きそうなものを用意しては食膳の上のことまで心配して呉れる。しかし肝心の相談となると首を傾《かし》げてしまって、唯々姉の様子を見ようとばかりして居た。おげんに言わせると、この弟達の煮え切らない態度は姉を侮辱するにも等しかった。彼女は小山の家の方の人達から鋏を隠されたり小刀を隠されたりしたことを切なく思ったばかりでなく、肉親の弟達からさえ用心深い眼で見られることを悲しく思った。何のための上京か。そんなことぐらいは言わなくたって分って居る、と彼女は思った。

到頭、おげんは弟達の居るところで、癇癪《かんしやく》を破裂させてしまった。

「こんなに多勢弟が揃って居ながら、姉一人を養えないとは――呆痴《たわけ》め。」

その時、おげんは部屋の隅に立ち上って、震えた。彼女は思わず自分の揚げた両手がある発作的の身振りに変って行くことを感じた。弟達は物も言わずに顔を見合せて居た。

「これは少しおかしかったわい。」

とおげんは自分に言って見て、熊吉の側に坐り直しながら、眩暈心地《めまいごこち》の通り過ぎるのを待った。金色に光った小さな魚の形が幾つとなく空《くう》なところに見えて、右からも左からも彼女の眼前《めのまえ》に乱れた。

こんなにおげんの激し易くなったことは、酷《ひど》く弟達を驚かしたかわりに、姉としての威厳を示す役にも立った。弟達が彼女のためにいろいろと相談に乗って呉れるように成ったのも、それからであった。彼女はまた何時の間にか一時の怒りを忘れて行った。

矢張り弟達は弟達で、自分のために心配して居て呉れると思うようにも成って行った。

ある日、おげんは熊吉に誘われて直次の家を出た。最早十月らしい東京の町の空がおげんの眼に映った。弟の子供達を悦ばせるような沢山な蜻蛉《とんぼ》が秋の空気の中を飛んで居た。熊吉が姉を連れて行って見せたところは、直次の家から半町ほどしか離れて居ないある小間物屋の二階座敷で、熊吉は自分用の仮の仕事部屋に一時そこを借りて居た。そこから食事の時や寝る時に直次の家の方へ通うことにしてあった。

「でも秋らしくなりましたね。駒形の家を思出しますね。」

と弟は言った。駒形の家とは、おげんの亡くなった倅が娵と一緒にしばらく住んだ家で、おげんに取っても思出の深いところであった。

「どうかすると私はまだ船にでも揺られて居るような気のすることも有りますよ。直さんの家の廊下が船の甲板で、あの廊下から見える空が海の空で、家ごと動いて居るような気のして来ることも有りますよ。」

とまた弟はおげんに言って見せて、更に言葉をつづけて、

「姉さんも今度出ていらしって見て、おおよそお解りでしょう。直さんの家でも骨の折れる時ですよ。それは倹約にして暮しても居ます。そういうことも想って見なけりゃ成りません。私も東京に自分の家でも見つけましたら、そりゃ姉さんに来て頂いてもようござんす。もう少し気分を落着けるようにして下さい。」

「落着けるにも、落着けないにも、俺は別に何処も悪くないで。」とおげんの方では答えた。「唯、何か斯う頭脳《あたま》の中に、一とこ引ッつかえたようなところが有って、そこさえ直れば外にもう何処も身体に悪いところはないで。」

「そうですかなあ。」

「俺を病人と思うのが、そもそも間違いだぞや。」

「なにしろ、あなたのところの養子もあの通りの働き手でしょう。あの養子を助けて、家の手伝いでもして、時には姉さんの好きな花でも植えて、余生を送るという気には成れないものですかなあ。」

「熊吉や、それは自分の娘でも満足な身体で、その娘に養子でもした人に言うことだぞや。あの旦那が亡くなってから、俺はもう小山の家に居る気もしなくなったよ。それに、お新のような娘を持って御覧。まあ俺のような親の身になって見て呉れよ。お前のとこの細君も、まだ達者で居る時分に、この俺に言ったことが有るぞや。「どんなに自分は子供が多勢あっても、自分の子供を人に呉れる気には成らない」ッて。それ見よ、女というものはそういうものだぞ。うん、そこだ――そこだ――それだによって、どんな小さな家でもいいから一軒東京に借りて貰って、俺はお新と二人で暮したいよ。お前は直次と二人で心配して呉れ。頼むに。月に三四十円もあったら俺は暮らせると思う。」

「そんなことで姉さんが遣って行けましょうか。姉さんはいくら有っても足りないような人じゃないんですか。」

「莫迦《ばか》こけ。お前までそんなことを言う。なんでもお前達は、俺が無暗とお金を使いからかすようなことを言う。俺に小さな家でも持たして御覧。いくら要らすか。」

「どっちにしても、あなたのところの養子にも心配させるが好うござんすサ。」

「お前はそんな暢気《のんき》なことを言うが、旦那が亡くなった時に俺はそう思った——俺はもう小山家に縁故の切れたものだと思った——」

おげんは弟の仕事部屋に来て、一緒にこんな話をしたが、直次の家の方へ帰って行く頃は妙に心細かった。今度の上京を機会に、もっと東京で養生して、その上で前途の方針を考えることにしたら。そういう弟の意見には従いかねて居た。熊吉は帰朝早々のいそがしさの中で、姉のために適当な医院を問合せて居ると言ったが、自分はそんな病人ではないとおげんは思った。彼女は年と共に口ざみしかったので、熊吉からねだった小遣《こづかい》で菓子を仕入れて、その袋を携えながら小さな甥達の側へ引返して行った。

「太郎も来いや。次郎も来いや。お前さん達があの三吉をいじめると、このおばあさんが承知せんぞい。」

とおげんは戯れて、町で買った甘い物を四人の子供に分け、自分でもさみしい時の慰みにした。

上京して一週間ばかりも経つうちに、おげんはあの蜂谷の医院で経験して来たと同じ心持を直次の家の方でも経験するように成った。「姉さん、姉さん」と直次が言って姉をいたわって呉れるほどには、直次の養母や、直次が連合のおさだの受けは何となく好くなかった。おげんは弟の連合が子供の育て方なぞを逐一よく見て、それを母親としての自分の苦心に思い比べようとした。多年の経験から来たその鋭い眼を家の台所にまで向けることは、あまりおさだに悦ばれなかった。

「姉さんはお料理のことでも何でもよく知っていらっしゃる。わたしも姉さんに教えて頂きたい。」

とおさだはよく言ったが、その度におさだの眼は光った。

台所は割合に広かった。裏の木戸口から物置の方へ通う空地は台所の前にもいくらかの余裕を見せ、冷々とした秋の空気がそこへも通って来て居た。おげんはその台所に居ながらでも朝顔の枯葉の黄ばみ残った隣家の垣根や、一方に続いた二階の屋根なぞを見ることが出来た。

「おさださん、わたしも一つお手伝いせず。」

とおげんはそこに立働く弟の連合に言った。秋の野菜の中でも新物の里芋なぞが出る頃で、おげんはあの里芋をうまく煮て、小山の家の人達を悦ばしたことを思出した。

その日のおげんは台所のしちりんの前に立ちながら、自分の料理の経験なぞをおさだに語り聞かせるほど好い機嫌でもあった。うまく煮て弟達をも悦ばせようと思うおげんと、倹約一方のおさだとでは、炭のつぎ方でも合わなかった。

おげんはやや昂奮を感じた。彼女は義理ある妹に炭のつぎ方を教えようという心が先で、

「ええ、とろくさい――私の言うようにして見さっせれ。」

斯う言ったが、しちりんの側にある長火箸の焼けて居るとも気付かなかった。彼女は摑ませるつもりもなく、熱い火箸をおさだに摑ませようとした。

「熱。」

とおさだは口走ったが、その時おさだの眼は眼面《まとも》におげんの方を射った。

「気違いめ。」

とその眼が非常に驚いたように物を言った。おさだは悲鳴を揚げないばかりにして自分の母親の方へ飛んで行った。何事かと部屋を出て見る直次の声もした。おげんは意外な結果に呆れて、皆なの居るところへ急いで行って見た。そこには母親に取縋《とりすが》って泣顔を埋《うず》めているおさだを見た。

「ナニ、何でもないぞや。俺の手が少し狂ったかも知れんが、おさださんに火傷《やけど》をさ

せるつもりでしたことでは無いで。」

とおげんは言って、直次の養母にもおさだにも詫びようとしたが、心の昂奮は隠せなかった。直次は笑い出した。

「大袈裟な真似をするない。あいつは俺の方へ飛んで来ないでお母さんの方へ飛んで行った。」

とおさだを叱るように言って、復た直次は隣近所にまで響けるような高い声で笑った。

夕方に、熊吉が用達《ようたし》から帰って来る迄、おげんは心の昂奮を沈めようとして、縁先から空の見える柱のところへ行って立ったり、庭の隅にある暗い山茶花《さざんか》の下を歩いて見たりした。年老いた身の寄せ場所もないような冷たく傷ましい心持が、親戚の厄介者として見られるような悲しみに混って、制《おさ》えても制えても彼女の胸の中に湧き上り湧き上りした。熊吉が来て、姉弟三人一緒に燈火《あかり》の映《あた》る食卓を囲んだ時になっても、おげんの昂奮はまだ続いて居た。

「今日は女同志の芝居があってね、お前の留守に大分面白かったよ。」

と直次は姉を前に置いて、熊吉にその日の出来事を話して無造作《むぞうさ》に笑った。そこへおさだは台所の方から手料理の皿に盛ったのを運んで来た。

おげんはおさだに、

「なあし、おさださん——喧嘩でも何でもないで。おさださんとはもうこの通り仲直りしたで。」

「ええええ、何でもありませんよ。」

とおさだの方でも事もなげに笑って、盆の上の皿を食卓へと移した。

「うん、田舎風の御馳走が来たぞ。や、こいつはうまからず。」

と直次も姉の前では懐しい国言葉を出して、うまそうな里芋を口に入れた。その晩はおげんは手が震えて、折角の馳走もろくに咽喉を通らなかった。

熊吉は黙し勝ちに食って居た。食後に、おげんは自分の側へ来て心配するように言う熊吉の低い声を聞いた。

「姉さん、私と一緒にいらっしゃい——今夜は小間物屋の二階の方へ泊りに行きましょう。」

おげんは点頭《うなず》いた。

暗い夜が来た。おげんは熊吉より後れて直次の家を出た。遠く青白く流れて居るような天の川も、星のすがたも、よくはおげんの眼に映らなかった。弟の仕事部屋に上って見ると、姉弟二人の寝道具が運ばさせてあって、おげんの分だけが寝るばかりに用意してあった。おげんは寝衣《ねまき》を着かえるが早いか、いきなりそこへ身を投げるようにして、その日あった出来事を思い出して見ては深い溜息を吐《つ》いた。

「熊吉――この俺が何と見える。」

とおげんは床の上に坐り直して言った。熊吉は机の前に坐りながら姉の方を見て、

「姉さんのようにそう昂奮しても仕方がないでしょう。それよりはゆっくりお休みなさい。」

「うんにゃ。この俺が何と見えるッて、それをお前に聞いて居るところだ。みんな寄ってたかって俺を気違い扱いにして。」

急に涙がおげんの胸に迫って来た。彼女は、老い痩せた手でそこにあった坊主枕を力まかせに打った。

「憚りながら――」とおげんはまた独りでやりだした。「御霊さまが居て、この年寄を守って居て下さるよ。そんな皆の思うようなものとは違うよ。たいもない。御霊さまはお新という娘をも守って居て下さる。この母が側に附いて居ても居なくても、守って居て下さる。――何の心配することが要らすか。どうかすると、この母の眼には、あの智慧の足りない娘が御霊さまに見えることもある――」

熊吉はしばらく姉を相手にしないで、言うことを言わせて置いたが、やがてまたお

げんの方を見て、

「姉さんも小山の家の方に居て、何か長い間に見つけたものは有りませんでしたか。姉さんもお父さんの娘でしょう。あのお父さんは歌を読みました。飛騨の山中でお父さんの読んだ歌には、なかなか好いのが有りますぜ。短い言葉で、不器用な言い廻しで、それでもお父さんの旅の悲しみなどがよく出て居ますよ。姉さんにもああいうことがあったら、そんなに苦しまずにも済むだろうかと思うんですが。」

「俺は歌は読まん。そのかわり若い時分からお父さんの側で、毎日のようにいろいろなことを教わった。聞いて見ろや、何でも俺は言って見せるに――何でも知ってるに――」

　次第に戸の外もひっそりとして来た。熊吉は姉を心配するような顔付で、おげんの寝床の側へ来て坐った。熊吉は黙って煙草ばかりふかして居た。おげんの内部《なか》に居る二人の人が何時の間にか頭を持上げた。その二人の人が問答を始めた。一人が何か独語《ひとりごと》を言えば、今一人がそれに相槌を打った。

「熊吉はどうした。熊吉は居ないか。」

「居る。」

「いや、居ない。」

「いや、居る。」

「あいつも化物《ばけもの》かも知れんぞ。」

「化物とは言って呉れた。」

「姉の気も知らないで、人を馬鹿にしてけつかって、そんなものが化物でなくて何だぞ。」

斯ういう二人の人は激しく相争うような調子にも成った。

「しッ――黙れ。」

「黙らん。」

「何故、黙らんか。」

「何故でも、黙らん――」

同じ人が裂けて、闘おうとした。生命の焔は恐ろしい力で燃え尽きて行くかのような勢を示した。おげんは自分で自分を制えようとしても、内部《なか》から内部からと押出して来るようなその力を奈何《どう》することも出来なかった。彼女はひどく嘆息して、そのうちに何か微吟して見ることを思いついた。ある謡曲の中の一くさりが胸に浮んで来ると、彼女は心覚えの文句を辿り辿り長く声を引いて、時には耳を澄まして自分の嘯《うそぶ》くような声に聞き入って、秋の夜の更けることも忘れた。

寝ぼけたような鶏の声がした。

「ホゥ、鶏が鳴くげな。鶏も眠られないと見えるわい。」

とおげんは言って見たが、ふと気がつくと、熊吉はまだ起きて自分の側に坐って居た。彼女はおよそ何時間ぐらいその床の上に呻《うめ》き続けたかもよく覚えなかった。唯、しょんぼりと電燈のかげに坐って居るような弟の顔が彼女の眼に映った。

翌日は熊吉もにわかに奔走を始めた。おげんは弟が自分のために心配して家を出て行ったことを感づいたが、弟の行先が気になった。ずっと以前に一度、根岸の精神病院に入れられた時の厭《いと》わしい記憶がおげんの胸に浮んだ。旦那も国から一緒に出て来た時だった。その時にも彼女の方では、どうしてもそんな病院などには入らないと言い張ったが、旦那が入れと言うものだから、それではどうも仕方がないとあきらめて、それから一年ばかりをあの病院に送って来たことがある。その時の記憶が復た帰って来た。おげんはあの牢獄も同様な場所に身を置くということよりも、狂人《きちがい》の多勢居るところへ行って本物のキ印を見ることを恐れた。午後に、熊吉は小石川方面から戻って来た。果して、弟は小間物屋の二階座敷におげんと差向いで、養生園というところへ行って来たことを言い出した。江戸川の終点まで電車に乗って行くだけでもなかなか遠かったと話した。

「それは御苦労さま。ゆうべもお前は遅くまで起きて俺の側に附いて居て呉れたのい。お気の毒だっだぞや。」

斯うおげんの方から言うと、熊吉は、額のところに手をあてて、いくらか安心したような微笑《えみ》を見せた。

「俺にそんなところへ入れという話なら、真平《まっぴら》。」とまたおげんが言った「俺はそんな病人ではないで。何だかそんなところへ行くと余計に悪くなるような気がするで。」

「姉さんはそういうけれど、私の勧めるのは養生園ですよ。根岸の病院なぞとは、病院が違います。そんなに悪くない人が養生のために行くところなんですから、姉さんには丁度好かろうかと思うんです。今日は私も行って見て来ました。まるで普通の家でした。そこに広い庭もあれば、各自《めいめい》の部屋もあれば、好いお薬もある。明日にも姉さんが行きさえすれば、入れるばかりにして来ました。保養にでも出掛けるつもりで行って見たら、どうです。」

「熊吉や、そんなことを言わないで、小さな家でも一軒借りることを心配して呉れよ。俺は病院なぞへ入る気には成らんよ。」

「しかし姉さんだっても、いくらか悪いぐらいには自分でも思うんでしょう。すっかり身体を丈夫にして下さい。家を借りる相談なぞは、その上でも遅かありません。」

「いや、どうしても俺は病院へ行くことは厭だ。」

斯う言っておげんは聞入れなかった。

「あああ、そんなつもりでわざわざ国から出て来《こ》すか。」

とまた附けたした。

しかし、熊吉は姉の養生園行を見合せないのみか、その翌日の午後には自分で先ず姉を見送る支度をして、それからおげんのところへ来た。熊吉は姉の前に手をついて御辞儀した。それほどにして勧めた。おげんはもう嘆息してしまって、肉親の弟が入れというものなら、それではどうも仕方がないと思った。おげんはそこに御辞儀した弟の頭を一つぴしゃんと擲って置いて、弟の言うことに従った。

その足でおげんは小間物屋の二階を降りた。入院の支度するために直次の家へと戻った。彼女はトボケでもしないかぎり、何《ど》の面《つら》をさげて、そんな養生園へ行かれようと考えた。丁度、国から持って来た着物の中には、胴だけ剝いで、別の切地《きれ》をあてがった下着があった。丹精して造ったもので、縞柄もおとなしく気に入って居た。彼女はその下着をわざと風変りに着て、その上に帯を締めた。

直次の娘から羽織も掛けて貰って、ぶらりと二番目の弟の家を出たが、兎角、足は前へ進まなかった。

小間物屋のある町角で、熊吉は姉を待合せて居た。そこには腰の低い小間物屋のおかみさんも店の外まで出て、おげんの近づくのを待って居て、

「御隠居さま、どうかまあ御機嫌よう。」

と手を揉み揉み挨拶した。

熊吉は往来で姉の風体《ふうてい》を眺めて、子供のように噴飯《ふきだ》したいような顔付を見せたが、やがて連立って出掛けた。町で行逢う人達はおげんの方を振返り振返りしては、いずれも首を傾《かし》げて行った。それを知る度におげんはある哀しい快感をさえ味わった。漠然とした不安の念が、憂鬱な想像に混って、これから養生園の方へ向おうとするおげんの身を襲うように起って来た。町に遊んで居た小さな甥達の中にはそこいらまで一緒に随いて来るのもあった。おげんは熊吉の案内で坂の下にある電車の乗場から新橋手前まで乗った。そこには直次が姉を待合せて居た。直次は熊吉に代って、それから先は二番目の弟が案内した。

小石川の高台にある養生園が斯うしたおげんを待って居た。最後の「隠れ家」を求めるつもりで国を出て来たおげんはその養生園の一室に、白い制服を着た看護婦などの廊下を往来する音の聞えるところに、年老いた自分を見つけるさえ夢のようであった。病室は長い廊下を前にして他の患者の居る方へ続いて居る。窓も一つある。あの

お新を相手に臥たり起きたりした小山の家の奥座敷に比べると、そこで見る窓はもっと深かった。

養生園に移ってからのおげんは毎晩薬を服んで寝る度に不思議な夢を辿るように成った。病室に眼がさめて見ると、生命のない器物にまで陰と陽とがあった。はずかしいことながら、おげんはもう長いこと国の養子夫婦の睦ましさに心を悩まされて、自分の前で養子の噂をする何でもない婢の言葉までが妬ましく思われたこともあった。今度東京へ出て来て直次の養母などに逢って見ると、あの年をとっても髪のかたちを気にするようなおばあさんまでが恐ろしい洒落者《しゃれもの》に見えた。皆《みんな》、化物だと、おげんは考えた。熊吉の義理ある甥で、おげんから言えば一番目の弟の娘の旦那にあたる人が逢いに来て呉れた時にすら、おげんはある妬ましさを感じて、あの弟の娘はこんな好い旦那を持つかとさえ思ったこともあった。そのはずかしい心持で病室の窓から延び上って眺めると、時には庭掃除をする男がその窓の外へ来た。おげんはそんな落葉を掃きよせる音の中にすら、女を欺しそうな化物を見つけて、延び上り延び上り眺め入って、自分で自分の眼を疑うこともあった。

ある夕方が来た。おげんはこの養生園へ来てから最早幾日を過したかということもよく覚えなかった。廊下づたいに看護婦の部屋の側を通って、黄昏時《たそがれどき》の庭の見える硝子の近くへ行って立った。あちこちと廊下を歩き廻って居る白い犬がおげんの眼に映った。狆《ちん》というやつで、体軀《からだ》つきの矮小《ちいさ》な割に耳の辺から冠さったような長い房々とした毛が薄暗い廊下では際立って白く見えた。丁度そこへ三十五六ばかりになる立派な婦人の患者が看護婦の部屋の方から廊下を通りかかった。この婦人の患者はある大家から来て居て、看護婦はじめ他の患者まで、「奥様、奥様」と呼んで居た。

「お通り下さい。」

とおげんは奥様の方へ右の手をひろげて見せた。その時、奥様はすこしうつ向き勝ちに、おげんの立って居る前を考え深そうな足どりで静かに通り過ぎた。見ると、そこいらに遊んで居た犬が奥様の姿を見つけて、長い尻尾を振りながら後を追った。

「小山さん、お部屋の方へお膳が出て居ますよ。」

と呼ぶ看護婦の声に気がついて、おげんはその日の夕飯をやりに自分の部屋へ戻った。

廊下を歩む犬の足音は、それからおげんの耳につくように成った。看護婦が早く敷いて呉れる床の中に入って、枕に就いてからも、犬の足音が妙に耳についてよく眠れなかった。おげんは小さな獣の足音を部屋の障子の外にも、縁の下にも聞いた。彼女はあの奥様の眠っている部屋の床板の下あたりを歩き廻る白い犬のかたちを想像でありありと見ることも出来た。八つ房という犬に連添って八人の子を産んだという伏姫のことなぞが自然と胸に浮んで来た。おげんはまだ心も柔く物にも感じ易い若い娘の頃に馬琴の小説本で読み、北斎の挿画で見た伏姫の物語の記憶を辿って、それをあの奥様に結びつけて想像して見た。この想像から、おげんは言いあらわし難い恐怖を誘われた。

「小山さん、弟さんですよ。」

と、ある日、看護婦が熊吉を案内して来た。おげんは待ち暮らした弟を、自分の部屋に見ることが出来た。

「今日は江戸川の終点までやって来ましたら、あの電車を降りたところに私の顔を知った車夫が居ましてね、しきりに乗れ、乗れって勧めましたっけ。今日はここまで歩きました。」

斯う熊吉は言って、姉の見舞に提げて来たという菓子折をそこへ取出した。

「静かなところじゃ有りませんか。」

とまた弟は姉のために見立てた養生園がさも自分でも気に入ったように言って見せた。

「どれ、何の土産を呉れるか、一つ拝見せず。」

とおげんは新しい菓子折を膝に載せて、蓋を取って見た。病室で楽めるようにと弟の見立てて来たらしい種々な干菓子がそこへ出て来た。この病室に置いて見ると、そんな菓子の中にも陰と陽とがあった。おげんはそれを見て、笑いながら、

「こないだ、お玉が見舞に来て呉れた時のお菓子が残って居るで、これは俺がまた後で、看護婦さんにも少しずつ分けてやるわい。」

お玉とは、おげんが一番目の弟の宗太の娘の名だ。お玉夫婦は東京に世帯を持って居たが、宗太はもう長いこと遠いところへ行って居た。おげんはその宗太の娘から貰った土産の蔵ってある所をも熊吉に示そうとして、部屋の戸棚についた襖までも開けて見せた。それほどおげんには見舞に来て呉れる親戚がうれしかった。おげんは又、弟からの土産を大切にして、あちこちと部屋の中を持ち廻った。

「熊吉や、」とおげんは声を低くして、「この養生園には恐い奥様が来て居るぞや。患者の中で、奥様が一番こわい人だぞや。多分お前も廊下で見掛けたらず。奥様が犬を連れて居て、その犬がまた気味の悪い奴よのい。誰の部屋へでも這入《はい》り込んで行く。この部屋まで這入って来る。何か食べる物でも置いてやらないと、そこいら中あの犬が狩りからかす。」

と言いかけて、おげんは弟の土産の菓子を二つ三つ紙の上に載せ、それを部屋の障

子の方へ持って行った。しばらくおげんは菓子を手にしたまま、障子の側に立って、廊下を通る物音に耳を澄ました。

「今に来るぞや。あの犬が嗅ぎつけて来るぞや。斯うしてお菓子を障子の側に置きさえすれば、もう大丈夫。」

おげんは弟に笑って見せた。その笑いはある狡猾な方法を思いついたことを通わせた。彼女は敷居の近くにその菓子を置いて、忍び足で弟の側へ寄った。

「姉さん、障子をしめて置いたら、そんな犬なんか入って来ますまいに。」と熊吉は言った。

「ところが、お前、どんな隙間からでも入って来る奴だ。何時の間にか忍び込んで来るような奴だ。高い声では言われんが、奥様が産んだのはあの犬の子だぞい。俺はもうちゃんと見抜いて居る――オオ、恐い、恐い。」

とおげんはわざと身をすぼめて、ちいさくなって見せた。

熊吉は犬の話にも気乗りがしないで、他に話頭をかえようとした。弟はこの養生園の生活のことで、おげんの方で気乗りのしないようなことばかり話したがった。でもおげんは弟を前に置いて、対い合って居るだけでも楽みに思った。

やがて熊吉はこの養生園の看護婦長にでも逢って、姉のことをよく頼んで行きたいと言って、座を起ちかけた。

「熊吉、そんなに急がずともよからず。」

とおげんは言って、弟を放したくなかった。

彼女は無理にも引留めたいばかりにして、言葉をついだ。

「こんなところへ俺を入れたのはお前だぞや。早く出すようにして呉れよ。」

それを聞いて熊吉は起ちあがった。見舞いに来る親戚も、親戚も、きっと話の終りには看護婦に逢って行くことを持出して、何時の間にか姿を隠すように帰って行くのが、おげんに取っては可笑《おか》しくもあり心細くもあった。この熊吉が養生園の応接間の方から引返して来て、もう一度姉の部屋の外で声を掛けた時は、おげんもそこまで送りに出た。

多勢で広い入口の部屋に集まって、その日の新聞なぞをひろげて居る看護婦達の顔付も若々しかった。丁度そこへ例の奥様も顔を見せた。

「これが弟でございます。」

とおげんは熊吉が編上げの靴の紐を結ぶ後方《うしろ》から、奥様の方へ右の手をひろげて見せた。弟が出て行った後でも、しばらくおげんはそこに立ちつくした。

「きっと熊吉は俺を出しに来て呉れる。」

とおげんは独りになってから言って見た。

翌朝、看護婦はおげんのために水薬の罎を部屋に持って来て呉れた。

「小山さん、今朝からお薬が変りましたよ。」

という看護婦の声は何となくおげんの身にしみた。おげんは弟の置いて行った土産を戸棚から取出して、それを看護婦に分け、やがてちいさな声で、

「あの奥様の連れて居る犬が、わたしは恐くて、恐くて。」

と言って見せた。看護婦は不思議そうにおげんの顔を眺めて、

「そんな犬なんか何処にも居ませんよ。」

斯う言って部屋を出て行った。

その時の看護婦の残して行った言葉には、思い疲れたおげんの心をびっくりさせるほどの力があった。

「俺もどうかして居るわい。」

思わずおげんはそこへ気がついた。しかし、あんなことを言って見せて悪戯《いたずら》好きな若い看護婦が患者相手の徒然《つれづれ》を慰めようとするのだ、とおげんは思い直した。あの犬は誰の部屋へでも構わず入り込んで来るような奴だ。小さな犬のくせに、どうしてそんな人間の淫蕩の秘密を覚えたかと思われるような奴だ。亡くなった旦那が家出の当

時にすら、指一本、人にさされたことのないほど長い苦節を守り続けて来た女の徳までも平気で破りに来ようという奴だ。そう考えると、おげんは斯の養生園に居ることが遽《にわか》に恐ろしくなった。夕方にでもなって、他の患者が長い廊下をあちこちと歩いて居る時に、養生園の庭の見える硝子障子のところへ立って見ると、「そんな犬なんか居ませんよ」と言った看護婦の言葉は果して人をこまらせる悪戯と思われた。あの奥様の後をよく追って歩いて長い裾にまつわり戯れるような犬が庭にでも出て遊ぶ時と見えた。おげんは夢のような蒼ざめた光の映《あた》る硝子障子越しに、白い犬のすがたをありありと見た。

寒い、寒い日が間もなくやって来るように成った。待っても、待っても、熊吉は姉を迎えに来て呉れなかった。見舞に来る親戚の足も次第に遠くなって、直次も、直次の娘も、めったに養生園へは顔を見せなかった。おげんは小山の家の方で毎年漬物の用意をするように、病室の入口の部屋に近い台所に出て居た。彼女の心は山のように蕪菜《かぶらな》を積み重ねた流し許の方へ行った。青々と洗われた新しい蕪菜が見えて来た。それを漬ける手伝いして居ると、水道の栓から滝のように迸り出る水が流し許に溢れて、庭口の方まで流れて行った。おげんは冷たい水に手を浸して、じゃぶじゃぶとかき廻して居た。

看護婦は驚いたように来て見て、大急ぎで水道の栓を止めた。

「小山さん、そんな水いじりをなすっちゃ、いけませんよ。御覧なさいな、お悪戯《いた》をなさるものだから、あなたの手は皸《ひび》だらけじゃありませんか。」

と看護婦に叱られて、おげんはすごすごと自分の部屋の方へ戻って行った。その夕方のことであった。おげんは独りでさみしく部屋の火鉢の前に坐って居た。

「小山さん、お客さま。」

と看護婦が声を掛けに来た。思いがけない宗太の娘のお玉がそこへ来てコートの紐を解いた。

「伯母さんはまだお夕飯前ですか。」とお玉が訊いた。

「これからお膳が出るところよのい。」とおげんは姪に言って見せた。

「それなら、わたしも伯母さんと御一緒に頂くことにしましょう。わたしの分も看護婦さんに頼みましょう。」

「お玉もめずらしいことを言出したぞや。」

「実は伯母さん、今日は熊叔父さんのお使に上りましたんですよ。わたしが伯母さんのお迎えに参りましたんですよ。」

しばらくおげんは姪の顔を見つめたぎり、物も言えなかった。

「お玉はこのおばあさんを担ぐつもりずらに。」

とおげんは笑って、あまりに突然な姪の嬉しがらせを信じなかった。

しかし、お玉が迎えに来たことは、どうやら本当らしかった。悩ましいおげんの眼には、何処までが待ちわびた自分を本当に迎えに来て呉れたもので、何処までが夢の中に消えて行くような親戚の幻影《まぼろし》であるのか、その差別もつけかねた。幾度となくおげんはお玉の顔をよく見た。最早二人の子持になるとは言っても変らず若くて居るような姪の顔をよく見た。そのうちに、看護婦はお玉の方で頼んだ分をも一緒に、膳を二つそこへ運んで来た。おげんはめずらしい身ぶるいを感じた。二月か三月が二年にも三年にも当るような長い寂しい月日を養生園に送った後で、復た弟の側へ行かれる日の来たことは。

食後に、お玉は退院の手続きやら何やらでいそがしかった。にわかにおげんの部屋も活気づいた。若い気軽な看護婦達はおげんが退院の手伝いするために、長い廊下を往ったり来たりした。

「小山さん、いよいよ御退院でお目出とうございます。」

と年嵩《としかさ》な看護婦長までおげんを見に来て悦んで呉れた。

「では、伯母さん、御懇意になった方のところへ行ってお別れなすったらいいでしょうに。伯母さんのお荷物はわたしが引受けますから。」

「そうせずか。何だか俺は夢のような気がするよ。」

おげんは姪とこんな言葉をかわして、そこそこに退院の支度をした。自分でよそゆきの女帯を締め直した時は次第に心の昂奮を覚えた。

「もうお俥も来て待って居りますよ。そんなら小山さん、お気をつけなすって。」

という看護婦長の声に送られて、おげんは病室を出た。

黒い幌を掛けた俥は養生園の表庭の内まで引き入れてあった。おげんが皆に暇乞いして、その俥に乗ろうとする頃は、屋外《そと》は真暗だった。霜にでも成るように寒い晩の空気はおげんの顔に来た。暗い庭の外まで出て見送って呉れる人達の顔や、そこに立つ車夫の顔なぞが病室の入口から射す燈火《あかり》に映って、僅かにおげんの眼に光って見えた。間もなくおげんを乗せた俥はごとごと土の上を動いて行く音をさせて養生園の門から離れて行った。

町の燈火がちらちら俥の上から見えるまでに、おげんは可成暗い静かな道を乗って行った。彼女は東京のような大都会のどの辺を乗って行くのか、何処へ向って行くのか、その方角すらも全く分らなかった。唯、幌の覗き穴を通して、お玉を乗せた俥の先に動いて行くのと、町の曲り角へでも来た時に前後の車夫が呼びかわす掛声とで、広々としたところへ出て行くことを感じた。さんざん飽きるほど乗って、やがて俥はある坂道の下にかかった。知らない町の燈火は夜見世でもあるように幌の外にかがやいた。俥に近く通り過ぎる人の影もあった。おげんは何がなしに愉快な、酔うような心持になって来た。弟も弟の子供達も自分を待ちうけて居て呉れるように思われて来た。昂奮のあまり、おげんは俥の上で楽しく首を振って、何か謡曲の一ふしも歌って見る気に成った。斯ういう時にきまりで胸に浮んで来る文句があったから、彼女はそれを吟じ続けて、好い機嫌で坂を揺られて行った。しまいには自分で自分の声に聞き惚れて、町の中を吟じて通ることも忘れるほど夢中になった。

漸く俥はある町へ行って停った。

「御隠居さん、今日はお目出度うございます。」

と祝って呉れる車夫の声を聞いて、おげんは俥から降りた。

その時はおげんもさんざん乗って行った俥に草臥《くたび》れて居た。早く弟の家に着いて休みたいと思う心のみが先に立った。玄関には弟の家で見かけない婆やが出迎えて、

「さあ、お茶のお支度も出来て居りますよ。」

と慣れ慣れしく声を掛けて呉れた。

おげんはその婆やの案内で廊下を通った。弟の見つけた家にしては広過ぎるほどの

部屋部屋の間を歩いて行くと、またその先に別の長い廊下が続いて居た。ずんずん歩いて行けば行くほど、何となく見覚えのある家の内だ。その廊下を曲ろうとする角のところに、大きな鋸だの、厳めしい鉄の槌だの、其他、一度見たものには忘れられないような赤く錆びた刃物の類が飾ってある壁の側あたりまで行って、おげんはハッとした。

弟の家の婆やとばかり思って居た婦人の顔は、よく見ればずっと以前に根岸の精神病院で世話になったことのある年とった看護婦の顔であった。一緒に倖で来たと思ったお玉も何処へか消えた。

「何だか狐にでもつままれたような気がする。」

とおげんは歩きながら独りでそう言って見た。

「小山さん、しばらく。」

と言っておげんの側へ飛んで来たのは、まがいのない白い制服を着けた中年の看護婦であった。そこまで案内した年とった婦人は、その看護婦におげんを引渡して置いて、玄関の方へ引返して行った。そこの廊下でおげんが見つけるものは、壁でも、柱でも、桟橋でも、皆覚えのあるものばかりであった。

「ここは何処だらず。一体、俺は何処へ来て居るのだずら。」

「小山さんも覚えが悪い。ここは根岸の病院じゃありませんか。あなたが一度いらしったところじゃ有りませんか。」

おげんは中年の看護婦と言葉をかわして見て、電気にでも打たれるような身ぶるいが全身を通り過ぎるのを覚えた。

翌朝になると、おげんは多勢の女の患者ばかりごちゃごちゃと集まって臥たり起きたりする病院の大広間に来て居た。夢であって呉れればいいと思われるような、異様な感じを誘う年とった婦人や若い婦人がそこにもここにもごろごろして思い思いの世界をつくって居た。その時になって見て、おげんはあの小石川の養生園から誘い出されたことも、自分をここの玄関先まで案内して来た姪のお玉が何時の間にか姿を隠したことも、一層はっきりとその意味を読んだ。

「しまった。」

とおげんは心に叫んだが、その時は最早追付かなかった。

見ず知らずの人達と一緒ではあるが患者同志が集団として暮して行くこと、旧い馴染の看護婦が二人までもまだ勤めて居ること、それに一度入院して全快した経験のあること——それらが一緒になって、おげんはこの病院に移った翌日から何となく別な心地《こころもち》を起した。勝手を知ったおげんは馴染も薄い患者ばかり居る大広間から抜け出して、ある特別な精神病者を一人置くような室の横手から、病院の広い庭の見える窓の方へ歩いて行って見た。立派な丸髷に結った何処かの細君らしい婦人で、新入の患者仲間を迎え顔におげんの方へ来て、何か思いついたように恐ろしく丁寧なお辞儀をして行くのもあった。

寒い静かな光線はおげんの行く廊下のところへ射して来て居て、何となく気分を落着かせた。その突当りには、養生園の部屋の方で見つけたよりもっと深い窓があった。

「俺はこんなところへ来るような病人とは違うぞい。どうして俺をこんなところへ入れたか。」

「さあ、俺にも分らん。」

おげんの中に居る二人の人は窓の側でこんな話を始めた。

「熊吉はどうした。」

「熊吉も、どうぞお願いだから、俺に入って居て呉れと言うげな。」

「小山の養子はどうした。」

「養子か。あれも、俺に出て来て貰っては困ると言うぞい。」

「直次はどうした。」

「あれもそうだ。」

「お玉はどうした。」

「あれは俺を欺して連れて来て置いて。」

「みんなで寄ってたかって俺を狂人《きちがい》にして、こんなところへ入れてしまった。盲目《めくら》の量見ほど悲しいものはないぞや。」

おげんは嘆息してしまった。あの車夫がこの玄関先で祝って呉れた言葉、「御隠居さん、今日はお目出とうございます」はおげんの耳に残って居て、冷たかった。どうして自分はこんなところへ来なければ成らなかったか、それを考えておげんは自分で自分を疑った。

晩年を暗い座敷牢の中に送った父親のことがしきりとおげんの胸に浮んで来た。父の最後を思う度におげんは何処までも気を確かに持たねば成らないと考えた。どうかしてあの父のようには成って行きたくないと考えた。それにはなるべく父のことに触らないように。同じ思出すにしても、父の死際のことには触らないように。これはもう長い年月の間、おげんが人知れず努めて来たことであった。生憎とその思出したばかりでも頭脳《あたま》の痛くなるようなことが、しきりに気に掛った。ある日も、おげんは廊下の窓のところで何時の間にか父の前に自分を持って行った。

青い深い竹藪がある。竹藪を背にして古い米倉がある。木小屋がある。その木小屋の一部に造りつけた座敷牢の格子がある。そこがおげんの父でも師匠でもあった人の晩年を過したところだ。おげんは小山の家の方から、発狂した父を見舞いに行ったことがある。父は座敷牢に入って居ても、何か書いて見たいと言って、紙と筆を取寄せて、そんなに成っても物を書くことを忘れなかった。「おげん、ここへ来さっせれ、一寸ここへ来さっせれ」と父がしきりに手招きするから、何か書いたものでも見せるのかと思って、行くと、父は恐ろしい力でおげんを捉《つかま》えようとして、もうすこしでおげんの手が引きちぎられるところであった。父は髭の延びた蒼ざめた顔付で、時には「あはは、あはは」笑って、もうさんざん腹を抱えて反《そ》りかえるようにして、笑って笑い抜いたかと思うと、今度は暗い座敷牢の格子に取りすがりながら、さめざめと泣いた。

「お父さま――お前さまの心持は、この俺にはよく解るぞなし。俺もお前さまの娘だ。お前さまに幼少《ちいさ》な時分から教えられたことを忘れないばかりに――俺もこんなところへ来た。」

おげんはそこに父でも居るようにして、独りでかき口説《くど》いた。狂死した父をあわれむ心は、眼前《めのまえ》に見るものを余計に恐ろしくした。彼女は自分で行きたくない行きたくないと思うところへ我知らず引き込まれて行きそうに成った。ここはもう自分に取っての座敷牢だ。それを意識することは堪えがたかった。

おげんは父が座敷牢の格子のところで悲しみ悶えた時の古歌も思出した。それを自分でも廊下で口ずさんで見た。

「きりぎりす
啼くや霜夜の
さむしろに、
ころもかたしき
独りかも寝む……」

最早、娘のお新も側には居なかった。おげんは誰も見て居ない窓のところに取りすがって、激しく泣いた。

＊　＊　＊

三年ほど経って、おげんの容体の危篤なことが病院から直次の家へ伝えられた。おげんの臨終には親戚のものは誰も間に合わなかった。

養生園以来、蔭ながら直次を通してずっと国から仕送りを続けて居た小山の養子もそれを聞いて上京したが、おげんの臨終には間に合わなかった。おげんは根岸の病院の別室で、唯一人死んで行った。

まだ親戚は誰も集まって来なかった。三年の間おげんを世話した年とった看護婦は、夜の九時過ぎに、亡くなってまだ間もないおげんを見に行って、そこに眠って居るような死顔を拭いてやった。両手も胸の上に組合せてやった。その手は、あだかも生前の女のかなしみを掩うかのように見えた。

おげんの養子は直次の娘や子供と連立って十時頃に急いで来た。年とった看護婦は部屋を片付けながら、

「小山さんがお亡くなりになる前の日に、頭を剃りたいというお話がありましたっけ。お家の方に聞いてからでなくちゃと言いましてね、それだけは私がお止め申しました。病院にいらっしゃる間は、よくお裁縫なぞもなさいましたっけ。」

と親戚のものに話しきかせた。

長いこと遠いところに行って居たおげんの一番目の弟の宗太も、その頃は東京で、これもお玉の旦那と二人で急いで来たが、先着の親戚と一緒になる頃はやがて十一時

過ぎであった。

「もう遅いから子供はお帰り。姉さんのお通夜は俺達でするからナ。それにここは病院でもあるからナ。」

と宗太が年長者らしく言ったので、直次の娘はおげんの枕もとに白いお団子だの水だのをあげて置いて、子供と一緒に終りの別れを告げて行った。

親戚の人達は飾り一つないような病院風の部屋に火鉢を囲んで、おげんの亡《な》き骸《がら》の仮りに置いてある側で、三月の深夜らしい時を送った。おげんが遺した物と云っても、旅人のように極少なかった。養子はそれを始末しながら、

「よくそれでも、こんなところに辛抱したものだ。」

と言った。宗太も思出したように、

「姉さんも、俺が一度訪ねて来た時は大分落着いて居て、この分ならもうそろそろ病院から出してあげてもいいと思ったよ。惜しいことをした。」

「そう言えば熊叔父さんはどうしましたろう。」とお玉の旦那が言出した。

「あれのところには通知の行くのが遅かったからね。」

と言って見せて、宗太は一つある部屋の窓の方へ立って行った。何もかもひっそりと沈まりかえって、音一つその窓のところへは伝わって来なかった。

「もうそろそろ夜が明けそうなものですなあ。」

とお玉の旦那も宗太の方へ立って行って、一緒に窓の戸を開けて見た。根岸の空はまだ暗かった。

解説対談

小説という器の中の不思議な世界

北村薫・宮部みゆき

本対談は作品の内容や結末にも触れていますので、最後にお読み下さい。

読んでもらいたい小説

北村　『名短篇、ここにあり』に続いて、対談形式で解説をしていきましょうか。このように選んでみると、朗読を聞きたいという作品が非常に多いんです。そういうことでいうと、舟橋聖一の「華燭」。これなんかはまさに舞台で読んでもらったらいいんじゃないかと思います。いかがですか。お読みになって。

宮部　舟橋聖一って、ミーハーなお尋ねになりますが、どんな作家だったんですか？大流行作家ですよね？

北村　とにかく書店で文庫の棚を見ると、舟橋聖一と丹羽文雄のところの幅が広かったですね。新聞を開いても、二人の名前によく出会った。中学生の時、弁当を包んでいった新聞に、たまたま載っていたのが舟橋聖一。食べながら読んでたら、ちょうど、とても色っぽい場面だったのを覚えています。ライバルが丹羽文雄。その丹羽文雄の書いた『人間・舟橋聖一』（新潮社）という本がとても面白い。我がままな面、俗人としての面が遠慮なく書かれているんです。でも、作家って不思議なもので、そう書かれたほうが生き生きとした存在に見えてくるんですよね。

宮部　ふふふ。

北村　大流行作家ですから、世間の常識から考えるとあっと驚くようなことをいっても、誰も抵抗できない。

宮部　「いやいやえん」、ですね。

北村　吉行淳之介が、「舟橋さんの『華燭』はひょっとしたら、傑作じゃないか」と言ったそうです。わたしはそれで読みました。

宮部　どんな作家だったんですか、とうかがったのは、謹厳実直な人が書いたのか、もともと……。

北村　以前、この作者の短篇、「あしのうら」の話をしましたね。

宮部　はい。「あしのうら」はしっとりしたいい小説じゃないですか。あれこそ本当に忍ぶ恋というか。こちらは……筒井さんみたいですよね。

北村　ちょっとはじけちゃった感じ。

宮部　でも、この長い祝辞からどういう三角関係なのか、いろんな読み方ができるような気がしたんです。もちろん女性をめぐるのもそうですし、男同士とも読めなくはないのかな。

北村　それはどうかな。まあ女を取り合う……。

宮部　でしょうけれどもね。祝辞の間に花が枯れたりとか、マンガですよね。ほとんど。

北村　とうとう話してる。だんだんと人が帰り、最後は皆がいなくなって寂しくなる。
宮部　明かりまで消えてたって。間に括弧してボーイ長の動きがはさまるのが、すごくおかしいんですよね。「華燭」ってタイトルで、しかも舟橋聖一でしょう。私から見て、過去の大作家ですから、もっと堅い話なんだろうと思って読み始めたら、これっ。ふしぎな作家さんですね。イッセー尾形さんとかに読んでもらったらいいかな。
北村　個性の強い人が読むとおもしろいね。梅雀さんなんかどうかな。
宮部　いいですね。泣き顔ですからね、あの方。——結婚披露宴で言っちゃいけないことを言っちゃう人って案外いますよね。ジョークのつもりなんだけれどもジョークにならないことを言っちゃう人とか。そういうのがヒントになったのかなあなんて僭越なことを考えたんです。それがとまらずにしゃべりつづけるとこうなるんだ。
北村　書いてて楽しかったでしょうね。きっと。
宮部　この「華燭」に彼が呼ばれているということ自体、妄想かもしれない。
北村　深読みでしょうけど、それも凄いなあ。ここにある面白さというのは、背後の変化を読者が感じ、新郎新婦の様子とか列席者の様子を思いつつ、読めるところからくるんでしょうね。
宮部　野次も入りますよね。焚きつける声も。括弧をこういう使い方をするのも今はあまりやらないですね。
北村　戯曲のト書きみたいな。だから劇にしてもいいですね。
宮部　次は永井龍男の「出口入口」なんですが。前著『名短篇、ここにあり』に収録した、城山三郎さんの「隠し芸の男」と一脈通じているところがあるように思うんです。

北村　さすが、短篇の名手といわれたひとの作品だと。やっぱり上手いですよね。黒いイメージの通夜を、雪の夜の出来事にして、いかにもありそうな靴の取り違えから、人間ドラマを作ってしまう。新幹線のビュッフェの塩入れとか、小道具も行き届いている。白と黒の世界。

宮部　最後に車の窓からね。バシッと黒い物が投げ捨てられますよね。これも実に荒涼とした終わり方というか、通じている話だなあと。企業小説ではないのだけれど、サラリーマン世界の独特の、なんて言うんだろう、いやな言い方だけれど勝ち組負け組みみたいなものね、生き辛さがこういうつまらないところで出る。仕事で鎬《しのぎ》をけずっている場ではなく、葬式とか社員旅行で出るというところがね。名手の作品だなあと思いました。

北村　お眼鏡にかないましたか。同じく短篇の上手さでは定評のある林芙美子の「骨」についてですが。

宮部　林芙美子では「骨」が一番すきです⁈

北村　実は吉村昭先生が短篇作家としての林芙美子を非常に高く評価しているんですね。特に、宮部さんと同じように「骨」がいいとおっしゃっています。

宮部　わあ、嬉しい。

北村　吉村先生も林芙美子の優れた描写力に言及していますね。『わが心の小説家たち』(平凡社新書)で、「骨」については細かく語られています。もう、これ以上、付け加えることなどないわけです。どう語られているかは、そちらに譲るとして、吉村先生があげられた箇所のうち、幾つかを抜いてみます。前半だと、「廊下の外で蒲団を置く音がして、入口の襖がふわっとしわってくる。」「そして、ふっと舌をべろりと出した。涙が出そうだった。」「四畳半の畳には窓ぎわに渦巻線香の焼けこげが跡をとどめていた。」

宮部　はい！

北村　時には、普通に使えば軽薄にしかならない擬音語を使ったりするけれど、ちゃんと動かしようのない言葉だと思わせる。それができるのは詩を書いていたからだ、彼女が詩人だからだ、とおっしゃっている。

宮部　ただ、恐れ多くも吉村先生に異論を申し上げるなら、詩人じゃなくても優れた小説家は、イメージを喚起する言葉を見つけてくるのが上手いですよね。それにしても、吉村先生と林芙美子というのは意外でした。

北村　吉村先生に、「私は林芙美子の短篇を読んで裏切られたことがない」と言われると、「ああ、恐れ入りました」という気になりますね。残念なのは、これほどの人の作品が今はあまり読めない。改めて宮部みゆき選で一冊だしていただきたい（笑）。

宮部　「骨」と「下町」を続けて読むのもすごく面白いですよ。両方とも男女の話ですけれど、「骨」で女が無常に身を落としていった後に「下町」を読むと救われるようで。でも男をあっさり死なせちゃうんですよね。「トラックが河へまっさかさまに落ちて、運転手もろとも死んでしまったのだと教えてくれた」。これだけなんです。

北村　ハードボイルドですよ。

宮部　ハードボイルドですね。本当にすごい作家だと思います。

蛇めしの話

宮部　「雲の小径」もいいですね。

北村　それは私もうれしい。この小説は「これぞ、久生十蘭」というべき作品で、幻想と現実のあわいがわからなくなるような感じはこの作家の持ち味なんです。

宮部　昭和三十一年の作品ですが、これを読むと、この頃はまだ飛行機に乗ることに、あの世に通じる感覚があったんじゃないかと、しみじみ思いました。私たちはもう、飛行機に乗ってもなんとも思わないじゃないですか。でもこの当時は、空を飛ぶ、雲の上に出るということには、ある種スピリチュアルなイメージがあったんじゃないでしょうか。そうすると、飛行機の中から始まって霊媒の話になっていくのは当時の最先端というか、読者にはすごく腑に落ちる設定だったのではないかと思いまして、さすがだなと。

北村　それはすごい。鋭い指摘です。

宮部　表現もうまいですね。「その後、出かけて行ってみると、会はもうなくなっていた。白川は」のあとの「大切な夢を見残したような気持で」というところが、すごく好きです。確かに全体として夢みたいな話なんですよね。「こんなわからない霊も、すくないです。生前、どういう方だったのでしょう」とか、「香世子の霊も、だんだん対談のコツをおぼえてきて、自由にものをいうようになり」とか、この辺にはちょっとおかしみもあります。

北村　「雲の小径」は文句なしですね。
　せっかくだから、こういう機会に読んで欲しいのが「押入の中の鏡花先生」。十和田操という人の作品で、タイトルに惹かれて読んでみたら非常に面白い。弟子だった作者の目から描かれた鏡花像がなんともいえないし、印象的なのは蛇めしの話。

宮部　あそこ面白いですね。蝮の炊き込みご飯を作るには釜の蓋に穴があった方が便利じゃないか、と話し合ったり。

北村　主人公の十和田君が「先生は蝮めしを食いすぎて頭が禿げてしまった娘の話を書いていませんでしたか」と聞くと、鏡花先生が「知らん」と言う場面がありましたよね。じゃあ、これを誰が書いたのかといえば、意外や夏目漱石なんです。『吾輩は猫である』に出てくる。

宮部　えーっ、そんなところありましたっけ？　『吾輩は猫である』は大好きなので、覚えてるつもりだったのに。

北村　迷亭が越後の田舎家に娘に一目ぼれしたんですが、実は娘は禿げていていてカツラをかぶっていたと分り、ガッカリしたという話を披露する場面です。この田舎家で蛇めしが出てくるわけです。

宮部　「『いきなり鍋の中へ放り込んで、すぐ上から蓋をしたが、さすがの僕もその時ばかりははっと息の穴が塞がったかと思ったよ』『もう御やめになさいよ、気味の悪い』と細君頻りにこわがっている」（読）。いやホント、ご飯が食べられなくなりそう（笑）。

北村　蓋に穴が開いていて、そこから苦しがって蛇が頭をだす。で、「苦しまぎれに這い出そうとする」と、「爺さんは、もうよかろう、引っ張らっしと何とか云うと、婆さんははあーと答え」て蛇の頭を持ってヒューッと骨だけ抜く。これは記憶に残るので蝮めしの記述を読んだとたん「ああ、漱石にあったな」と思い出しました。しかし、念のために調べたら、鏡花も「蛇くひ」という話を書いていたというんです。

宮部　う、長いものがお嫌いな方には、つらそうな話です。

北村　岩波書店の鏡花全集四巻ですが、容赦のない描写ですね。書いた年代は鏡花の方が先なんですが、漱石は鏡花の「蛇くひ」を読んで書いた感じがしません。漱石は蛇めしですが、鏡花の方は蛇を茹でただけです。何より、調子が全然、違う。別世界のものです。で、これは漱石が参考にした何かが他にあるんじゃないかと、うちにある「随筆辞典」なるもので「蛇飯」の項を引いてみました。すると荻生徂徠の随筆集『飛騨山』に飛騨で聞いた話として「筑紫に下りたる道には、蛇を糧《かて》にする里あり。たび人の舟をつなぐを見て、争そひきたりて、米《よね》かしたる水と、米のぬかとをこひとりゆく。蛇食らふ料にするなりけり。つねには土の穴にかひおきて、朝夕に鍋にいれて煮るに、ふたに小さき穴をいくつもあけおく。にられてつらさしいでたるをとりてひけば、ししむらは鍋にとどまりて、骨はかしらとともにぬけいづる」と漱石そのままの文章がありました。

宮部　ちゃんと蓋に穴をあけていますね。

北村　とすれば、漱石は鏡花をもとにしたのではなくて、『飛騨山』あたりを読んでいたのではないかと推測したわけです。

宮部　おお、拍手！

北村　作品に戻りますと、雷がなって鏡花が押入れに入るところが面白いですね。鏡花の雷嫌い、犬嫌いはすごく有名です。

宮部　ずーっと押入れに入っちゃってますもんね。

北村　中で調べ物をしているようで、「押入の戸がスーっと開いて途中で止った。『きみ、そいつは、山の、じゃなかった、土地の官女にまちがいなし』」と鏡花先生は言うんですが、真っ暗な中で調べ物というのも、どうもおかしい。理屈に合わない不思議なところがあるのが、いかにも鏡花らしい。あのイメージの出来上がっている泉鏡花と、この鏡花の落差が面白い。

宮部　これを読むと『天守物語』『高野聖』のスマートな鏡花先生のイメージが変わりますね。お弟子さんたちは幸せだったでしょうね。こういう先生の下にずっと居られたというのは。

人情は生きている

北村　以前、半村先生が〈私の好きな短篇〉に、川口松太郎の『人情馬鹿物語』の中から「深川の鈴」を挙げていましたね。そこで、この『人情馬鹿』を読んでみたんですが、「深川の鈴」は女の人情馬鹿なんですよ。男としてはそれより「紅梅振袖」の男の人情馬鹿がクククッとくるんですよ。耐える男のね。昔はみんな耐えたんですよ。

宮部　現代では、男も女も耐えなくなりました(笑)。

北村　男はこうやって……(拳骨で鼻をぬぐうしぐさ)ですからね、まず「深川の鈴」か「紅梅振袖」か「人情馬鹿」から取った方が良いのではないですかね。

宮部　そうですね。「人情馬鹿」から取るということに賛成します。ただ、私はショートショートの「不動図」も好きなんですよ。どうしましょう?　すごく好きなの。お不動さまの図を見て子どもが泣くし、お手伝いさんは怖がって掃除をしてくれなくて、どんどん置き場所がなくなっていく。

北村　結局どうなっていくのでしたっけ？

宮部　最後は作った人も先に死んでしまって、完成させないうちに。本当に可哀想になってしまうのですよ、不動図が。私はもしかしたら、いちばん好きな短篇かもしれません。これは泣けるぅ、と思ったんですよ。『人情馬鹿』のどっちかは北村先生にお任せしますから、「不動図」は入れてください。

北村　私が「いやー、それはちょっと、気持ちは分かりますけれど、二本になっちゃうし、バランスがねえ」というと、宮部さんが「嫌だ、嫌だ」と言ってね。

宮部　「嫌だ、嫌だ、嫌だ、いいじゃないですか、『不動図』は短いんだもん」と言って。結局、負けて折れることにしましたって。

それに、この『人情馬鹿』を読むと、今の若い読者の方、若いといっても、二十代、三十代、四十代でも、何かいい話だけれど、アナクロと思うんじゃないですか。耐え忍ぶ女、耐え忍ぶ男ですから。

北村　これが基本だったのですよ、昔はね。新派なんてそうだもの。

宮部　そうですよね。新派大悲劇。でも川口松太郎という作家は、そういう古い作家なのか？　そんなことはない！　「不動図」は新しい。現代に通じる、これは普遍的なものだから、セットにしましょうよ、どうですか、先生。

北村　宮部さんの熱意に負けました。じゃあ、「紅梅振袖」と「深川の鈴」、どちらにしましょうか？

宮部　先生のご希望で「紅梅振袖」にしま

しょう。

北村　今、アナクロという話がありましたけれども、これが単なるアナクロかというと、川口松太郎は人情物語としないで、人情馬鹿物語とした。この辺のところは、もうどっぷりのアナクロではない。馬鹿だなあと言っている目は決して昔の目ではないんですね。

宮部　そうですね！

北村　人情話ではない。これなんかはうまい人に読んでもらったり、高座か何かでやってもらったら、すごくいいなあと思いますけれどね。新派の芝居なんかで去年も「鶴八鶴次郎」を見に行ったのですけれども、やっぱり客席にいるのはちょっとご高齢の方。若い人が見たらどうなのかなあ？　でもね、人情馬鹿というのは、どんな時代にも、何らかの形であるとは思うのですね。

宮部　残ってはいるのですよね。あらわれ方が違ってきているだけで。

北村　こういうものが下町の人情であり、川口松太郎というひとが『人情馬鹿物語』と名付けて、典型的な〝いかにも〟という作品を書いた。昔はそこら中に溢れていたんだよね。今が現実的であるからこそ、この作品を読んでもらいたいと思いますね。

宮部　この間に「馬鹿」って入っていることの意味ですね。馬鹿な奴だなあ、だけどその馬鹿がいとおしいというね。私はこの「紅梅振袖」、読んだのはすっかり忘れていましたけれども（笑）、もっと素直になればいいのにって、これこそやせ我慢ですよね。

北村　やせ我慢なんだよ、みんなね。

宮部　「喜んで下さい、人の妾ではなくなりました」という。それを喜ぶではなくて駆け落ちでも何でもすればいいじゃん！　って読みながら思うのですが、そういう時代ではないのですね……。

北村　「おいらはそれで本望なんだ」となるわけですね。そういうことで川口松太郎は二作で決まりですね。

宮部　わたしの強引な押し込みで。

北村　それでは、吉屋信子の「鬼火」にいきましょう。

宮部　そくそくと怖いんですよね。この「鬼火」が白石加代子さんの百物語を初めて聞きに行った時の演目の一つだったんです。

北村　イヤだろうな……。悪いという意味じゃなくて……。

宮部　すごくいいという意味のイヤでしたね。「小袖の手」という私の作品と小池真理子さんの「ミミ」、それからこの「鬼火」の三作を演出の鴨下さんが取り上げてくださったんです。百物語で読まれるのは初めてだったんで、小池さんと二人で聞きにいったんです。すばらしかった。私は吉屋信子といえば『徳川の夫人たち』『続・徳川の夫人たち』なんですよ。母が読んでいましたから、私も読むわけです。ドラマも、昼メロの時間帯でテレビ放映されていました。白石さんの「鬼火」を聞いてびっくり、「へえっ、大奥書いていた人がこんなもの書くんだ」。初見が耳からだったという短篇を是非、入れさせていただきたいなと。それと、個人的な話、わたし、東京ガスの集金課で働いていたことがあるので。

北村　これ、時代はいつ頃でしょうか？

宮部　戦後の混乱期でしょうか？　発表されたのが、婦人公論で一九五一年二月号となっています。

北村　そこら中に貧しさがありました。瓦斯止められる、電気止められる、水道止められるが、リアルにあったころですね。

宮部　すると、帯もない貧しさもあったんでしょうね。瓦斯の色が鬼火の色だというのが、すごく鮮烈でした。今はあんまり青くないと思いませんか？　天然ガスに切り替えたからでしょうか。私の子どものころは本当に青白かった。ぼうぼうとつけっぱなしで、青白い焔を音立ててあげている、など映像的だなと思います。何のために点けっぱなしにしていたのか……。

北村　あんまり理詰めに考えないで、曖昧にしておいたほうが面白いと思う。

宮部　夫婦愛も見えますね。病気の旦那さんが死んだら、看病していた奥さんがあとを追っちゃう。ずっと面倒見ていたというのが救いですけど。

北村　日常の生活感の描写もうまいですね。湿った沼底のような古畳とか骨の見えかかったしみだらけの襖とか。

宮部　たしかに道具立ては古いですし、貧しい時代の頃ですが、「鬼火」の怖さは食い込んでくる。今だって、ワーキングプアーとか。喉元につきつけられるような恐ろしさがあります。

吉屋信子は少女小説で大作家になったんだけれど、自分の作品が文芸評論家から黙殺されることについて非常に痛憤を覚えておられたと。今でこそ、結構取り上げられるようになったけれども、そういう時代があったんですね。「戦前は菊池寛、久米正雄と並ぶ通俗小説作家であったが」……うーん……通俗作家か。私たちエンタテインメント作家はみんな通俗作家ですよね。

北村　うん。

宮部　でも、通俗作家という言葉も使わなくなりました。

北村　次は百閒先生なんですけれど、都筑道夫先生がお好きだという「とほぼえ」はどうでしょう。百閒らしい、わけの分らない怖さ、妙な暗さは或る意味、都筑先生の怪談につながりますね。これがお好きだというのがとてもよく分かる。

宮部　響いてくるものがありますね。「とおぼえ」でなくて「とほぼえ」ですね。旧カナですか？　若い読者の皆さんには抵抗があるでしょうか？

北村　このアンソロジーは読みやすいように、基本的には新字新カナです。しかし、百閒は新カナを死ぬほど嫌がっていたそうですし、都筑先生も「とほぼえ」で押していましたから、この作品に限っては旧カナで味わっていただきましょうか？

宮部　それがいいと思います。そうすることによって、バリエーションがでますもんね、全部だと敷居が高くなりますが。「とほぼえ」は、旧カナが苦手な人でも読み始めると気にならなくなっちゃうと思います。

北村　これなど本当に誰かの朗読してもらいたいですね。

宮部　これも加代子さんに読んでもらいたいなあ。「氷屋がまだ店を開けてゐる」。氷屋って知らないかな。

無意味無駄な人生

北村　岡本かの子ってお読みになりました？

宮部　いえ、今回初めて。岡本かの子って、あの爆発の岡本太郎先生のお母様というこ

とし か知らなかったので。芸術一家ね、私とは縁がないと思っていたんです。『金魚繚乱』もすばらしいですが、「家霊」が好きですね。

北村　「いのち」というどじょう屋に、どじょうを食いたいとせがみに来る人がいて……。

宮部　飾り職人です。先代の女将さんが、お代もとらずに食べさせていたという。代々この店の女将は旦那の放蕩で苦労させられるんですが、誰かが助けてくれる。ラストは暗くないですよね。

北村　感じの良いリアリティといいますか、食べものに関するリアリティが非常にあって、かの子らしい作品です。

宮部　どじょうはお好きですか？

北村　あんまり好きじゃない。子どもの頃新聞で、地獄鍋の話を読んだことがあるんです。吉行さんの本を読んでいたら、本当じゃないんだと、どじょうは豆腐に頭を突っ込まないんだそうです。

宮部　柳川は開いてあるからまだ食べられますけれど、通の人はあのまんま食べるんだそうです。「まる」といって、ううう。でもこの作品の中では、どじょう汁って特別な食べものなんだな、という感じがするんですね、薄気味悪いけれど。

北村　店の名前の「いのち」はピッタリですよね。どじょうは徳永老人のいのちだから、当然来るわけです。

宮部　必死にせがみにくる。

北村　どじょう汁とか、いかにも岡本かの子らしいなと思えてしまいます。食べ物を扱った作品にいいものが多いので。

宮部　深読みが効いて面白いのはタイトルだと思います。なぜ「家霊」、誰が「家霊」

なんだろう。徳永老人ですかね。それともどじょうかな。

北村　家という形で、縦に繋がるものでしょうね。くめ子は、この家が「嫌で嫌で仕方がなかった」わけですけれど、結局、そこに繋がる者である。そして家の名が「いのち」ですね。岡本かの子の作品には、この「家霊」という意識が、他の作にも出てきます。

宮部　くめ子さんはやっぱり、彼女の気を引きたくてしようがない学生たちの誰かと結婚して、また苦労するんでしょうか。亭主が放蕩したりして、うーん。徳永老人が仕事できなくなっても、くめ子さんはどじょう汁をやり続けるんでしょうね。

北村　次の「ぼんち」も非常に印象的な作品ですが、どうですか？

宮部　これもかわいそうでねえ！　私真っ先に思ったのは、「あ、東京弁が残酷に響いた時代だな」と。最後のほうに「馬鹿だ、なァ」と「東京弁が憎いほど思い出された」とありますね。どういうんだろう、……大阪弁が代表する方言は前近代の尻尾を引きずっている言葉であって、東京弁つまり標準語が近代から現代へつながる合理主義の象徴だった、という「了解」が生きていた時代の東京弁の使い方のうまさと残酷さ。悲しくて残酷です。

北村　岩野泡鳴はどちらかというと、うまい作家でなく愚直な作家だと思います。ただこの作品は妙なところに暗さ、過酷さがうかがえるんです、非常にうまいと思いました。

川口松太郎に『人情馬鹿物語』がありましたけれど、これなんかは「人間馬鹿物語」ですね。読んでいて唖然としちゃいました。「文学とは人間如何に生くべきかを書くものである」と言う人に見せてやったらどうか、と思うんですけれど。なんという無意味、なんという馬鹿馬鹿しい人生、こういうものを書くということも、小説の一つの面としてあるんだということを強く感じましたね。

宮部　電柱に頭をぶつけたんですよ、電車から顔を出して。それなのに温泉に入りに行くでしょ。お風呂になんか入っちゃダメだって！　と読んでるほうが冷や汗が出てくる。この「ぼんち」残酷なのに笑えちゃうんですよね。「ほんとに死んじゃうよ」っと可哀想と思いながらも。最後のほうでやっとお医者さんが来てくれて「頭の鉢が割れて脳味噌が出てる」って。そこでまた笑っちゃう。読み手の中に黒さが吹き出て来るというところで、怖い作家だなと思います。

北村　悲劇なんだけれど、喜劇になっているのね、ちゃんと。

宮部　作品を発表すると、「テーマは何だ」「何が書きたかったんだ」と、インタビューが来ますよね。私はそういう真面目な人にこれを読んでもらいたい。このテーマは何だ？　かくも無意味無駄な馬鹿らしい死、それだけなんですよね。それだけで、読んだ人間の心を動かすし、忘れられないですね、これは。

北村　いそうじゃない、こういう人がね。借金の肩代わりしたりとか。どんどん破滅の方へ行ってしまう。そう思えばリアリティがあるよね。

宮部　頭の鉢が割れて痛いというのを、ひとつの象徴と考えれば、自分が深みに追い込まれていきながら、断れなかったり辛いといえなかったりすることは、いつの時代にも、誰の身の上にもあることですよね。でも、こんなふうに解析しちゃっては、たぶんいけなくて。これは投げられたものを丸ごとそのまま読んで、ずーっと忘れられない作品だと思います。

北村　最後になりますが、ちくま文庫に東雅夫編『文豪怪談傑作選』というシリーズがありますけれど、これにぴったりの作品を島崎藤村が書いているんです。「ある女の生涯」というのですが、人間の狂気の描き方が近代的というか現代的なんです。こういう機会でもなければ、なかなか読まないと思うのですがどうですか？

宮部　そうですね。教科書には藤村といってもこういう作品が載るわけもないですしね。不思議な小説ですね。読んだ後、気が滅入る。本当に辛かったです。ご指摘のように、狂気の書き方がすごく現代的ですね。

北村　その当時、参考になる何かがあったのかしら、どうなんだろう。

宮部　どうでしょう。座敷牢で死んだお父さんのことを回想する場面で、「ある日も、おげんは廊下の窓のところで何時の間にか父の前に自分を持って行った」とありますが、そこが怖かったですね。暗い座敷牢の中にいたお父さんの記憶に、行っちゃう。思い出すのではなく、自分を持って行く。表現の妙だなあと思う。こんな部分がいっぱいある。それを読んでもらいたいですね。こんな悲しい話を、よくこんなきれいな文章で書くなって思います。

北村　こうして読んでくると、小説って面白いなと改めて思いますね。というわけで、今回は、二冊のアンソロジーという器に短篇を盛りました。どんな果実かを、また、それぞれの楽しみ方で味わっていただければ——と思います。

（於・山の上ホテル、2007.6.29）

本書に収録した作品のテクストには左記のものを使用し、表記は新漢字・現代仮名遣いとしました（ただし、「とほぼえ」はテクストどおり）。なお、今日の人権意識に照らして不適切と思われる表現が含まれていますが、時代的背景と作品の価値を考慮し、そのままとしました。

華燭――『新潮日本文学』29（新潮社）
出口入口――『秋、その他』（講談社）
骨――『新潮日本文学』22（新潮社）
雲の小径――「小説新潮」二〇〇六年一一月号
押入の中の鏡花先生――「小説新潮」二〇〇六年一一月号
不動図――『現代作家掌編小説集』上（朝日ソノラマ）
紅梅振袖――『人情馬鹿物語』（講談社文庫）
鬼火――『鬼火』（講談社文芸文庫）
とほぼえ――『内田百間全集』13（福武書店）
家霊――『岡本かの子全集』5（ちくま文庫）
ぼんち――『明治文学全集』71（筑摩書房）
ある女の生涯――『島崎藤村全集』10（筑摩書房）

＊本書は、「小説新潮」（二〇〇六年一一月号）の「創刊750号記念名作選」を基に、新たに編んだ文庫オリジナルである。

ちくま日本文学（全40巻）　ちくま日本文学

小さな文庫の中にひとりひとりの作家の宇宙がつまっている。一人一巻、全四十巻。何度読んでも古びない作品と出逢う、手のひらサイズの文学全集。

ちくま文学の森（全10巻）　ちくま文学の森

最良の選者たちが、古今東西を問わず、あらゆるジャンルの作品の中から面白いものだけを基準に選んだ、伝説のアンソロジー、文庫版。

ちくま哲学の森（全8巻）　ちくま哲学の森

「哲学」の狭いワク組みにとらわれることなく、あらゆるジャンルの中からとっておきの文章を厳選。新鮮な驚きに満ちた文庫版アンソロジー集。

宮沢賢治全集（全10巻）　宮沢賢治

『春と修羅』、『注文の多い料理店』はじめ、賢治の全作品及び異稿を、綿密な校訂と定評ある本文によって贈る話題の文庫版全集。書簡など2巻増巻。

芥川龍之介全集（全8巻）　芥川龍之介

確かな不安を漠然とした希望の中に生きた芥川の全貌。名手の名をほしいままにした短篇から、日記、随筆、紀行文までを収める。

梶井基次郎全集（全1巻）　梶井基次郎

「檸檬」「泥濘」「桜の樹の下には」「交尾」をはじめ、習作・遺稿を全て収録し、梶井文学の全貌を伝える。一巻に収めた初の文庫版全集。（高橋英夫）

夏目漱石全集（全10巻）　夏目漱石

時間を超えて読みつがれる最大の国民文学を、10冊に集成して贈る画期的な文庫版全集。全小説及び小品、評論に詳細な注・解説を付す。

太宰治全集（全10巻）　太宰治

第一創作集『晩年』から太宰文学の総結算ともいえる『人間失格』、さらに『もの思う葦』ほか随想集も含め、清新な装幀でおくる待望の文庫版全集。

中島敦全集（全3巻）　中島敦

昭和十七年、一筋の光のように登場し、二冊の作品集を残してまたたく間に逝った中島敦――その代表作から書簡までを収め、詳細小口注を付す。

山田風太郎明治小説全集（全14巻）　山田風太郎

これは事実なのか？　フィクションか？　歴史上の人物と虚構の人物が明治の東京を舞台に繰り広げる奇想天外な物語。かつ新時代の裏面史。

名短篇、ここにあり　北村薫／宮部みゆき編

読み巧者の二人の議論沸騰し、選びぬかれたお薦め小説12篇。となりの宇宙人／冷たい仕事／隠し芸の男／少女架刑／あしたの夕刊／網／誤訳ほか。

名短篇、さらにあり　北村薫／宮部みゆき編

小説って、やっぱり面白い。人間の愚かさ、不気味さ、人情が詰まった奇妙な12篇。華燭／骨／雲の小径／押入の中の鏡花先生／不動図／鬼火／家霊ほか。

読まずにいられぬ名短篇　北村薫／宮部みゆき編

松本清張のミステリを倉本聰が時代劇に⁉　あの作家の知られざる逸品からオチの読めない怪作まで厳選の18作。北村・宮部の解説対談付き。

教えたくなる名短篇　北村薫／宮部みゆき編

宮部みゆきを驚嘆させた、時代に埋もれた名作家・長谷川修の世界とは？　人生の悲喜こもごもが詰まった珠玉の13作。北村・宮部の解説対談付き。

世界幻想文学大全
幻想文学入門　東雅夫編著

幻想文学のすべてがわかるガイドブック。澁澤龍彥、中井英夫、カイヨワ等の幻想文学案内のエッセイも収録し、資料も充実。初心者も通も楽しめる。

世界幻想文学大全
怪奇小説精華　東雅夫編

ルキアノスから、デフォー、メリメ、ゴーチエ、ゴーゴリ……時代を超えたベスト・オブ・ベスト。岡本綺堂、芥川龍之介等の名訳も読みどころ。

日本幻想文学大全
幻妖の水脈　東雅夫編

『源氏物語』から小泉八雲、泉鏡花、江戸川乱歩、都筑道夫……。妖しさ蠢く日本幻想文学、ボリューム満点のオールタイムベスト。

日本幻想文学大全
幻視の系譜　東雅夫編

世阿弥の謡曲から、小川未明、夢野久作、宮沢賢治、中島敦、吉村昭……。幻視の閃きに満ちた日本幻想文学の逸品を集めたベスト・オブ・ベスト。

60年代日本SFベスト集成　筒井康隆編

「日本SF初期傑作集」とでも副題をつけるべき作品集である（編者）。二十世紀日本文学のひとつの里程標となる歴史的アンソロジー。（大森望）

70年代日本SFベスト集成1　筒井康隆編

日本SFの黄金期の傑作を、同時代にセレクトした記念碑的アンソロジー。SFに留まらず「文学の新しい可能性」を切り開いた作品群。（荒巻義雄）

色を奏でる　志村ふくみ・文　井上隆雄・写真
色と糸と織——それぞれに思いを深めて織り続ける染織家にして人間国宝の著者の、エッセイと鮮かな写真が織りなす豊醇な世界。オールカラー。

遠い朝の本たち　須賀敦子
一人の少女が成長する過程で出会い、愛しんだ文学作品の数々を、記憶に深く残る人びとの想い出とともに描くエッセイ。（末盛千枝子）

性分でんねん　田辺聖子
あわれにもおかしい人生のさまざま、また書物の愉しみのあれこれ。硬軟自在の名手、お聖さんの切口がますます冴えるエッセー。（氷室冴子）

「赤毛のアン」ノート　高柳佐知子
アンの部屋の様子、グリーン・ゲイブルズの自然、アヴォンリーの地図など、アン心酔の著者がカラー絵と文章で紹介。書き下ろしを増補しての文庫化。

おいしいおはなし　高峰秀子編
向田邦子、幸田文、山田風太郎……著名人23人の美味な思い出。文学や芸術にも造詣が深かった往年の大女優・高峰秀子が厳選した珠玉のアンソロジー。

うつくしく、やさしく、おろかなり　杉浦日向子
生きることを楽しもうとしていた江戸人たち。彼らの紡ぎ出した文化にとことん惚れ込んだ著者がその思いの丈を綴った最後のラブレター。（松田哲夫）

るきさん　高野文子
のんびりしていてマイペース、だけどどっかヘンテコな、るきさんの日常生活って？　独特な色使いが光るオールカラー。ポケットに一冊どうぞ。

それなりに生きている　群ようこ
日当たりの良い場所を目指して仲間を蹴落とすカメ、迷子札をつけているネコ、自己管理している犬。文庫化に際し、二篇を追加して贈る動物エッセイ。

玉子ふわふわ　早川茉莉編
国民的な食材の玉子、むきむきで抱きしめたい！　森茉莉、武田百合子、吉田健一、山本精一、宇江佐真理ら37人が綴る玉子にまつわる悲喜こもごも。

なんたってドーナツ　早川茉莉編
貧しかった時代の手作りおやつ、日曜学校で出合った素敵なお菓子、毎朝宿泊客にドーナツを配るホテル、哲学させる穴……。文庫オリジナル。

ちくま文庫

名短篇《めいたんぺん》、さらにあり

二〇〇八年二月十日　第一刷発行
二〇一五年六月五日　第十刷発行

編　者　北村薫（きたむら・かおる）
　　　　宮部みゆき（みやべ・みゆき）
発行者　熊沢敏之
発行所　株式会社　筑摩書房
　　　　東京都台東区蔵前二―五―三　〒一一一―八七五五
　　　　振替〇〇一六〇―八―四一二三
装幀者　安野光雅
印刷所　星野精版印刷株式会社
製本所　株式会社積信堂

乱丁・落丁本の場合は、左記宛にご送付下さい。
送料小社負担でお取り替えいたします。
ご注文・お問い合わせも左記へお願いします。
筑摩書房サービスセンター
埼玉県さいたま市北区櫛引町二―六〇四　〒三三一―八五〇七
電話番号　〇四八―六五一―〇〇五三

ISBN978-4-480-42405-1 C0193